KB150851

라 이 언

A LONG WAY HOME (LION)

라 이 언

사루 브리얼리 지음 | 정형일 옮김

인빅투스

구두 형에게

c o n t e n t s

프롤로그

그들은 그곳에 없었다.

나는 25년 동안 오직 이 날만을 꿈꾸며 살아왔다. 나는 지구를 반 바퀴 돈 것보다 멀리 떨어진 곳에서 새로운 이름으로 새로운 가족의 품에서 자랐다. 멀리 인도에 살고 있을 엄마와 형들, 그리고 여동생을 항상 그리워하며 지냈다.

이제 나는 여기 와 있다. 인도 중부의 작고 칙칙한 빈민가, 다 쓰러져가는 집 모퉁이 근처 문 앞에 서 있다. 바로 어린 시절 내가 자랐던 곳이다. 그런데 아무도 살지 않는다. 집은 텅 비어 있다. 이곳에서의 기억은 다섯 살 때가 마지막이다. 경첩이 부러진 문은 어릴 적 기억보다 훨씬 더 작았다. 지금은 문으로 들어가려면 고개를 숙여야만 한다. 대문을 두드려 보았지만 아무런 반응이 없다. 퍼석퍼석 떨어져 나간 낯익은 벽돌 벽 틈새와 창문으로 우리 가족이 살던 아주 작은 방, 그리고 내 머리에 닿을까 말까 하는 천장이 보인다.

이것이 내가 가장 두려워했던 상황이다. 수년 동안 구글지도를 검색한 끝에 마침내 어릴 적 살던 집을 찾았지만 가족은 이미 그곳에 없다. 순간 몸이 얼어붙는 듯한 두려움이 찾아왔다. 최대한 이 두려움을 이겨내야 했다. 나는 또다시 미아가 되었다는 생각으로 안절부절 못한다. 이제 서른 살이 된 나는 돈도 있고 집으로 돌아갈 비행기 표도 있다. 하지만 25년 전 철도 플랫폼에서 느꼈던 그 감정을 지금 또 느낀다. 숨쉬기조차 힘들다. 온갖 생각이 주마등처럼 스쳐 지나간다. 내 과거를 바꿀 수 있으면 좋으련만…

그때 이웃집 문이 열렸다. 그나마 좀 온전한 옆집 문으로 붉은색 긴 치마를 입은 여자가 아기를 안고 나왔다. 당연히 그녀는 내가 궁금하다. 인도 사람이지만 서양식 옷차림을 한 내가 꽤 낯설어 보일 것이다. 깔끔하게 손질한 머리카락만 보더라도 나는 분명 외지인, 외국인이다. 나는 그녀와 말이 안 통한다. 그녀가 내게 말을 걸어왔지만 나보고 여기에 왜 왔냐고 묻는 거라는 추측만 할 뿐이다. 나는 힌디어를 거의 기억하지 못한다. 겨우 알고 있는 단어 몇 개도 어떻게 발음해야 할지 자신이 없다.

"나는 힌디어를 못하고 영어를 합니다."라고 말하니 놀랍게도 그녀는 "영어를 조금 합니다."라고 대답했다. 나는 텅 빈 집을 가리키며 거기에서 살았던 가족의 이름을 죽 말했다. "캄라, 구두, 칼루, 세킬라" 그리고 나 자신을 가리키며 "사루(Saroo)"라고 말했다.

그녀는 말없이 서 있었다. 그 순간 오스트레일리아에서 양어머니가 챙겨주었던 사진이 생각났다. 나는 배낭을 이리저리 뒤져 어릴 적 내 칼라 사진이 붙어 있는 A4 용지를 꺼냈다. 나 자신과 사진 속 아이를 번갈아 가리키며 "이 꼬마 아이가 사루"라고 말했다. 나는 어릴 적 옆 집 살았던 사람이 누구였는지 떠올려본다. 옆 집에 작은 소녀가 살았던가? 그렇다면 그 소녀가 지금 이 여자일 수도 있을까?

그녀는 사진이 붙은 종이를 흘끗 본 뒤 다시 나를 쳐다보았다. 그녀가 무엇을 알아챘는지는 알 순 없지만 이번엔 영어를 더듬으며 조심스럽게 말했다.

"지금은… 여기엔… 사람이 안 살아요."

내가 알고 있는 사실을 확인만 해준 것인데도 그녀가 큰소리로 말하는 것을 들으니 큰 충격이 느껴졌다. 정신이 아찔했다. 나는 그녀 앞에 꼼짝도 못하고 서 있었다.

천신만고 끝에 고향 집을 찾더라도 내 가족은 이미 다 이사 가고 이곳에 없을 수 있다는 걸 각오하고 있었다. 가족과 함께 지냈던 그 짧은 기간 중에도 우리 가족은 다른 곳에서 지금 내가 서 있는 여기로 이사를 왔다. 가난한 사람들 대부분은 자신들의 거처에 대한 결정권이 별로 없었다. 엄마는 어떤 일이든 닥치는 대로 해야만 했다. 마음속에 묻어두었던 기억들이 스멀스멀 떠오르기 시작한다. 그래도 엄마가 돌아가셨다는 생각은 절대 하지 않기로 했다.

우리를 지켜보던 한 남자가 이쪽으로 다가왔다. 나는 다시 주문을 외우듯 엄마 캄라, 형 구두와 칼루, 여동생 세킬라, 그리고 나 사루의 이름을 죽 열거했다. 이 남자가 어떤 말을 하려고 하자 또 다른 남자가 천천히 걸어와서 대신 말을 걸었다.

"뭘 도와드릴까요?"

그는 영어로 또박또박 말한다.

인도에 도착한 이후 내가 제대로 대화를 하게 된 사람은 이 남자가 처음이었다. 나는 재빨리 사연을 줄줄 말했다. 나는 꼬마 때 여기서 살았는데 형과 같이 외출했다가 길을 잃었다. 나는 다른 나라에서 자랐고 이곳의 지명조차 기억하지 못한다. 하지만 이제 다시 여기로 돌아와서 가네쉬 탈라이를 찾게 됐고 엄마와 형들, 여동생을 찾고 있다. 캄라, 구두, 칼루, 세킬라….

내 얘기를 듣고 그는 놀란 표정을 지었다. 나는 다시 한 번 가족 이름을 죽 말했다. 잠시 후 그가 말했다.

"여기서 잠깐만 기다리세요. 2분 후에 다시 올게요."

갑자기 내 머릿속엔 온갖 가능성이 떠올랐다.

그는 누구를 찾으러 간 걸까?

내 가족의 상황을 알고 있는 사람한테 간 걸까?

주소도 아는 사람일까?

그런데 그 남자는 내가 누구인지 제대로 알긴 알았을까?

금방 그 남자가 돌아왔다.

그리고 그는 내가 영원히 잊지 못할 말을 꺼냈다.

"함께 가시죠. 제가 당신 어머니께 모셔다 드릴게요."

집 생각

내가 오스트레일리아 호바트에서 성장할 때 내 침실 벽에는 늘 인도 지도가 붙어 있었다. 1987년 여섯 살 되던 해 나는 양부모님과 함께 살기 위해 오스트레일리아에 왔다. 그때 어머니(내 양어머니)는 나를 배려해 내 방에 인도 지도를 붙여 놓았다. 어머니는 그 지도가 무엇을 뜻하는지 내게 설명하려 했다. 그러나 나는 완전히 까막눈이었다. 인도의 형태나 지도가 무엇인지조차 알지 못했다.

어머니는 나를 위해 우리 집 내부를 각종 인도 물건들로 꾸며 놓았다. 힌두교 조각상, 황동 장식품과 종, 그리고 수많은 작은 코끼리 조각상들…. 이런 장식품이 오스트레일리아의 가정집에서 흔히 볼 수 있는 게 아니라는 걸 그 당시에는 몰랐다. 어머니는 내 방에 인도식 무늬가 있는 염색 천을 깔았고 밝은 색 옷을 입힌 목각인형도 갖다 놓았다. 나는 어렸을 때 똑같은 것을 본 적은 없었다. 하지만 모든 장식품은 무척 낯이 익었다. 다른 양부모였다면 달리 생각할 수도 있었다. 내가 어려서 입양되었기 때문에 오스트레일리아에서 처음부터 다시 새 삶을 시작할 수도 있고, 또 내 출신지를 별로 배려하지 않고도 충분히 아이를 키울 수 있다고 생각할 수도 있었다.

내 방 지도에는 인도의 지명 수백 개가 있었다. 어린 내 눈 앞에 꽉 찰 정도였다. 지명을 읽을 수 있기 훨씬 전에 인도 대륙은 광활한 V자 모양이라는 것을 알았다. 거기엔 도시와 마을, 사막, 산, 강, 숲이 가득했다. 갠지스 강, 히말라야 산맥, 호랑이, 신들이 있었다. 아주 매력적인 곳이었다. 나는 저 많은 지명 어딘가에 내 고향이 있을 것이라고 생각하며 지도를 쳐다보곤 했다. 나는 지네스틀레이(Ginestlay)라는 이름을 기억하고 있었다. 그런데 그게 도시 이름인지, 마을 이름인지, 아니면 동네나 거리 이름인지조차 전혀 몰랐다. 또 지도에서 그곳을 찾으려면 어디부터 살펴봐야 할 지도 몰랐다.

나는 내 나이도 확실히 알지 못했다. 공식 서류에는 내 생일이 1981년 5월 22일로 돼 있었다. 하지만 출생 연도는 인도 당국이 추정한 것이고 날짜는 내가 인도 고아원에 도착한 날짜였다. 전혀 배우지 못한데다 어리벙벙한 상태였기에 나는 내가 누구인지, 어디서 왔는지 제대로 설명할 수 없었다.

부모님은 내가 어떻게 길을 잃게 됐는지 알지 못했다. 입양 당시만하더라도 나는 캘커타(콜카타의 옛 명칭) 거리에 버려져 있었고 가족을 찾아보다가 실패한 뒤 고아원에 수용된 것으로만 알고 있었다. 다른 사람들도 모두 그렇게 알고 있었다. 마침내 나는 브리얼리 가족에 입양되었고 그건 우리 모두의 행복이었다.

처음에 부모님은 지도 위 캘커타를 가리키며 그곳이 내 출생지라고 했다. 사실 그때 그 도시의 이름을 처음 들었다. 그리고 호바트에 도착하고 일 년쯤 지나 영어로 조금 말하게 되었을 때서야 캘커타는 내 출생지가 아니라고 말했다. 나는 기차를 탔다가 그만 캘커타까지 가게 됐다고 말했다. 그때 기차를 탔던 역은 '지네스틀레이' 근처에 있는 '브라마퍼'(Bramapour) 또는 '베람퍼'(Berampur)와 엇비슷한 이름의 기차역인데 그 이름은 확실하지 않다고 말했다. 그곳은 캘커타에서 멀리 떨어진 곳이고 다시 그곳을 찾아가려 했지만 아무도 도와줄 수 없었다. 그게 내가 아는 전부였다.

처음 오스트레일리아에 도착했을 때 나는 과거보다는 미래가 훨씬 더 중요했다. 부모님은 내가 태어난 곳과는 완전히 다른 세상에서 새로운 삶에 적응할 수 있도록 이끌어 주었다. 어머니는 내가 영어를 빨리 배우는 건 그리 신경 쓰지 않았다. 영어는 매일 사용하면 배울 수 있다고 생각했기 때문이다. 나에게 영어 공부하라고 성급하게 독촉하기보다는 처음엔 나를 안정시키고 사랑을 베풀면서 내 신뢰를 얻는 게 더 중요하다고 생각했다.

어머니는 나를 위해 이웃에 사는 살렌과 제이콥이라는 인도 출신 부부를 알고 지냈다. 우리는 인도 음식을 먹기 위해 그 부부를 자주 찾아갔다. 그 부부는 내가 알고 있는 힌디어로 내게 말했다. 그들은 간단한 질문을 했다. 그리고 내가 알아야 할 교훈과 일들을 부모님이 설명하면 그것을 통역해주었다. 나는 힌디어를 배운 적이 없어서 아는 단어도 별로 없었다. 그래도 내 말을 알아듣는 사람이 있다는 사실이 낯선 환경에서 마음의 안정을 얻는데 큰 도움이 되었다. 내가 몸짓이나 웃음으로도 부모님과 소통이 안 되는 것이 있으면 모든 걸 살렌과 제이콥이 도와주었다. 그래서 소통에는 전혀 문제가 없었다.

대부분의 어린 아이들이 다 그렇듯이 나도 새로운 언어를 아주 빨리 배웠다. 영어로 말할 수 있게 되었을 때도 처음엔 인도에서의 생활에 대해선 거의 말하지 않았다. 부모님은 내가 과거에 대해 말하고 싶을 때까지 그냥 내버려두었다. 나는 고향 인도를 몹시 그리워하고 있었지만 별로 내색하지 않았다. 내가 일곱 살 때 갑자기 "나 잊어버렸어!" 하며 소리친 적이 있었다. 나중에야 어머니는 그 이유를 알았다. 나는 어릴 적에 고향 집 근처에 있는 학교로 학생들을 구경하러 가곤 했는데 그 학교 가는 길을 잊어버린 것이 속상해서 그랬다는 것이다. 그런 것은 더 이상 걱정하지 않아도 된다고 어머니는 말씀하셨고 나는 그 말에 수긍하였다. 그러나 내 마음 깊은 곳에선 그건 너무나 중요했다. 내 기억은 내 과거의 전부였다. 그래서 절대 잊지 않으려고 남몰래 수없이 생각하고 또 생각했다.

사실 인도는 내 마음속에 항상 남아 있었다. 밤마다 어릴 적 기억이 스쳐 지나갔고 잠들기 위해 마음을 달래느라 애를 먹었다. 낮에는 그래도 괜찮은 편이었다. 활동을 많이 하면 마음을 다른 곳으로 돌릴 수 있었기 때문이었다. 하지만 마음은 항상 복잡했다. 나는 과거를 절대 잊지 말자고 다짐하면서 항상 인도의 어린 시절을 거의 완벽한 그림처럼 또렷하게 떠올렸다. 내 가족과 집 그리고 가족과의 이별을 둘러싼 악몽 같은 사건들은 머릿속에 생생하게 남아 있었다. 어떤 때는 아주 세세한 것까지 떠올랐다. 좋은 기억도 있고 나쁜 기억도 있었다. 이 두 기억은 서로 섞여 있었고 어떤 것도 그냥 잊어버릴 수는 없었다.

다른 나라, 다른 문화에서 새로운 삶을 살아가는 것은 남들이 생각하는 것만큼 어렵지는 않았다. 인도 생활에 비하면 오스트레일리아 생활이 분명 행복했기 때문이었다. 하지만 무엇보다 간절하게 엄마를 다시 만나고 싶었다. 그러나 그게 불가능하다는 걸 깨달았고, 살아남기 위해선 기회가 왔을 때 그 기회를 무조건 잡아야 했다.

부모님은 처음부터 아주 사랑이 넘쳤다. 항상 안아주고 내가 편안하도록 해주었다. 내가 새로운 가족으로서 사랑받고 있고 무엇보다도 꼭 필요한 존재라는 걸 느끼게 해주었다. 길을 잃고 아무런 보호를 받지 못했던 아이에게 부모님의 이런 사랑은 엄청난 것이었다. 나는 부모님과 서슴없는 사이가 되었다. 나는 금세 그들을 전적으로 믿게 되었다. 여섯 살의 어린 나이였지만(나는 항상 1981년에 태어난 것으로 생각했다.), 나에겐 아주 드문 기회가 온 것을 알았다. 나는 순식간에 사루 브리얼리가 되었다.

호바트의 새 가정에서 나는 마음의 안정을 찾았다. 새 삶이란 어느 정도 과거의 삶과는 단절이 필요하기 때문에 과거에 집착하는 건 어찌됐든 옳지 않을 수 있다고 생각했다. 그래서 밤마다 가족을 그리던 생각은 나 혼자만 간직하고 있었다. 게다가 처음엔 그것을 설명할 영어 실력도 안 되었다. 그리고 내 사연이 얼마나 특별한 것인지도 몰랐다. 나는 과거 때문에 큰 상처를 받았지만 그건 사람들에게 흔히 일어날 수 있는 일이라고 생각했다. 사람들에게 내 이야기를 들려준 뒤 그들의 반응을 보고 나서야 내 경험이 특별하다는 걸 알게 되었다.

때로는 밤에 가족을 그리워하던 생각이 낮까지 이어지기도 했다. 부모님이 힌디 영화 〈살람 봄베이〉를 관람하러 나를 데려간 적이 있었다. 영화 속 작은 소년은 엄마 품으로 돌아가길 애타게 바라며 난개발 도시에서 혼자 살아남기 위해 안간힘을 썼다. 그 모습을 보자 나는 갑자기 심란한 기억이 떠올라 컴컴한 극장에서 엉엉 울었다. 나를 배려해 극장에 데려갔던 부모님은 어쩔 줄 몰라 하셨다.

슬픈 음악(아주 고전적인 음악일지라도)은 어떤 걸 들어도 서글픈 기억이 떠올랐다. 아기들이 우는 걸 보거나 울음소리를 들어도 감정이 크게 흔들렸다. 그러나 왠지 아이들이 많은 단란한 가족을 볼 때 가장 감정이 울컥했다. 그런 가족들을 보면 집을 잃었던 내 과거가 불쑥 떠올라서였던 것 같다.

나는 서서히 과거에 대해 말하기 시작했다. 오스트레일리아에 온 지 불과 한 달 정도 됐을 때 나는 살렌에게 인도의 내 가족(엄마, 여동생, 두 형)을 대략 소개하고 큰형과 헤어지는 바람에 집을 잃게 됐다고 말했다. 나는 말 실력이 부족해 충분히 설명하지는 못했다. 하지만 살렌은 나를 독촉하지 않고 내가 하고 싶은 말을 할 수 있도록 다정하게 이끌어주었다. 차츰 영어 실력이 좋아지면서 부모님에게 몇 가지 이야기를 더 할 수 있었다. 내가 아주 어렸을 때 인도의 아버지가 가족을 떠났던 사실 같은 그런 얘기였다. 하지만 대부분의 시간은 현재의 생활에 집중했다. 학교에 가서 친구들을 사귀고 스포츠를 즐겼다.

호바트에 온 지 일 년이 막 지났을 때였다. 비 오는 어느 주말 나는 인도 시절 이야기를 꺼냈다. 그러자 어머니가 깜짝 놀랐고 이 이야기를 하고 있는 나 자신도 놀랐다. 새 삶이 더욱 안정되었고, 내 과거를 말할 수 있는 단어 실력도 많이 늘었던 것이다. 나는 어머니에게 인도 가족에 대해 많은 이야기를 털어놓았다. 우리 집은 하도 가난해서 자주 굶었고 엄마가 나에게 구걸을 시켜서 나는 이웃 마을을 돌아다니면서 냄비를 들고 남은 음식을 얻어왔다고 말했다. 내 이야기가 애틋했던지 어머니는 나를 꼭 끌어안았다.

어머니는 내가 살던 곳의 지도를 함께 그리자고 하셨다. 어머니가 지도를 그릴 때 나는 손가락으로 마을 지형을 가리켰다. 우리 집이 어디에 있었는지, 아이들과 놀던 강으로 갈 때 어떤 길로 갔는지, 기차역으로 가려면 다리 밑을 지났는데 그 다리는 어디에 있는지. 우리는 손가락으로 지도 위 길을 따라간 다음 우리 집 배치도를 자세하게 그렸다. 거기에 인도 가족이 잠자던 방도 그려 넣었다. 밤에 누워자던 순서까지. 여동생, 엄마, 나, 형….

영어 실력이 더 나아지면서 우리는 지도를 다시 꺼내 다듬었다. 갑자기 인도에서 살았던 기억이 주마등처럼 떠올랐다. 나는 곧바로 어머니에게 내가 집을 잃게 된 상황을 설명했다. 그러자 어머니는 놀라서 나를 쳐다보더니 메모를 했다. 그녀는 지도 위 캘커타에 물결로 된 선을 그은 뒤 '아주 긴 여정(a very long journey)'이라고 썼다.

두 달 뒤 우리는 멜버른으로 여행을 갔다. 캘커타 고아원에서 함께 생활했던 입양 아이들을 만나러 갔던 것이다. 입양된 친구들에게 힌디어로 정신없이 말하다보니 자연스럽게 어릴 적 일들이 생생하게 떠올랐다. 이때 어머니에게 처음으로 내 고향이 지네스틀레이(Ginestlay)라고 말했다. 그곳이 어디냐고 어머니가 물었다. 나는 비록 말은 어눌했지만 자신 있게 대답했다.

"저를 그곳에 데려다주면 제가 알려드릴게요. 저는 길을 알아요."

입양 이후 처음으로 내 고향 이름을 크게 말한 것은 잠겨있던 밸브를 확 연 셈이 되었다. 그 후 곧바로 나는 학교에 가서 내가 좋아하던 선생님께 훨씬 더 자세하게 지난 일을 들려주었다. 선생님도 어머니처럼 놀란 표정으로 한 시간 반 이상 메모를 했다. 나에게 오스트레일리아는 낯선 땅이었다. 하지만 어머니와 선생님에게 내 인도 생활 이야기는 분명 더 낯선 행성에서 벌어진 일처럼 들렸을 것이다.

내가 그들에게 들려준 이야기는 오스트레일리아에 온 이후 가슴속으로 계속 되새겼던 사람들과 장소에 관한 것이었다. 물론 내 이야기는 허술하고 여기저기 뭔가가 빠져 있었다. 나는 지금도 사건이 일어난 순서라든가 사건들 간의 날짜 간격 같은 세세한 것들은 확실히 알지 못한다. 또한 내가 어린아이 때 생각하고 느꼈던 것과 그 후에 26년을 쭉 살아오면서 생각하고 느꼈던 것을 확실히 구분하는 것도 나로선 어려울 수 있다. 되풀이해서 다시 생각하고 아무리 과거 기억을 더듬어도 명료하지 않은 부분들이 있었다. 하지만 어릴 적 많은 일들이 아직도 내 기억속에 생생하게 남아 있었다.

그 당시엔 내가 알고 있는 모든 걸 털어놓는 것 자체가 마음의 위안이 되었다. 이 년 전에 내 인생을 확 바꿔놓은 일이 일어났다. 지금 나는 기대감에 부풀어 있다. 내 경험을 남들과 공유하면 그들에게도 희망을 불어넣을 수 있다는 기대감 말이다.

집을 잃다

갓난아기였던 여동생 세킬라(Shekila)를 돌보며 지냈던 시절이 가장 먼저 떠오른다. 우리가 까꿍 놀이를 할 때 세킬라는 꾀죄죄한 얼굴로 나를 바라보며 깔깔대고 웃었다. 일 년 중 뜨거운 계절의 길고도 더웠던 밤을 기억한다. 그때 우리 가족은 같은 집에 살았던 다른 식구들과 바깥마당에 함께 모여 지냈다. 누군가 발 풍금을 연주하면 사람들은 노래를 부르곤 했다. 그 시절 밤마다 나는 진정으로 행복했었다. 여자들은 바닥에 까는 이부자리와 담요를 갖고 나왔다. 우리는 모두 한데 누워 잠들기 전 눈을 감을 때까지 별을 바라보곤 했다.

　그곳은 내가 태어나 자란 첫 번째 우리 집이었다. 우리는 다른 힌두교 가족과 함께 살았다. 두 가족에게는 각각 커다란 방이 하나 있었다. 벽은 벽돌이었다. 바닥은 쇠똥, 짚, 진흙을 버무린 것이었다. 집은 아주 단순했으나 분명 촐(chawl, 인도에서 4~5층 아파트)은 아니었다. 즉 뭄바이와 델리 같은 거대 도시의 빈민가에서처럼 가난한 사람들이 우글우글 모여 사는 토끼장 건물은 아니었다. 집이 다닥다닥 붙어 있었어도 우리는 모두 함께 지냈다. 이 시절이 나에겐 가장 행복한 기억으로 남아 있다.

내 엄마는 힌두교도였고 아버지는 이슬람교도였다. 그 당시엔 아주 드물고 오래 갈 수 없는 결혼이었다. 아버지는 우리와 같이 지낸 적이 거의 없었다. 나중에야 나는 아버지가 두 번째 부인이 있다는 걸 알았다. 그래서 엄마가 혼자 힘으로 우리들을 키웠다. 우리는 이슬람교도가 아니었다. 하지만 엄마는 집을 이슬람교도 지역으로 옮겼고 나는 어린 시절 대부분을 거기서 보냈다. 그녀는 아주 아름답고 날씬했다. 머리카락은 길고 빛났다. 나는 엄마를 세상에서 가장 아름다운 여자로 기억한다. 엄마와 갓난아기였던 여동생 외에도 내가 좋아하고 존경했던 두 형, 구두(Guddu)와 칼루(Kallu)가 있었다.

내가 두 번째로 살았던 집은 우리 가족만 살았지만 공간은 더 비좁았다. 우리 집은 붉은 벽돌 건물 일 층에 있는 세 집 중 하나였다. 그전 집과 마찬가지로 바닥은 쇠똥과 진흙을 버무린 것이었다. 역시 단칸방인데 한쪽 구석엔 작은 벽난로가 있었다. 다른 쪽

구석엔 우리가 마시거나 간혹 씻을 때 쓰는 물이 담긴 진흙 물통이 있었다. 잘 때 덮는 담요를 놓아두던 선반도 하나 있었다. 집 구조물은 항상 조금씩 떼어낼 수 있었다. 형들과 나는 가끔 벽돌을 떼어낸 뒤 장난삼아 밖을 내다본 다음 다시 벽돌을 제자리에 갖다 놓곤 했다.

우리 마을은 우기에 폭우가 쏟아질 때를 제외하면 대체적으로 덥고 건조했다. 멀리 큰 언덕들로 이어진 산줄기는 마을의 오래된 방벽 옆을 지나는 강물의 근원지였다. 우기에는 강물이 둑을 무너뜨리고 들어와 주변 벌판이 온통 물바다가 되었다. 장맛비가 그치면 우리는 강물이 빠져나가길 기다렸다가 작은 물고기를 잡으러 강으로 갔다. 우기만 되면 시냇물이 넘치는 바람에 마을에 있는 철로 밑 길은 물에 잠겨 다닐 수가 없었다. 철로 밑 길은 기차가 지날 때 가끔 먼지와 자갈이 떨어졌지만 놀기에는 아주 좋은 곳이었다.

온 마을에서 우리 동네가 제일 가난했다. 울퉁불퉁하고 포장이 안 된 거리에는 철도 노동자들이 많이 살고 있었다. 더 부유하고 신분이 높은 사람이 보기에 우리 동네는 말 그대로 빈민주거지역이었다. 새로 지은 건물은 거의 없었고 금방이라도 무너질 것 같은 건물들도 있었다. 공용 건물에 살지 않는 사람들은 우리처럼 작은 집에 살았다. 그런 집은 좁고 구불구불한 골목 아래쪽에 있었다. 집은 한두 개의 방에 가장 기본적인 설비만 갖추고 있었다. 곳곳에 선반이 있고 낮은 나무 침대와 하수구 위의 수도꼭지 정도가 전부였다.

거리에는 우리 같은 아이들 말고도 이리저리 돌아다니는 소떼들이 가득했다. 심지어 마을 한가운데에도 소들이 있었다. 소들은 가장 붐비는 길 중앙에서 잠을 자기도 했다. 돼지들은 무리를 지어 잤다. 돼지들은 밤에는 길거리 구석에 우글우글 모여 있다가 날이 밝으면 무엇이든 먹이가 될 만한 것을 찾아 어디론가 가버렸다. 마치 돼지들이 오전 9시부터 오후 5시까지 일하고 일을 마치고 나면 집으로 돌아와 자는 것 같았다. 돼지는 주인이 있는지 알 수 없었으나 오로지 그 자리를 지키고 있었다. 이슬람교도 가족들이 키우는 염소도 있었고 먼지 속에서 모이를 쪼아 먹는 닭들도 있었다.

불행히도 내가 무서워하는 개들도 많았다. 어떤 개들은 순했지만 언제 달려들지 모르는 사나운 개들도 많았다. 나는 으르렁거리며 짖어대는 개에게 쫓기고 난 후부터 특히 개가 무서웠다. 나는 개에게 쫓겨 도망가다가 넘어진 적이 있다. 하필이면 낡은 보도블록의 깨진 타일에 머리를 부딪쳤다. 눈이 멀지 않은 게 다행이었으나 눈썹 선을 따라 흉측한 상처를 입었다. 이웃 사람이 상처에 붕대를 덮어 임시처방을 해주었다. 집으로 돌아가는 길에 마을 이슬람교 성직자에게 달려갔다. 그는 나에게 절대 개를 두려워하지 말라고 말해주었다. 개를 보고 겁에 질리면 개는 눈치를 채고 그 사람만 무는 법이라는 것이다. 나는 그 충고를 명심하려고 했으나 주변에 개가 있으면 여전히 바짝 긴장했다. 나는 지금도 개를 좋아하지 않는다. 여전히 눈가 상처도 남아 있다.

아버지가 떠난 뒤 우리를 키우기 위해 엄마는 일을 해야 했다. 세킬라를 낳고 나서 엄마는 건설현장으로 일하러 갔다. 엄마는 뜨거운 태양 아래에서 머리 위에 무거운 바위와 돌을 이고 날랐다. 일주일에 엿새를 아침부터 해질녘까지 일했다. 이 때문에 나는 엄마 얼굴을 볼 시간이 별로 없었다. 가끔 그녀는 다른 마을로 일하러 가야 했고 그러면 며칠씩 집에 오지 못했다. 어떤 때는 일주일에 고작 이틀 정도만 엄마 얼굴을 보았다. 그런데도 엄마는 자신과 네 아이를 먹여 살릴 충분한 돈을 벌지 못했다.

생계를 돕기 위해 구두 형은 열 살 때부터 식당에서 접시를 닦았다. 그런데도 우리는 가끔 굶었다. 우리는 하루하루 근근이 살았다. 우리는 이웃에게 먹을거리를 구걸하거나 시장 옆과 기차역 주변 거리에서 돈과 음식을 구걸하던 때가 많았다. 그래도 어떻든 우리는 그날 벌어 그날 먹고 살면서 간신히 생계를 이어갔다. 날이 밝자마자 우리는 모두 집을 나가 돈이든 음식이든 얻을 수 있는 것은 다 얻어가지고 저녁이 되면 집으로 돌아왔다. 그리고 하루 종일 힘겹게 구했던 모든 것을 식탁 위에 놓고 함께 나누었다.

나는 거의 매일 배가 고팠던 기억이 있다. 그런데 아주 이상하게도 나는 굶주림으로 인한 고통은 별로 느끼지 않았다. 굶주림은 삶의 일부였기 때문에 그러려니 했다. 우리는 아주 깡말랐다. 먹은 게 없고 가스가 차다보니 배는 불룩했다. 우리는 아마도 영양실조 상태였을 것이다. 하지만 그때는 인도 전역에 있는 가난한 어린이가 다 그런 상태라 전혀 이상할 게 없었다.

동네의 많은 아이들처럼 내 형들과 나도 먹을거리를 구할 때여러 방법을 짜냈다. 가끔은 주인이 있는 망고나무에 돌을 던져 망고를 떨어뜨리는 것처럼 간단하기도 했다. 하지만 어떤 때는 더 모험을 해야 했다. 어느 날 들판을 지나 집으로 돌아가다가 우리는 길이가 약 50미터나 되는 큰 닭장을 발견했다. 무기를 든 경비원들이 지키고 있었지만 구두 형은 계란을 안전하게 손에 넣을 수 있는 방법을 궁리했다. 그래서 우리 셋은 작전을 짰다. 경비원들이 휴식시간에 차를 마시러 갈 때까지 숨어 있다가 가장 작고 들킬 염려가 적은 내가 먼저 닭장으로 들어가고 이어서 구두 형과 칼루 형이 들어오기로 했다. 구두 형은 우리에게 셔츠를 안에서 위로 말아 올려 작은 바구니를 만들라고 했다. 우리는 가능한 한 빨리 많은 계란을 주워 담고 밖으로 도망쳐 나와서 곧장 집으로 갈 계획이었다.

휴식시간이 될 때까지 우리는 숨어서 지켜보고 있었다. 마침내 경비원들이 닭장 일꾼들과 함께 앉아 빵을 먹고 차를 마시고 있었다. 잠시도 지체할 시간이 없었다. 내가 먼저 안으로 들어가 계란을 줍기 시작했다. 구두 형과 칼루 형이 따라 들어와 계란을 주웠다. 그러나 우리가 나타나자 닭들이 불안했던지 크게 꼬꼬댁거리기 시작하며 경비원들에게 비상상황을 알렸다. 경비원들이 닭장으로 달려왔다. 우리와 불과 약 20미터 떨어진 곳까지 다가오자 우리는 곧장 뒤로 빠져 나왔다.

구두 형이 소리쳤다.

"빨리 도망 가!"

우리는 흩어져 재빨리 도망쳤다. 우리는 경비원들보다 훨씬 더 빨랐다. 다행히도 그들은 우리를 향해 총을 쏘지는 않았다. 몇 분 동안 달린 뒤 나는 그들을 따돌렸다는 걸 알았고 그 다음부터는 집까지 걸어서 갔다.

그런데 안타깝게도 달리다보니 계란이 성할 리 없었다. 내가 주워 담았던 아홉 개 중에서 두 개만 멀쩡했고 나머지는 깨져서 셔츠 앞으로 뚝뚝 떨어졌다. 형들은 나보다 먼저 집에 도착해 있었다. 엄마는 불 위에 프라이팬을 올려놓았다. 우리는 계란 열 개를 훔치는 개가를 올렸다. 그 정도면 모두가 충분히 먹을 수 있는

양이었다. 엄마가 처음 요리한 계란 프라이를 세킬라에게 먼저 주었다. 나는 너무 배가 고픈 나머지 참지 못하고 세킬라 접시에 있던 계란 프라이를 휙 낚아챘다. 이때 세킬라가 귀청이 찢어질 정도로 울어댔지만 나는 들은 척도 안 하고 문 밖으로 뛰쳐나갔다.

한번은 이런 적도 있었다. 아침 일찍 일어났는데 몹시 배가 고팠다. 그런데 집에는 먹을 게 하나도 없었다. 나는 집 근처에서 잘 익은 토마토 밭을 봐두었던 기억이 났다. 그래서 토마토를 따먹기로 결심하고 밖으로 나갔다. 이른 아침 공기가 차가워서 잘 때 덮는 담요를 몸에 걸치고 나갔다. 밭에 도착한 뒤 나는 뾰족한 가시가 있는 철조망 담 틈새로 몸을 밀어 넣었다. 순식간에 토마토를 따서 부드러운 과육을 맛보았다. 즉석에서 몇 개를 먹어 치웠다.

그때 호루라기 소리가 크게 울렸다. 뒤를 돌아보니 나보다 나이가 많은 소년 대여섯 명이 밭을 가로질러 나를 향해 쏜살같이 달려왔다. 나는 잽싸게 담장으로 물러났다. 체구가 작았기 때문에 나는 담장 구멍을 아슬아슬하게 빠져 나올 수 있었다. 담장 구멍이 아주 작아서 그 소년들은 빠져 나올 수 없을 것 같았다. 그 순간 내가 소중히 아끼는 빨간 담요가 철조망 가시에 걸리고 말았다. 하지만 소년들이 맹렬히 쫓아오고 있어서 담요를 그냥 두고 올 수밖에 없었다.

집에 돌아오자 내가 가져온 먹음직한 토마토들을 보고 엄마는 좋아했다. 그러나 토마토 서리를 하면서 담요를 잃어버렸다는 걸 알고는 몹시 화를 냈다. 하지만 다른 부모들과는 달리 엄마는 나를 때리지 않았다. 엄마는 우리를 향해 한 번도 손을 올려 본 적이 없었다.

먹을거리를 구하다가 한번은 부딪혀서 거의 죽을 뻔했다. 나는 마을 시장에 있는 가게에서 커다란 수박 열 통을 배달하는 일을 맡았다. 그 일을 하려면 마을 한가운데 도로를 가로질러 가야 했다. 가게 주인은 나에게 돈을 좀 주겠다고 제안했다. 나는 일을 다 마치고 나면 수박 조각을 덤으로 줄지도 모른다는 약간의 기대도 했다. 그러나 수박이 엄청 컸던 반면에 나는 아직 체구가 작았다. 첫 번째 수박과 씨름을 하다가 나는 도로의 복잡한 교통상황을 제대로 살피지 못했다. 눈을 떠보니 내가 머리에 피를 흘리며 도로 위에 누워 있었다. 옆에 떨어져 있는 수박은 박살나서 붉은 과육이 여기저기 흩어져 있었다. 나는 달리던 오토바이에 부딪힌 뒤 그 바퀴에 깔렸던 것이다. 내 머리가 수박처럼 박살나지 않은 게 천만다행이었다. 다리도 다쳤다. 오토바이 운전자는 나를 불쌍히 여겨 집까지 태워다 주었다. 나는 절뚝거리며 집으로 들어갔다. 엄마는 몹시 놀라며 곧바로 나를 의사에게 데려갔다. 의사는 내 상처를 붕대로 감아주었다. 나는 이날 엄마가 치료비를 어떤 방법으로 냈는지 모른다.

점점 성장해가면서 내 형들은 지네스틀레이를 벗어난 지역에 가서 더 많은 시간을 보냈다. 형들은 먹을거리가 나올 새로운 장소를 물색했던 것이다. 그리고 잠은 집에서 멀리 떨어진 기차역과 다리 밑에서 잤다. 가끔 이슬람교 성직자인 바바(Baba)가 사원에서 세킬라와 나를 돌보아 주었다. 그 성직자는 긴 대나무 막대와 줄을 가지고 강으로 낚시하러 갈 때 나를 데려가기도 했다. 옆집에 사는 다른 가족이 우리를 보살펴 주기도 했다. 어떤 때는 구두 형이 식당에서 그릇과 냄비를 닦을 때 그 옆에 앉아 있기도 했다.

이렇게 말하면 모순되게 들리지 모르겠지만 우리는 가정형편이 어려웠어도 꽤 행복하게 지냈다. 아침이 되면 가끔 나는 동네 학교 교문 근처에서 서성거렸다. 이때 아이들은 교복을 입고 등교하고 있었다. 언젠가 나도 저 아이들처럼 학생이 될 수 있기를 바라면서 학교 안을 들여다보곤 했다. 그러나 우리 집은 나를 학교에 보낼 형편이 못 되었다. 내가 교육을 전혀 받지 못한 것을 누구나 뻔히 알았기 때문에 좀 창피했다. 나는 읽거나 쓸 수 없었다. 아는 단어도 별로 없었다. 그래서 나는 말이 서툴렀고 대화도 힘들었다.

나는 여동생 세킬라와 가장 친하게 지냈다. 나는 세킬라를 책임지고 보살펴야 했다. 동생을 씻기고 음식을 먹여주고 돌보는 것이 내 임무였다. 세킬라와 나는 주로 같은 침대에서 잤다. 아침에 눈을 뜨면 나는 무엇이든 먹을 것을 구해서 세킬라를 먹였다. 우리는 함께 놀았다. 까꿍 놀이를 하고 숨바꼭질도 했다. 세킬라는 아주 자그마하고 예뻤다. 동생은 나와 함께 있기를 좋아했고 어딜 가든 나를 따라다녔다. 나는 동생을 보호했고 누가 그애를 괴롭히는 건 아닌지 항상 경계를 늦추지 않았다. 나는 아주 어린 아이였지만 누구보다도 큰 책임감으로 가장 먼저 세킬라를 챙겼다. 칼루 형은 구두 형보다 나이는 적었지만 구두 형처럼 집안의 기둥 역할을 했다. 가족의 생계를 돕기 위해 구두 형이 이것저것 닥치는 대로 일을 할 때 칼루 형은 구두 형을 뒷바라지 했다. 아버지는 집에 없었고 엄마가 가끔 멀리 일하러 가는 동안 우리들은 서로서로 돌보며 지냈다.

나는 집 마당 언저리에서 주로 시간을 보냈다. 세킬라가 집 안에 잠들어 있는 동안 나는 동쪽 마루에 혼자 앉아서 긴 하루를 보냈다. 하릴없이 남들 얘기를 엿듣고 주변의 삶을 지켜보았다. 동네 사람들은 우리에게 요리용 장작 나무를 주워오라고 시켰다. 그러면 나는 나무를 주워와 집 옆에 쌓아 두었다. 가끔 나는 동네 가게 주인에게 나무판자를 날라다주고 막대사탕 정도는 사먹을 수 있는 1 또는 2 파이사(인도 화폐단위)를 벌기도 했다. 주인은 가게 정문 옆에 있는 울타리 안에 그걸 쌓아놓으라고 했다. 이런 일을 빼면 대개 나는 마당에 혼자 그냥 앉아 있었다. 우리 집은 텔레비전이나 라디오가 없었다. 책이나 신문도 없었다. 물론 있었더라도 소용이 없었다. 나는 아무것도 읽을 수 없었기 때문이다. 그래서 나는 단조롭고 기본적인 것만을 하며 지냈다.

우리에겐 일상 음식도 역시 기본적인 것이었다. 로티 빵, 밥, 달(dhal : 콩을 삶아서 향신료를 넣고 국이나 수프 형태로 만든 인도의 전통 요리), 간혹 운이 좋으면 버무린 야채 몇 가지가 전부였다. 지역에서 키우는 과일이 있었지만 그건 구하기 힘들었고 대부분 돈을 벌기 위해 내다 팔았다. 주위엔 슬쩍 훔칠 수 있는 과일나무가 별로 없었다. 동네 야채 밭처럼 과일나무도 경비가 철저했다. 우리는 늘 굶주렸고 그게 일상적인 삶이었다.

오후가 돼 아이들이 학교를 마치고 오면 나도 그들과 함께 놀았다. 종종 우리는 맨 땅이 있으면 어디서라도 크리켓 경기를 했다. 나는 나비를 쫓아다니며 놀았고 날이 어두워지면 반딧불이를 쫓아다니며 놀았다. 연날리기도 가장 좋아하던 놀이 중 하나였다. 연은 아주 간단했다. 막대와 종이만 있으면 만들 수 있었다. 하지만 기본적인 연조차도 돈이 있어야 가질 수 있었다. 나는 연을 갖고 싶으면 나뭇가지에 달라붙은 연을 열심히 찾아서 아무리 위험하더라도 나무를 타고 올라가 가져오곤 했다. 흥미진진한 연 싸움도 했다. 연 싸움을 이기려고 연줄에 모래를 붙였다. 그러면 상대편 연줄을 닳게 해서 절단시키는 예리한 날 효과가 생겼다. 우리는 연을 날리며 상대방 연줄을 끊으려고 안간힘을 썼다. 아이들은 구슬 놀이도 했다. 이 역시 구슬을 사려면 돈이 필요했다.

나는 가까운 친구가 정말로 한 명도 없었다. 그건 우리가 이사를 왔기 때문일 수도 있고 내가 주변 사람을 믿지 않기 때문일 수도 있었다. 나는 내가 좋아하는 형들과 될 수 있는 한 많은 시간을 보냈다.

한두 해가 지나자 나는 집 밖으로 나가 놀 여유가 생겼다. 내가 집에 없어도 세킬라 혼자 안전하게 지낼 수 있을 거라고 생각했다. 그래서 가끔 세킬라를 잠시 집에 놔두고 돌아다녔다. 서양에서 이런 행위는 불법이다. 그러나 우리 동네에서는 부모님이 다른 할 일이 있으면 흔히 아이를 혼자 놔두었다. 나도 여러 차례 집에서 혼자 지낸 적이 있어서 세킬라를 혼자 남겨두는 것에 대해선 죄책감이 없었다.

여느 아이처럼 나도 처음엔 집 가까이에서 놀았다. 이 거리 저 거리를 달리며 놀다가도 집에 무슨 일이 생기면 빨리 집으로 돌아가기 위해서였다. 그러나 나중엔 모험을 하기 시작했다. 멀리 마을 한가운데까지 간 것이다. 어떤 때는 형들과 나는 한참을 걸어서 마을 경계선을 벗어나 댐 밑에 있는 강까지 내려가기도 했다. 우리는 낚시꾼들이 고기를 잡기 위해 망을 치는 걸 지켜봤다.

이때 구두 형은 14살, 칼루 형은 12살 정도였다. 그들은 집에서 보내는 시간이 거의 없었다. 많으면 일주일에 두세 번 정도밖에 그들을 보지 못했다. 그들은 대개 잔꾀로 먹고 살았다. 먹을거리라면 무엇이든지 찾기 위해 거리를 헤맸다. 그리고 밤에는 기차역에서 잤다. 때로는 기차역 청소를 한 대가로 음식이나 돈을 받기도 했다. 그들은 대부분 다른 도시에 머물렀다. 그 도시는 우리 마을에서 기차로 몇 정거장 떨어져 있고 한 시간 정도 가야 했다. 그들은 나에게 지네스틀레이는 별 재미가 없다고 했다. 그래서 돈과 음식을 구하기가 더 쉬운 '베람퍼'(Beramper)라고 하는 곳으로 간다는 것이었다. 나는 그 장소 이름을 정확하게 기억할 수 없었다. 형들은 거기에서 친구를 사귀기 시작했다. 그들은 모두 기차에 뛰어오르고 내리며 무임승차로 다녔다.

내가 너댓 살 쯤 됐을 때 형들은 가끔 나를 함께 데려갔다. 승무원이 기차표를 보자고 요구할라치면 우리는 기차에서 내려서 다음 기차에 뛰어올랐다. 베람퍼 기차역에 도착하기 전에 우리는 아주 작은 기차역(아무런 시설도 없고 가운데에 플랫폼만 있는 역) 두 개를 지났다. 베람퍼 역은 지네스틀레이 역보다 작았고 도시 외곽에 있었다. 그러나 형들은 내가 베람퍼 역까지만 가도록 허용했다. 내가 길을 잃을까봐 시내 쪽으로 나가지 못하게 했던 것이다. 형들이 일하는 동안 나는 플랫폼 주변에서 놀았다. 그리고 나중에 형들과 함께 집으로 돌아왔다. 먹을거리는 부족했지만 우리는 아주 자유로웠고 그게 우리는 좋았다.

다섯 살 어느 날 밤이었다. 낮에 거리에서 실컷 놀다 지쳐서 집으로 돌아왔다. 그날 밤 저녁을 먹기 위해 가족이 모인다는 말을 듣고 나는 마음이 들떴다. 엄마가 일을 마치고 집으로 왔다. 더 특이했던 건 구두 형이 우리를 보러 왔다. 칼루 형만 없었다.

그날 저녁 우리 넷이 함께 식사를 하는 동안 구두 형은 한 시간 정도 집에 머물렀다. 구두 형은 큰형이기 때문에 내가 가장 잘 따랐다. 구두 형이 한참 동안 집에 오질 않았기 때문에 나는 형과 함께 놀러가고 싶었다. 형은 이미 세상 밖으로 나가 있었다. 그래서 나도 이젠 더 이상 집에만 머물러 있을 꼬마가 아니라는 생각이 들었다.

엄마가 먹을거리를 더 구하러 외출하자 구두 형이 가야겠다고 며 일어섰다. 베람퍼로 돌아간다는 것이다. 순간 나도 형을 따라가고 싶은 생각이 들었다. 지금까지 늘 그랬듯이 아무 할 일 없이 집에 남아 있어야 한다고 생각하니 참을 수가 없었다. 나는 일어나 말했다.

"나 형하고 같이 갈 거야!"

그때가 초저녁이어서 형과 함께 나간다면 그날 밤에 형이 나를 집으로 데려다 줄 가능성은 거의 없었다. 집을 떠나면 우리는 함께 있어야 했다. 형은 잠시 생각하더니 허락했다. 나는 온몸에 전율을 느꼈다. 우리는 바닥에 앉아 있는 세킬라를 남겨두고 엄마가 돌아오기 전에 떠났다. 형이 나를 보살피는 상황이라면 엄마도 그리 걱정하지 않을 거라고 생각했다.

곧바로 구두 형은 빌린 자전거에 나를 태웠다. 그리고 한적한 거리를 지나 기차역까지 밤을 가르며 달렸다. 나는 신나서 깔깔대고 웃었다. 이보다 더 좋을 수가 있을까? 나는 형들과 그 전에도 여행을 한 적이 있지만 그날 밤은 색달랐다. 구두 형과 칼루 형이 그랬던 것처럼 나도 언제 집에 돌아올 것인지 또는 어디서 잘 것인지 아무런 계획 없이 구두 형과 함께 떠나고 있었던 것이다. 나는 형이 얼마동안 같이 머물도록 허락해 줄지 몰랐다. 하지만 거리를 질주하자 그건 걱정할 것이 못 되었다.

자전거를 탔던 내 모습을 지금도 생생하게 기억한다. 나는 자전거 핸들 바로 뒤에 있는 막대에 앉았고 두 발은 자전거 앞바퀴 축 양쪽 위에 올려놓았다. 길 도처에 웅덩이가 있어서 덜컹거렸지만 나는 전혀 개의치 않았다. 공중에는 반딧불이 수없이 날고 아이들이 그걸 쫓고 있었다. 우리는 그 아이들을 스쳐 지나갔다. 한 아이가 "야, 구두야!"라고 소리쳤지만 우리는 계속 달렸다. 나는 구두 형의 이름이 마을에 알려진 게 자랑스러웠다. 한번은 기차를 탔는데 누군가 형에 대해 말하는 걸 들은 적이 있었다. 나는 형이 유명하다고 생각했다. 우리는 어둠 속 거리를 걷는 사람들을 조심해야 했다. 특히 낮은 철길 다리 밑을 지날 때 조심해야 했다. 그때 형이 나머지는 내려서 걸어가자고 했다. 나를 태우고 왔기 때문에 형은 지친 것 같았다. 나는 자전거에서 내렸다. 형은 큰 길을 따라 기차역까지 자전거를 밀고 갔다. 그 중간에 열심히 차를 팔고 있는 상인들을 지나쳤다. 역 입구 근처에 오자 구두 형은 우거진 덤불 숲 뒤에 빌린 자전거를 숨겼다. 우리는 기차를 기다리기 위해 육교를 건너갔다.

기차가 굉음을 내며 들어오고 우리는 서둘러 기차에 올라탔다. 나는 벌써 졸음이 몰려왔다. 딱딱한 나무 의자 위에 우리는 가장 편한 자세로 자리를 잡았다. 하지만 모험의 재미는 점점 사그라지기 시작했다. 기차가 출발하자 나는 구두 형 어깨 위에 머리를 기댔다. 밤이 깊어지고 있었다. 우리는 한 시간 가량 기차를 탔을 것이다. 구두 형은 나를 데려온 걸 후회하고 있었는지 모른다. 나는 약간 죄책감을 느끼기 시작했다. 엄마가 일하러 가 있는 동안 내가 세킬라를 보살펴야 하는데 언제 집으로 돌아갈지 몰랐기 때문이었다.

베람퍼에 내리자 나는 너무 지쳐서 플랫폼에 있는 나무 의자에 폭 쓰러졌다. 그리고 쉬지 않으면 더 이상 못 가겠다고 말했다. 구두 형은 괜찮다고 했다.

"여기 앉아서 꼼짝 말고 있어! 잠시 후에 돌아올게. 오늘 잠잘 곳을 찾아볼게."

구두 형은 어쨌든 뭔가 할 일이 있었다. 그는 먹을거리를 찾으러 가거나 플랫폼 근처에서 동전을 주으려 하는 것 같았다. 나는 누워서 눈을 감았는데 분명 곧바로 곯아떨어졌을 것이다.

잠에서 깨어나자 아주 조용했고 역에는 아무도 없었다. 잠에 취한 눈으로 구두 형을 찾아 둘러봤지만 어디에도 형은 없었다. 우리가 내렸던 플랫폼에는 기차가 있었다. 객차 문이 열려 있었다. 그게 내가 탔던 기차인지 알 수 없었다. 내가 얼마나 잠을 잤는지도 알 수 없었다.

바로 그 순간 내가 무슨 생각을 했는지 지금도 곰곰이 떠올려 보곤 한다. 아직 잠이 덜 깬 상태였다. 그런데 밤에 혼자가 된 나는 덜컥 겁이 났다. 내 머릿속은 혼란스러웠다. 구두 형은 안 보였다. 형은 멀리 가지 않을 거라고 내게 말했었다. 그렇다면 혹시 기차로 돌아간 걸까? 나는 이리저리 왔다갔다 하다가 주변을 한번 둘러보러 탑승 계단으로 올라갔다. 승강장엔 사람들이 자고 있었다. 이 사람들이 깨어나 승무원을 호출할까봐 나는 계단을 다시 내려왔다. 구두 형은 나에게 꼼짝 말고 그 자리에 있으라고 했었다. 그렇게 말하고 형은 다른 객차에 올라타 의자 밑을 청소하고 있을지도 몰랐다. 어두컴컴한 플랫폼에서 내가 다시 잠이 들고 형이 탄 기차가 떠나버리면 나만 혼자 남게 될 것이다. 그럼 어떡한단 말인가?

나는 다른 객차 안을 들여다봤는데 아무도 없었다. 하지만 객차의 텅 빈 나무벤치가 편안해 보였다. 또 객차 안이 한적한 역보다 더 안전하게 느껴졌다. 구두 형은 곧 돌아와 나를 발견하게 될 것이고 이때 미소 지으며 청소할 때 주은 특별한 선물을 줄 것만 같았다. 몸을 쭉 뻗었다. 잠시 뒤 나는 다시 평화롭게 잠이 들었다.

이번엔 제대로 잠을 잔 게 틀림없었다. 깨어나 보니 환한 햇빛이 비치고 있었다. 밝은 태양의 직사광선에 눈이 부셨다. 깜짝 놀라 둘러보니 기차가 움직이고 있었다. 기차가 계속 덜컹거리며 달리고 있었다.

나는 벌떡 일어났다. 객차 안엔 여전히 아무도 없었다. 막대봉으로 가로막은 창문 밖의 풍경이 빠르게 지나가고 있었다. 형은 어디에도 보이질 않았다. 나는 달리는 기차 안에서 전혀 누구의 방해도 받지 않고 혼자 잠들어 있었던 것이다.

하급 객차들은 내부 문을 통해 옆 칸과 서로 드나들 수 없게 돼 있었다. 승객들은 객차 양쪽 끝에 있는 바깥 쪽 문을 통해 객차에 타고 내렸다. 나는 객차 한쪽 끝으로 가서 양쪽 문을 열어보려고 했다. 그런데 둘 다 잠겨 있었다. 꼼짝도 하지 않았다. 객차 다른 쪽 끝으로 달려가 보았다. 역시 잠겨 있었다. 내가 갇혔다는 걸 알았을 때 엄습해오던 그 오싹한 공포감을 지금도 잊을 수가 없다. 맥이 쭉 빠지면서 머리카락이 쭈뼛 서고 또 꿈을 꾸는 것 같고… 이 모든 게 한데 뒤섞인 느낌이었다. 그때 내가 무엇을 했는지 정확하게 떠오르지 않는다. 소리치고 창문을 두드리고 울고 욕을 퍼부었을 것이다. 심장이 평소보다 몇 배나 빨리 뛰면서 제정신이 아니었다. 객차 안에 있는 어떤 표지판이라도 읽을 수만 있었다면 지금 기차가 어디로 가는지, 어떻게 기차에서 나갈 수 있는지 알 수 있겠지만 나는 완전히 까막눈이었다. 혹시 의자 밑에 자는 사람이 있을지도 몰라서 이리저리 뛰어다니며 모든 의자 밑을 뒤져보았다. 나밖에 없었다. 그러나 나는 계속 이리저리 뛰어다니며 형 이름을 크게 부르고 빨리 와서 나를 데려가 달라고 애원했다. 엄마와 작은 형 칼루도 불러보았지만 모든 게 소용없었다. 아무런 대답이 없었다. 기차는 멈추질 않았다.

나는 미아가 되었다.

눈앞에 닥친 사태의 심각성을 깨닫자 몸이 저절로 움츠러들었다. 무서워진 나는 고슴도치가 몸을 말아 방어하듯 내 몸을 동그랗게 웅크렸다. 나는 오랫동안 울거나 멍한 상태로 앉아 있었다.

빈 객차는 한참을 달렸고 나는 혹시나 특이한 풍경이나 건물을 볼 수 있을까 해서 몸을 일으켜 창밖을 내다보았다. 바깥세상은 고향과 비슷했고 두드러진 특징은 없었다. 지금 어디로 가는지는 몰랐지만 그전 어느 때보다도 훨씬 더 멀리 가고 있었다. 나는 이미 집에서 아주 멀어졌다.

나는 좀처럼 몸을 움직일 수 없었다. 돌발상황을 헤쳐 나가려고 발버둥치다가 진이 빠져서 신체기능이 마비된 듯했다. 나는 울다가 잠이 들었다. 가끔 창밖을 내다보았다. 먹을 게 전혀 없었다. 그나마 마실 물은 있었다. 객차 뒤편에 더러운 칸막이 화장실이 있었고, 거기에 수도꼭지가 달려 있었다. 화장실엔 선로 쪽으로 움푹한 구멍이 뚫려 있었다.

한번은 잠에서 깨어나 보니 기차가 멈춰 서 있었다. 기차역에 들어선 것이다. 가슴이 두근거렸다. 플랫폼에 있는 사람의 시선을 끌 수 있을 거라고 생각했다. 하지만 어두워서 아무도 보이질 않았다. 여전히 출입문은 움직이지 않았다. 기차가 갑자기 요동치며 다시 이동하기 시작했다. 주먹으로 문을 두드리고 계속 소리를 질러댔다. 결국 나는 힘이 다 빠져 버렸다.

이 경험으로 나는 사람들이 우는 이유를 깨달았다. 우리 정신과 가슴이 어찌할 바를 모를 때는 몸이 반응한다는 것이다. 나도 충격 때문에 울음이 나왔다. 그렇게 내내 울었던 게 나름 효과가 있었다. 내 몸이 감정을 조절한 셈이었다.

그러고 나니까 놀랍게도 기분이 나아지기 시작했다. 나는 기진맥진한 상태에서 자다깨다를 반복했다. 내가 어디에 있고 어디로 가는 지도 모른 채 혼자 갇혀 있던 그 엄청난 공포…, 지금 다시 생각해도 그만한 악몽은 없다. 나는 그때를 스냅사진처럼 기억한다. 창문을 보고 깨어났다가 무서워서 몸을 움츠리고 다시 잠들고 또 깨고, 기차는 역에 몇 차례 더 멈췄지만 문은 열리지 않았다. 어찌된 일이지 아무도 나를 발견하지 못했다.

시간이 흐르자 역경을 이겨내는 힘이 돌아오기 시작했다. 내가 동네를 돌아다니며 길렀던 힘이다. 혼자 힘으로 헤쳐 나갈 수 없으면 때를 기다렸다가 기회가 오면 집에 갈 방법을 찾아야겠다고 생각했다. 나도 형들처럼 헤쳐 나갈 것이다. 형들은 한꺼번에 며칠씩 집에 안 들어오고도 잘 지내왔다. 나도 그렇게 할 수 있다. 형들은 잠잘 곳을 찾고 구걸하면서 혼자 버틸 수 있도록 가르쳐 주었다. 나는 이 기차를 타고 아주 멀리 왔다. 그렇다면 이 기차만 타고 있으면 다시 집으로 돌아갈 수도 있을 것이다. 나는 앉아서 밖을 내다보면서 창 옆으로 지나가는 세상 말고는 아무것도 생각하지 않으려 했다. 나는 눈앞에 펼쳐지는 세상을 바라보았다.

점점 시골 풍경은 더 초록빛으로 변했다. 여태껏 본 풍경 중 가장 초록빛을 띠었다. 푸르게 우거진 들판이 보였다. 큰 나무엔 가지는 없으나 꼭대기에는 잎이 아주 무성했다. 해가 구름 뒤에서 모습을 드러내자 모든 사물이 갑자기 밝은 녹색 빛을 띠었다. 철길 옆 뒤얽힌 덤불을 뚫고 원숭이들이 달리자 밝은 색깔의 새들이 놀라 푸드득거렸다. 강, 호수, 연못, 들판 어딜 보나 물이 있었다. 나에게는 새로운 세계였다. 사람들조차도 다르게 보였다.

잠시 후 기차가 작은 마을들을 통과해 달리기 시작했다. 아이들은 철길 옆에서 놀고 있고 엄마들은 요리를 하거나 집 뒤편 계단에서 빨래를 하고 있었다. 지나가는 기차의 창문에 매달려 있는 외로운 아이를 아무도 쳐다보지 않았다. 마을은 더 커지고 마을 간 간격도 더 좁아지더니 이젠 들판이나 탁 트인 시골은 보이질 않았다. 대신 주택과 도로가 점점 더 많아지고 승용차, 인력거들도 많아지기 시작했다. 큰 건물도 내 고향보다 훨씬 더 많았다. 버스와 트럭들이 보였고 다른 기차 선로들도 눈에 띄었다. 사방천지가 사람들로 넘쳐났다. 지금껏 봐왔던 사람 수와는 비교가 안 됐다. 상상할 수 없을 정도로 사람이 많았다.

마침내 기차가 속력을 줄였다. 기차가 또 다른 역에 가까워지는 게 틀림없었다. 이번엔 내 여정이 끝나는 걸까? 기차는 엔진을 끄고 관성에 따라 거의 움직이지 않을 때까지 갔다. 그러더니 갑자기 요동을 친 뒤 완전히 멈춰 섰다. 나는 눈을 크게 뜨고 창문 막대봉 뒤에서 밖을 내다보았다. 플랫폼엔 군중들이 몰려들었고 저마다 짐을 들고 급히 걸어가고 있었다. 사람들 수백 명, 수천 명이 사방으로 발걸음을 재촉하고 있었다. 그 순간 갑자기 누군가 내가 타고 있던 객차의 한쪽 문을 열었다. 일초도 생각하지 않고 나는 열차 통로 아래쪽으로 힘껏 달려가 최대한 빨리 플랫폼으로 뛰어 내렸다. 드디어 나는 해방되었다.

이 도시 이름을 처음 알게 된 것은 호바트에서 부모님이 내 방 벽에 붙어 있던 지도를 손으로 가리킬 때였다. 기차에서 막 내려 도시 이름을 들었다한들 그건 나에겐 아무런 의미가 없었다. 나는 그 이름을 들어본 적이 없었기 때문이다. 어쨌든 나는 그 당시에 캘커타로 불리던 곳에 도착했다. 캘커타는 거대한 난개발 도시다. 그곳은 인구과밀과 오염, 극심한 빈곤 그리고 세상에서 가장 겁나 고 위험한 도시 중의 하나로 유명했다.

나는 맨발에 때 묻은 검정색 바지, 단추가 몇 개 떨어져 나간 흰색 반소매 셔츠를 입고 있었다. 그게 전부였다. 돈이나 음식은 전혀 없었다. 내 신원을 확인할 만한 것도 아무것도 없었다. 꽤 배 가 고팠지만 굶주림은 아주 익숙해서 큰 문제는 아니었다. 정말로 내게 절실했던 것은 도움이었다.

나는 객차 감옥에서 벗어나 기분이 좋았다. 하지만 어마어마 한 기차역과 사람들을 보고 깜짝 놀랐다. 나는 미친 듯이 사방을 둘러보았다. 구두 형도 함께 이 기차를 타고 왔을지도 모른다는 착각이 들었다. 그래서 형이 모든 사람을 제치고 와서 나를 구해 줄 수도 있다는 기대감에 사로잡혔다. 그러나 낯익은 얼굴은 전 혀 없었다. 나는 본능적으로 사람들에게 길을 비켜주는 것 말고는 어디로 가야 할지, 무엇을 해야 할지를 몰라 멍하니 서 있었다. 누군가 내 고향으로 돌아가는 방법을 알려주리라 기대하면서 나는 "지네스틀레이? 베람퍼?" 하며 외쳤다. 하지만 바삐 지나가는 무리 가운데 누구 하나 눈곱만큼의 관심도 보여주지 않았다.

내가 타고 왔던 기차는 틀림없이 다시 떠났을 것이다. 그러나 떠나는 것을 본 기억이 없다. 설령 봤더라도 그 당시 나는 신경이 아주 예민해진 상태라서 장시간 갇혀 있었던 기차에 다시 타지 않았을 것이다. 어딘가로 돌아다니면 상황이 더 나빠질까봐 나는 공포에 떨며 그 자리에 가만히 서 있었다. 나는 플랫폼에 계속 남아 가끔 "베람퍼?" 하고 외쳤다.

주변은 온통 어지러운 소음뿐이었다. 사람들은 소리치고 서로 부르고 우글우글 모여서 잡담을 나눴다. 나는 아무 말도 알아들을 수 없었다. 사람들은 무지 분주해 보였다. 그들은 거대한 무리를 지어 기차에 오르내리고 가능한 한 빨리 가려고 서로 밀치며 앞으로 나아갔다.

한두 명이 멈춰 서서 내 말을 들었다. 내가 그들에게 간신히 할 수 있었던 말은 "기차, 지네스틀레이?" 정도가 전부였다. 대부분 곧바로 고개를 가로젓고 지나가 버렸다. 마침내 한 사람이 멈춰 서 물었다. "그런데 '지네스틀레이'가 어디지?" 그가 뭘 묻는지 알 수 없었다. 그건 그냥… 내 고향일 뿐이었다. 지네스틀레이가 어디라고 어떻게 설명하지? 그 남자는 얼굴을 찌푸리더니 그냥 가 버렸다. 고향에 있는 내 형들처럼 여기 기차역 주변에도 구걸하거나 배회하는 아이들이 많이 있었다. 나도 그 불쌍한 아이 중 한 아이일 뿐이었다. 뭔가 소리를 지르지만 너무 왜소해서 아무도 귀를 기울이지 않는 하찮은 존재였던 것이다.

나는 습관적으로 경찰관들을 멀리 피했다. 구두 형을 감금했듯이 그들이 나도 감금할까봐 두려웠다. 경찰은 역에서 칫솔과 치약 세트를 팔았다는 이유로 형을 붙잡아 감옥에 집어넣었다. 형이 감옥에 들어가고 사흘이 지나서야 우리 가족은 형의 소재를 알았다. 그 후부터 우리는 승무원, 경찰관 등 제복을 입은 사람이면 누구든 다 피했다. 캘커타 역에 내렸을 때에도 그들이 도움을 줄 수 있다는 생각은 전혀 해보지 않았다.

나는 단 한 사람의 관심도 끌지 못했다. 모든 사람이 떠난 뒤에도 나는 플랫폼에 남아 있었다. 거기서 간혹 잠이 들었다. 하지만 딴 데로 갈 생각을 못했고 다음에 뭘 할지도 생각 못했다. 다음 날 언제쯤 됐을까, 심신이 지치고 괴로워 나는 더 이상 도움을 구하는 걸 포기했다. 역에 있는 사람들은 더 이상 사람이 아니고 강이나 하늘처럼 내가 다가갈 수 없는 견고한 큰 덩어리로 보였다.

한 가지 확실한 믿음은 기차를 타고 지금 있는 곳까지 왔다면 다시 그 기차를 타면 왔던 곳으로 되돌아갈 수 있을 거라는 것이었다. 고향에서 본 기억에 따르면 기차에서 내리면 그 반대편 선로의 기차는 원래 방향으로 돌아갔다. 그러나 이 역은 종점이었다. 그래서 모든 기차는 들어와 멈춘 뒤 왔던 길로 되돌아갔다. 수많은 기차의 행선지를 내 스스로 알아내야 했다.

나는 플랫폼에 도착하는 기차마다 올라탔다. 이것만큼 간단한 방법이 있을 수 있을까? 기차가 덜컹거리며 나아가자 나는 역을 더 자세히 살펴볼 수 있었다. 역은 어마어마한 붉은색 건물이었고 많은 아치형 장식과 탑이 있었다. 내가 여태껏 본 건물 중 가장 큰 건물이었다. 나는 역의 규모에 놀랐다. 그러나 그 역을 영원히 떠나고 싶었다. 역에 있는 엄청난 사람들도 다시는 보지 않기를 바랐다. 하지만 한 시간 쯤 뒤에 기차는 도시 외곽 어딘가에 있는 노선 종점에 도착했다. 그리고 나서 선로를 바꾸더니 처음에 출발했던 거대한 역으로 다시 돌아왔다.

다른 기차를 잡아탔지만 똑같은 일이 벌어졌다. 혹시 고향 가는 기차는 다른 플랫폼에서 출발하는 건가? 여기는 고향 근처 역보다 플랫폼이 훨씬 더 많았다. 그리고 각 플랫폼마다 여러 종류의 기차들이 있는 것 같았다. 어떤 기차는 수많은 칸막이 방이 있었고 승객의 탑승을 돕는 승무원들이 배치되어 있었다. 객차를 계속 이어놓은 기차도 있었다. 내가 탔던 기차처럼 이 객차의 긴 의자에는 사람들이 가득했다. 기차는 놀라울 정도로 많았다. 그러나 틀림없이 이들 중 하나만 내가 왔던 곳으로 돌아가는 기차일 것이다.

나는 계속해서 시도를 해야 했다. 그래서 기차를 타는 게 내 일 과였다. 매일 하루도 쉬지 않고 나는 도시에서 나가는 기차를 탔 다. 나는 낮 동안에만 기차를 탔다. 다시는 객차 안에 갇히고 싶지 않았기 때문이었다. 기차가 떠날 때마다 나는 기대에 부풀어 지나 가는 경치를 바라보았다. 그리고 혼잣말을 되뇌었다.

"맞아, 맞아, 이 기차를 타면 집에 갈 수 있을 거야. 저 건물이 나 나무들은 전에 본 적이 있지."

종종 기차는 종점에 도착했다가 다시 돌아왔다. 어떤 경우엔 종착역에 그냥 머무르는 경우도 있었다. 그러면 기차가 돌아가는 다음 날까지 낯설고 텅 빈 곳에서 꼼짝없이 있어야 했다. 기차가 종점에 도착하기 전에 기차에서 내린 경우는 밤이 다가올 때 뿐이 었다. 그때는 쉽게 눈에 띄지 않도록 역 안에 있는 의자 밑으로 기 어들어갔다. 그리고 몸이 따뜻해지도록 꼭 움츠렸다. 다행히도 아 주 춥지는 않았다. 나는 승객이 떨어뜨린 땅콩이나 먹다 남은 옥 수수자루 등 땅에서 주운 음식 찌꺼기를 먹으며 버텼다. 다행히 도 물 마실 수도꼭지는 쉽게 찾을 수 있었다. 이 생활은 내가 그전 에 살았던 방식과는 완전히 달랐다. 무섭고 고달팠다. 하지만 나 는 어떻게 살아야 할지 알게 되었고 내 몸은 그 생활에 익숙해져 갔다. 나는 혼자 힘으로 사는 방법을 배워가고 있었다.

나는 다른 플랫폼에 가서 행선지를 바꿔가며 기차를 타고 왔다 갔다 했다. 하지만 결국 목적지에 이르지 못했다. 어떤 경우엔 내가 본 기억이 있는 걸 또 보게 되기도 했다. 그런가 하면 전에 탄 적이 있는 기차를 우연히 또 타기도 했다. 이렇게 왔다 갔다 하는 동안 아무도 나에게 기차표를 보여 달라고 요구하지 않았다. 철도 관계자가 나를 제지했었더라면 나는 도움을 요청할 용기를 냈을 것이다. 그러나 아무도 나를 제지하지 않았다.

한번은 승무원이 내가 길을 잃은 걸 알아챈 것 같았다. 그러나 내가 즉각 의사표현을 하지 못하자 그는 더 이상 귀찮게 하지 말라고 단호하게 못을 박았다. 어른들의 세계는 나에게 닫혀 있었다. 그래서 나는 혼자 힘으로 내 문제를 계속 헤쳐 나가야 했다.

얼마 후(이주일 정도 지날 무렵) 나는 자신감을 잃기 시작했다. 내 고향은 캘커타 밖 어딘가에 있을 텐데 고향으로 가는 기차는 없는 것 같았다. 아니면 내가 문제를 해결할 수 없을 정도로 사태가 꼬인 것 같기도 했다. 기차역 밖의 도시에 대해 알고 있는 건 기차 창문 밖으로 본 것이 전부였다. 저기 밖에는 나를 도와주고 고향으로 가는 방향을 알려줄 사람이 있을지도 모를 일이었다. 나아가서는 약간의 먹을거리도 주는 사람이 있을 것 같기도 했다.

그러나 나는 붉은색 역에 점점 더 익숙해져 갔다. 역을 드나드는 사람들 무리가 겁나긴 했지만 이 역이야말로 내 고향으로 돌아갈 수 있는 확실하고도 유일한 연결고리라는 생각이 들었다. 기차를 타고 새롭고 낯선 곳을 돌아다닐 때마다 거대한 역으로 다시 돌아오게 되면 기분이 좋았다. 그 역 주변 길을 훤히 꿰고 있었고, 어디서 자야 할지 또 어딜 가면 먹을거리를 가장 잘 구할 수 있는지 알고 있었다. 물론 가장 먼저 엄마를 찾고 싶었다. 하지만 나는 기차역 생활에 적응해 가고 있었다.

나는 유난히도 플랫폼 맨 끝 쪽에 항상 모여 있는 아이들 무리를 주목했다. 그들은 밤마다 낡은 담요를 두른 채 우글우글 모여 있었다. 그들도 나처럼 갈 곳이 없는 것 같았다. 하지만 그들은 의자 밑이나 기차 안으로 몸을 숨기려 하지 않았다. 나는 그들을 지켜봤고 그들도 나를 봤을 것이다. 그런데 그들은 나에 대해 전혀 관심을 보이지 않았다. 나는 처음엔 그들에게 접근할 자신이 없었다. 그러나 집을 찾지 못하게 되자 그들에 대한 불신감도 누그러들었다. 어른들은 전혀 도움이 안 된다는 게 입증됐지만 혹시 이 아이들은 도와주지 않을까? 적어도 애들은 내가 그들 옆에 있도록 해줄지 모른다. 또 많은 아이들과 함께 있으면 내가 더 안전해질 수도 있었다.

아이들은 우호적이지 않았다. 하지만 나를 쫓아내지도 않았다. 나는 그들 가까이에 있는 딱딱한 나무 의자 위에서 두 손을 베개 삼아 누워 있었다. 여기엔 혼자 힘으로 살아가는 아이들이 많왔다. 그래서 그들 무리에 한 사람쯤 더 낀다고 해도 새삼 놀랄 일이 아니었다. 낮에 기차를 타고 갔다오면 기진맥진했지만 다음 날엔 기차 타는 일을 처음부터 다시 시작하지 않을 수 있다고 생각하며 안도감에 젖었다. 그리고 나는 옆에 다른 아이들이 있으니 안전하다고 생각하며 곧바로 곯아떨어졌다.

얼마 지나지 않아 잠자리가 뒤숭숭했다. 처음엔 악몽을 꾸나 싶었다. 어린아이들이 지르는 소리가 들렸다. "저리 가, 날 놔줘!" 곧 이어 아이들과 어른들이 소리를 질렀다. 기차역에서 비쳐오는 희미한 불빛 속에서 소리를 지르는 한 남자가 보이는 듯했다. 그 남자는 언뜻 듣기에 "나랑 같이 가자니깐!" 하며 소리쳤다. 그때 한 아이가 또렷하게 외쳤다. "도망 가!" 나는 이것이 꿈이 아니라는 걸 알고 벌떡 일어섰다.

혼란스런 상황에서 어른들이 아이들을 들어올려 데려가고 플랫폼 끝부분에서 작은 여자 아이가 한 남자의 손아귀에서 벗어나려고 몸부림치는 게 보였다. 나는 죽어라 달렸다. 어두컴컴한 플랫폼 아랫방향으로 힘껏 달려서 그 끝에서 철로 아래로 뛰어내렸다. 그리고 어둠 속으로 질주했다. 커다란 벽을 따라 정신없이 달리면서 누가 쫓아오나 보기 위해 나는 어깨 너머로 계속 뒤를 돌아다보았다. 내 뒤에 아무도 없다는 걸 확인하고도 속도를 줄이지 않았다. 뒤에 있는 기차역에서 무슨 일이 벌어진 건지, 왜 어른들이 아이들을 붙잡아 가는지 나는 알지 못했다. 확실한 것은 나는 절대로 잡힐 리 없다는 것이었다.

그러나 위험은 뒤에만 있는 게 아니라 앞에도 있었다. 선로를 따라 오른쪽으로 돌자 기차가 나를 향해 곧바로 돌진해왔다. 기차의 눈부신 불빛과 정면으로 마주친 것이다. 나는 한쪽으로 몸을 날렸다. 기차는 귀청이 찢어질 정도로 굉음을 내며 내 몸에 닿을 듯 말 듯 가까이 지나갔다. 기차가 계속 지나가는 동안 나는 벽에다 몸을 최대한 밀착시켰다. 객차에서 튀어나와 있을 지도 모를 물체를 피하기 위해 얼굴을 옆으로 돌렸다. 기차가 지나가는 시간이 마치 영원처럼 느껴졌다.

기차가 다 지나가고 나서야 정신을 차릴 수 있었다. 이 새로운 도시에 도사리고 있는 위험이 두려웠다. 하지만 나는 내 기지로 버텨야 했다. 지금 생각해보니 다섯 살이란 나이가 갖고 있는 장점이 있었다. 다른 아이들에게 무슨 일이 일어났고 그게 뭘 뜻하는 것인지 별로 신경 쓰지 않았다. 일부러 그런 건 아니지만 다섯 살이다 보니 자연스럽게 큰 고민을 하지 않았다. 그 나이에 아무 생각 없이 계속 삶을 지탱하는 것 말고 뭘 할 수 있었겠는가?

나는 더욱 조심조심하며 계속 철로를 따라갔다. 그러다 보니 길이 나왔다. 캘커타에 도착한 뒤 처음으로 걸어서 철로와 기차역을 벗어났던 것이다. 길은 붐볐다. 더 안전하다는 생각이 들었다.

길을 따라가자 금방 엄청나게 큰 강의 둑이 나타났다. 강 위로는 회색 하늘을 배경으로 검은 빛을 띤 거대한 다리가 뻗어 있었다. 그 광경을 보고 받은 강렬한 인상은 지금도 뚜렷하게 남아 있다.

강둑 위를 따라 쭉 늘어 선 상점들 틈새로 드넓은 강물이 보였다. 많은 보트가 둥둥 떠 있었다. 강물 위로 다리가 우뚝 서 있었다. 다리는 어마어마한 구조물이었다. 다리 보행로에는 사람들이 가득 차 있었다. 도로 위에는 자전거, 오토바이, 승용차 그리고 트럭이 무리지어 가고 있었다. 교통 흐름은 느렸지만 소음이 엄청났다. 작은 시골에서 온 꼬마에게는 놀라운 광경이었다.

도대체 몇 명이나 될까? 여기가 세상에서 가장 큰 곳인가? 기차역을 떠나 도시를 보자 집을 잃은 게 더 실감났다.

눈앞에 펼쳐진 광경의 규모에 놀라 나는 한동안 멍하니 거리에 서 있었다. 나는 눈에 띌 것 같지 않았다. 그런데도 기차역에서 아이들을 데려갔던 어른들이 계속 쫓아와 나를 발견할까봐 걱정되었다. 이런 생각을 하자 상점들을 지나 강둑으로 걸어갈 용기가 났다.

비탈진 풀밭 언덕은 잎이 무성한 큰 나무들로 그늘져 있었다. 여기를 지나자 곧바로 흙탕물이 있는 강가가 나왔다. 강가에는 사람들로 꽉 차 있었다. 모두 뭔가를 하고 있었다. 목욕하는 사람들이 있는가 하면 그 옆 얕은 물에선 요리 냄비와 그릇을 씻는 사람들도 있었다. 또 작은 난롯불을 피우는 사람들도 있었다. 짐꾼들은 길고 나지막한 보트에서 둑 위로 온갖 물건을 날랐다.

고향에 있을 때 나는 매우 호기심이 많은 아이였다. 나는 한 장소에 오래 있는 걸 좋아하지 않았다. 나는 항상 근처에 무엇이 있는지 살펴보고 싶어했다. 이런 기질 때문에 나도 형들처럼 이리저리 돌아다니며 독립적으로 살아나가는 걸 그토록 갈망했던 것이다. 또 이런 기질 때문에 그날 밤 구두 형과 함께 집을 떠나기로 서둘러 결심했던 것이다. 그러나 어마어마한 도시의 거대한 역에서 길을 잃게 되자 그 본능이 사라져 버렸다. 나는 고향의 낯익은 거리가 그리웠다.

이젠 어디로 가야 하나? 역으로 돌아갈 것인지, 붐비고 혼잡한 거리로 갈 것인지, 아니면 앞은 탁 틔었지만 낯설기만 한 강둑에서 지낼 것인지, 내 마음은 갈피를 잡지 못했다. 사방 어디를 둘러봐도 이 도시는 끝이 없었다. 낮에 시달리고 제대로 먹지 못한데다 잠까지 부족해 기진맥진했다. 나는 뭘 해야 할지 몰랐다. 누군가 혹시 먹을거리를 줄까 기대하고 매점 몇 군데를 어슬렁거려 보았지만 쫓겨나고 말았다.

강둑을 따라 한참 걷다가 마침내 잠자고 있는 한 무리의 사람들을 보게 되었다. 내가 성자(聖子)로 기억하고 있는 사람들이었다. 고향에서도 이런 사람들을 본 적이 있다. 그러나 고향 이슬람교 사원에 있는 성직자와는 달랐다. 고향의 성직자는 마을 사람들과 똑같이 긴 흰 셔츠와 바지를 입었다. 그런데 이 사람들은 맨발에 짙은 황색 예복을 입고 구슬 목걸이를 하고 있었다. 그 중 일부는 아주 무섭게 보였다. 더럽고 긴 머리카락 뭉치를 머리 위에 감아올리고 얼굴에는 빨간 색과 흰색 물감 칠을 하고 있었다. 그들도 바깥 거리 생활을 하다 보니 나처럼 더러웠다. 그동안 나는 가급적 어른들을 멀리해 왔다. 그러나 여기 성자들 사이에 있으면 어느 나쁜 사람도 나를 절대 찾아낼 수 없겠지? 나는 그들 옆에 포갠 두 손을 베개 삼아 쪼그리고 누웠다. 몸을 공처럼 둥글게 하고….

어느 새 아침이 되었다. 나 혼자였다. 성자들은 모두 떠났다. 해는 떠오르고 사람들이 오가고 있었다. 나는 캘커타 거리에서 첫 밤을 무사히 넘겼다.

살아남아야 했다

나는 늘 배가 고팠다. 적어도 먹을거리를 구하는 데는 거대한 붉은 역 안보다 넓은 강변이 더 나았다. 노점상들은 구걸하는 아이들에게 차가웠다. 그래서 나는 강변을 따라 걸으며 혹시 요리하고 있는 사람들을 만나길 바랐다.

해가 나자 강은 지금까지 본 것 중 가장 큰 강이라는 것을 알게 되었다. 그러나 이 강은 다른 강보다 훨씬 더럽고 냄새도 훨씬 고약했다. 강에는 죽은 동물과 인간의 배설물 그리고 쓰레기가 줄줄이 널려 있었다. 강변을 따라 걷고 있는데 쓰레기 더미 사이에 사람 시체 두 구가 보였다. 나는 경악했다. 그 중 한 사람은 목이 잘려 나갔고 다른 사람은 귀가 잘려 있었다.

나는 전에도 죽은 사람을 본 적이 있다. 고향에선 사람이 죽으면 사람들은 망자(亡子)를 정중하게 모셨다. 나는 야외에 그냥 방치돼 있는 시체를 본 적이 없었다. 여기선 죽은 사람들이 무지막지하게 훼손되었는데도 모두가 죽은 동물 정도로 취급했다. 시체들은 파리떼로 뒤덮여 있었고 쥐들이 갉아먹은 것처럼 보였다. 그들은 뜨거운 태양 아래 방치돼 있었다.

그 광경을 보니 역겨웠다. 그러나 가장 충격적이었던 건 이 도시가 얼마나 위험한 곳인지를 깨닫게 됐다는 것이다. 이 도시에서는 날마다 생사가 왔다 갔다 한다는 것을 그 시체들이 확인시켜준 셈이었다. 모든 장소가 위험했고 모든 사람이 위험했다. 강도들, 어린이 납치범들 심지어 살인자들도 있었다. 이렇게 생각하니 온갖 공포가 밀려왔다. 형들이 집을 떠나 살았던 세상이 바로 이런 곳이었다는 말인가? 형들과 함께 기차를 타고 베람퍼에 갔을 때 나에게 절대로 기차역을 떠나지 못하게 했던 것도 이 때문이었을까? 기차역에서 구두 형에겐 무슨 일이 있었던 걸까? 도대체 어디로 간 걸까? 내가 깨어났을 때 형은 왜 거기에 없었던 걸까? 형은 지금도 어딘가에서 나를 찾고 있을까? 가족들은 내게 무슨 일이 벌어졌을 거라고 생각할까? 나를 아직도 찾고 있을까? 아니면 내가 죽고 없어져 영원히 실종됐다고 생각할까?

나는 엄마, 구두 형, 내 가족 품으로 돌아가서 그들의 보호와 보살핌을 받고 싶었다. 그 희망을 잃지 않으려면 최대한 강해져야 한다. 그렇지 않으면 여기 광활하고 더러운 강둑에서 나는 실종되거나 심지어 죽게 될 것이다. 나는 스스로를 지켜야 한다고 생각했다. 나는 다시 용기를 냈다.

나는 다리 쪽으로 돌아와서 강으로 내려가는 돌계단으로 갔다. 계단 위에서는 사람들이 씻기도 하고 빨래도 했다. 계단 옆으로는 넓은 돌 배수구가 있었다. 거리에서 나오는 물과 쓰레기를 강으로 내려 보내는 배수구였다. 아이들은 물속에서 물을 튀기고 장난을 치며 놀고 있었다. 나도 함께 놀기 위해 강으로 갔다. 강은 하수구 역할을 하고 장례까지 치르는 곳이었다. 그런 강에서 누구나 씻고 멱을 감았다는 것은 지금 생각하면 정말 충격적이다(인도를 찾는 많은 방문객들도 이 이야기를 들으면 충격을 받는다.). 그러나 그때 나는 조금도 주저하지 않았다. 거기는 그냥 강이었고 강은 모든 이를 위한 곳이었다. 강은 특별히 친절을 베푸는 장소이기도 했다.

아이들은 내가 함께 놀 수 있도록 해주었다. 우리는 대낮의 열기를 식힐 수 있는 물속에서 놀았다. 어떤 아이들은 아주 자신 있게 계단 옆에서 강으로 뛰어들었다. 그러나 나는 물이 무릎에 찰 정도까지만 계단 아래로 내려갔다. 고향 근처 강에서 형들은 나에게 헤엄치는 법을 가르쳐주려고 애를 썼으나 다 배우지 못했다. 고향에선 장마철이 아니면 강은 텀벙 뛰어들어도 될 정도로 꽤 얕고 잔잔했다. 나는 물에서 노는 걸 좋아했다. 지금도 생각만 해도 즐겁다.

오후 늦게 아이들은 집으로 돌아갔다. 나는 날이 저물지 않기를 바라면서 계단에 남아 있었다. 그런데 강은 정말로 놀라웠다. 낮 동안 내내 수위가 높아지고 있었는데 나는 미처 그걸 알아채지 못했다. 나는 물로 뛰어들었다. 아까까지는 안전했던 지점이었다. 그런데 물이 훨씬 깊어져 머리 위까지 쑥 들어갔다. 물 흐름도 훨씬 강했다. 나는 계단에서 떠내려갔다. 첨벙거리며 필사적으로 팔을 저었다. 그리고 발로 강바닥을 세차게 찬 뒤 숨을 쉬기 위해 수면 쪽으로 올라가려고 몸부림쳤다. 그러나 강물은 다시 나를 아래쪽으로 더 멀리 끌어당겼다. 이번엔 너무 멀리 떠내려가 강바닥에 발이 닿질 않았다. 나는 물에 빠져 죽을 위기에 있었다.

그 순간 바로 옆에서 텀벙하는 소리가 들렸다. 그러더니 누군가 내 몸을 위로 확 잡아채 계단 위에 내려놓았다. 나는 계단에 앉아 캑캑 기침을 하며 흙탕물을 토해냈다. 나는 집 없는 노인에 의해 구조되었다. 그 노인은 돌 배수구에서 뛰어내려 허우적대는 나를 제때에 붙잡아 물에서 끄집어냈던 것이다. 그러고 나서 그는 계단 위쪽 강둑으로 말없이 돌아갔다. 그는 그 강둑에서 살았던 것 같다.

운좋게 구조가 돼서 내 경계심이 풀어진 걸까, 아니면 다섯 살

밖에 안 된 어린아이여서 그랬던 걸까! 다음 날 나는 강에서 헤엄치다 또 다시 홍역을 치렀다. 어리석게도 불어난 물과 빠른 물살에 다시 휩쓸렸다. 놀랍게도 같은 사람이 다시 날 구해주었다. 그 노인은 내가 강에 들어가는 것을 눈여겨보고 있었던 것 같았다. 다시 나를 계단 위로 끌어올렸다. 이번엔 모든 상황을 사람들이 지켜보고 있었다. 나는 계단 위에서 캑캑거리며 어제보다 더 많은 물을 토해냈다. 내 주위엔 사람들이 빙 둘러 서 있었다. 그들은 신들이 내 목숨을 구했고 아직 내가 죽을 때가 안 되었다고 말하고 있었다.

빽빽하게 모여서 서로 밀치며 나를 구경하고 있는 사람들 때문에 나는 기가 질렸다. 정말로 창피했고 두 번씩이나 거의 물에 빠져죽을 뻔한 내 자신에게 화도 났다. 나는 벌떡 일어나 전속력을 다해 달아났다. 더 이상 달릴 수 없을 때까지 강둑을 따라 멀리 도망갔다. 그리고 나는 다시는 강물엔 들어가지 않겠다고 다짐했다. 부랴부랴 도망쳐온 탓에 나의 수호천사나 다름없는 그 노인에게 아직까지도 감사 인사를 하지 못했다. 한 번도 아니고 두 번이나 나를 구해줬는데 말이다.

사람들을 피하기 위해 달리다보니 내가 평소 익숙하던 지역을 벗어나고 말았다. 밤이 다가왔다. 어두워지기 전에 강둑의 내 구역으로 돌아가기에는 너무 늦었다. 그래서 근처 어딘가에 잠잘 곳을 빨리 찾아야 했다. 나는 폐공장처럼 보이는 곳을 발견했다. 공장 뒤편 어두운 곳엔 커다란 쓰레기 더미가 쌓여 있었다. 기진맥진해진 나는 마분지 조각을 찾아 그걸 쓰레기 더미 뒤에 놓고 누웠다. 거기에선 악취가 풍겼지만 이젠 악취 정도는 익숙했다. 적어도 눈에 띄지 않는 것만으로도 다행이었다.

그날 밤, 근처 가로등 밑에서 짖어 대는 험악한 개들 때문에 나는 잠에서 깼다. 나는 한 손에 돌을 쥐었다. 또 손이 쉽게 닿을 만한 거리에 돌 뭉치를 놓아두었다. 그런 상태로 잠이 들었던 게 틀림없었다. 뜨거운 햇볕이 얼굴에 가득 내리쬐어 깨어나 보니 돌 뭉치가 거기에 그대로 있었기 때문이다. 그런데 개들은 보이질 않았다.

그 후 얼마 안 되어 나는 역 주변 지리를 많이 알게 되었다. 그곳 작은 가게와 노점에서 나는 먹을거리를 찾아 헤맸다. 이 가게들에서 풍겨 나오는 냄새는 참을 수 없었다. 망고와 수박, 튀김, 굴랍 자문(gulab jamun:인도 도넛), 사탕과자 가게에서 파는 라뚜(laddu:인도 전통과자) 등등. 그때 내 눈엔 먹는 사람들만 보였다. 땅콩을 까면서 잡담하는 사람들, 차를 마시며 작은 포도송이를 나눠 먹는 사람들… 그 당시에 나는 굶주림 때문에 고통스러웠다. 모든 가게 주인을 찾아가 구걸해 보았지만 그들은 항상 나를 내쫓았다. 그 옆에서 얼쩡거리던 아이들 예닐곱 명도 쫓겨나기는 마찬가지였다. 그들이 도와주기엔 우리들 숫자가 너무나 많았다.

　나는 사람들이 먹는 걸 지켜보았다. 그들은 내 가족만큼이나 가난한 사람들이었다. 그래서 그들은 음식을 남기는 법이 없었다. 그러나 이따금 그들은 음식을 떨어뜨리거나 전부 다 먹지 않을 때도 있었다. 쓰레기통이 없었기 때문에 음식을 먹고 나면 찌꺼기를 그냥 땅에 버렸다.

　형들과 나는 철도 플랫폼에서 어떤 음식을 주워 먹어야 할지 알고 있었다. 그래서 여기서도 어떤 찌꺼기가 안전한 먹잇감인지 구분할 수 있었다. 사모사(samosa:인도 삼각형 튀김만두)처럼 튀긴 음식 조각들은 흙만 털어내면 꽤 안전했다. 하지만 그건 아주 귀했다. 느닷없이 달리기 경쟁이 벌어지기도 했다. 다른 아이들보다 더 빨리 먹다 남은 음식을 줍기 위해서였다. 대개 나는 사람들이 쉽게 흘리는 걸 주워먹었다. 말린 새끼콩과 녹두, 견과류 또는 향료가 들어간 부자 믹스(bhuja mix:인도 전통 스낵과자)같은 것이다. 간혹 나는 원판 모양의 빵 조각을 주으려고 달음질치곤 했다. 먹다 남은 음식이 모두에게 절실했기 때문에 아이들끼리 충돌이 벌어졌다. 나는 거칠게 옆으로 밀쳐나거나 심지어 얻어맞기까지 했다. 우리는 뼈다귀를 놓고 싸우는 사나운 개들이나 다름없었다.

　잠잘 때는 주로 역과 강 근처에서 잤다. 나는 주변 거리들을 탐색하기 시작했다. 나의 타고난 방랑 기질이 발동했다. 그것 역시 옆 동네에 먹을거리가 있을 거라는 기대감 때문이었다. 친절한 노점상이 먹을거리를 줄지도 몰랐다. 또 시장에서 버린 상자에 거의 온전한 불량품이 들어 있을 수도 있었다. 이렇게 먹을거리가 나올 만한 곳을 다른 부랑아들보다 내가 먼저 찾을 수 있다는 자신감이 있었다. 이렇게 거대한 곳엔 가능성이 무궁무진했다.

위험도 무궁무진했다. 한번은 원정을 갔는데 집들이 빽빽하게 들어선 구역이 있었다. 거기엔 대나무와 녹슨 골함석을 함께 엮은 오두막집과 금방이라도 무너질 것 같은 집들이 들어차 있었다. 뭔가가 죽어 있는지 냄새가 정말로 지독했다. 순간 나를 못마땅한 눈초리로 쳐다보는 사람들이 있었다. 그들은 내가 여기서 어슬렁거릴 권리가 없다는 눈치였다. 자세히 보니까 나이가 좀 있는 아이들이었다. 그들은 궐련을 피우고 있었다. 그들이 나를 째려보자 나는 불안해서 가던 길을 딱 멈췄다.

한 아이가 손으로 궐련을 휘저으며 일어났다. 그러더니 큰소리를 지르며 다가왔다. 그의 친구들은 다 같이 웃었다. 나는 무슨 말인지 몰라서 우물쭈물하며 거기에 서 있었다. 그 순간 그 아이가 곧바로 내게 오더니 내 뺨을 두 차례 내리쳤다. 그러면서 나한테 계속 뭐라고 지껄였다. 말이 안 나올 정도로 당황해서 나는 울기 시작했다. 그런데 그는 나를 다시 더 세게 때렸다. 나는 땅바닥에 쓰러져 울었다. 아이들은 깔깔대며 웃었다.

나는 상황이 더 나빠지기 전에 거기서 빠져나가야 한다고 생각했다. 나는 정신을 가다듬었다. 그리고 나는 일어나 몸을 돌렸다. 마치 위험한 개를 피할 때처럼 일정한 보폭으로 걷기 시작했다. 아직도 뺨은 얼얼했다. 내가 그들 구역에 머물지 않겠다는 걸 보여주면 그들이 나를 그냥 놔둘지도 모른다고 생각했다. 그러나 그들이 나를 쫓아오기 시작했다. 순간 나도 도망치기 시작했다. 눈에 맺힌 눈물 사이로 두 건물 간 좁은 틈새를 발견하고 그쪽으로 쏜살같이 달아났다. 이때 아이들이 던진 돌 하나가 내 팔에 맞았다.

나는 건물 틈새로 비틀거리며 달려갔다. 그랬더니 사방이 둘러싸인 마당이 나왔다. 출구는 보이질 않았다. 아이들은 마당 건너편에서 소리를 지르고 있었다. 땅은 쓰레기 천지였다. 그런데 이 쓰레기 더미가 높이 쌓여서 멀리 있는 담까지 연결되어 있었다. 쓰레기 더미로 올라가면 저쪽 길로 나갈 수 있을 것 같았다. 그래서 마당을 가로질러 조심조심 가는 순간 일당들이 내가 미처 보지 못한 입구를 통해 나타났다. 그들은 녹슨 쓰레기통에서 뭔가를 집어 들었다. 그 중 대장이 나를 향해 소리를 질렀다. 그때 첫 번째 병이 공중을 가르고 날아오더니 내 뒤쪽 벽을 맞고 박살났다. 이어서 병들이 계속 날아와 내 주변에서 깨졌다. 누군가 나를 맞혀 목표를 달성하는 건 시간문제였다. 나는 몸을 숙인 채 비틀거리며 도망쳐 쓰레기 더미에 도착했다. 다행히도 쓰레기 더미가 내 몸무게를 견뎌냈다. 나는 계속 올라가 담 꼭대기까지 도착했다. 아이들이 더 이상 쫓아오지 않길 간절히 바라며 담 꼭대기 위를 달렸다. 병이 계속 날아와 밑에 있는 벽을 맞고 깨졌다. 다리 옆으로도 병이 윙윙 소리를 내며 지나갔다.

내가 도망치는 걸 보는 건 일당들에겐 충분한 재밋거리였을 것이다. 그들은 자신들의 영역에서 나를 쫓아냈다. 내가 비틀거리며 전속력으로 달아나자 그들은 굳이 더 이상 쫓아오지 않았다. 한참 뒤에 나는 누군가의 집 뒷마당 벽에 기대어 놓은 대나무 사다리를 발견했다. 이 사다리를 타고 내려온 뒤 집을 통과해 앞문 밖으로 쏜살같이 달려나왔다. 이때 아기와 함께 앉아 있는 여인을 지나쳤다. 그녀는 내가 지나가는 걸 못 본 것 같았다. 나는 다리 쪽을 향해 최대한 빨리 달음질치며 멀리 사라졌다.

강둑에 있는 동안에도 나는 먹을거리를 찾으러 다녔다. 안전하게 쉴 수 있는 장소도 물색하였다. 그전 잠자리에 가보면 간혹 다른 아이들이 이미 차지하고 있었다. 그러면 잠자리를 옮겨야 했다. 어떤 때는 더 좋은 위치를 정말로 우연히 찾기도 했다. 나는 노숙을 하면서 망을 보느라 끊임없이 스트레스를 받았다. 그래서 항상 지쳐 있었다. 어느 날 해질 무렵 강둑을 따라 걷다가 처음으로 다리의 커다란 구조물 아래에 가게 되었다. 구조물 바로 밑에 나무로 된 작은 제단(祭壇) 몇 개가 함께 놓여 있었다. 거기엔 코코넛과 동전 같은 제물이 있었다. 또 내가 전에 본 기억이 있는 여신, 두르가(Durga:힌두교에서 전쟁의 여신)의 그림과 작은 조각상들이 있었다. 두르가는 최고의 여신인 마하데비(Mahadevi)의 전사(戰士) 형상이다. 여신은 호랑이를 타고 여러 개의 팔에 무기들을 휘감고 있었다. 무기들은 여신이 악마를 죽일 때 사용했다는 이야기를 들은 적이 있었다. 진흙 램프의 희미한 불빛 사이로 보이는 여신은 무시무시했다. 그러나 주변이 온통 캄캄해서 깜박이는 작은 불빛들조차 위안이 되었다. 나는 다리 밑에 앉아 강 건너편을 바라보았다. 늘 배고팠던 나는 제물을 보자 너무 먹고 싶었다. 과일과 코코넛 조각들을 집어먹었다. 동전도 몇 개 집었다.

나는 여기를 떠나고 싶지 않았다. 여기는 안전할 거라는 생각이 들었다. 신전 옆에는 두꺼운 널빤지가 한 짝 있었다. 물 위에 매달아 놓은 제단이었다. 나는 널빤지가 튼튼하고 안전하다는 것을 확인한 뒤 그 위로 기어올라갔다. 딱딱한 나무판자 위에서 바로 밑 강물 소리를 들으며 나는 가족들을 생각했다. 그들은 잘 지내는지, 그들은 내 안부를 걱정하고 있을지 궁금했다.

나는 변해가고 있었다. 맨 처음 캘커타에 도착했을 때와 달라진 것이다. 덜 예민해지고 고통도 덜했다. 생각도 더 깊어졌다. 고향집은 변함없겠지만 나는 달라졌다. 집으로 돌아가고 싶은 마음은 여전히 절실했다. 그러나 나는 전적으로 그 생각만 하지는 않았다. 나는 가족의 품으로 돌아가겠다는 희망을 포기하지 않았지만 여기서 살아남아 하루하루 헤쳐 나가는 데 더 집중해야 했다. 집을 찾을 수 없는 게 현실이었다. 따라서 집 생각을 하는 것보다는 여기서 어떡하든지 살아남아야 했다. 집은 훨씬 더 까마득하게 느껴졌다. 이제는 잠시 살더라도 여기가 내 집이라는 생각이 들었다.

다음 날 아침 깨어나 보니 험상궂게 생긴 성자 한 명이 짙은 황색 예복을 입고 내 옆에서 명상을 하고 있었다. 다른 성자들도 속속 합류했다. 허리까지 옷을 내린 사람들도 있었고 장식을 한 긴 지팡이를 지니고 있는 사람도 있었다. 나는 잽싸게 그곳을 떠났다. 나는 그들의 신전에서 잠을 자고 제물도 가져왔다. 그들은 강물 위의 널빤지들을 두르가 여신을 위한 또 하나의 작은 신전으로 삼고 있었다. 그러나 그들은 나를 해치지 않았고 심지어 나를 깨우지도 않았다. 그들과 함께 지내면 마음이 편할 것만 같았다. 마치 우리가 여정을 함께하고 있는 것처럼.

어떤 날엔 할 일이 없어서 기차역 조차장(기차 차량을 서로 연결하거나 떼어내는 곳)으로 돌아가 선로들 사이를 배회하곤 했다. 근처엔 항상 다른 아이들도 있었다. 그들도 나처럼 무엇이라도 찾아 돌아다니거나 그냥 시간을 보냈다. 그들도 집을 잃고 어떤 선로가 집으로 돌아갈 수 있는 선로인지 생각하고 있는 것 같았다. 가끔 기차가 사람들에게 비켜나라는 경적을 울리면서 지나갔다.

한적하고 뜨거웠던 어느 날이었다. 나는 돌아다니다가 열기 때문에 정신이 멍해져서 선로 위에 앉아 거의 잠들다시피 했다. 이때 지저분한 하얀 셔츠와 바지를 입은 사람이 다가왔다. 그러더니 이렇게 위험한 곳을 돌아다니며 무엇을 하고 있냐고 나에게 물었다. 나는 멈칫멈칫 대답을 했다. 그러자 그는 내 말을 이해했다. 그리고 나에게 더 천천히 정성을 들여 말을 건넸다. 나는 그의 말을 알아들을 수 있었다. 그는 많은 아이들이 여기서 기차에 치여 죽고 팔과 다리를 잃는 아이들도 있다고 말했다. 기차역과 조차장은 위험한 곳이고 아이들의 놀이터가 아니라고 했다.

나는 그에게 집을 잃었다고 말했다. 그는 내 말을 끝까지 들어줄 만큼 인내심이 있었다. 여기에 용기를 얻어 나는 내 사연을 말했다. 나는 지네스틀레이에서 왔는데 사람들은 아무도 거기가 어디인지 모르는 것 같고 지금은 가족도 없고 살 곳도 없이 혼자 있다고 했다. 내가 남에게 내 이야기를 제대로 말한 것은 그때가 처음이었다. 내 사연을 듣더니 그는 나를 자기 집으로 데려가서 음식과 잠잘 곳을 주겠다고 했다. 나는 너무 기뻤다. 드디어 누군가 나를 구해주는 것 같았다. 나는 주저하지 않고 그를 따라갔다.

그는 철도 노동자였고 철로 옆에 있는 작은 오두막집에서 살았다. 모든 철도 노동자들은 거대한 붉은 역 입구에 모였다. 그 역 입구와 오두막집이 가까웠다. 오두막집의 틀은 나무였고 재질은 두꺼운 마분지 판을 덧댄 골함석 판이었다. 그는 다른 철도 노동자들과 함께 살았다. 모두가 함께하는 저녁 식사 자리에 나도 끼게 되었다. 집을 잃은 후 처음으로 나는 식탁에 앉아 누군가 만들어준 음식, 그것도 아직 따뜻한 기운이 남아 있는 음식을 먹었다. 그 음식은 철도 노동자 한 명이 오두막집 구석에 있는 작은 불 위에서 만들었다. 쌀이 들어간 렌틸 달(lentil daal:녹두로 만든 달 스프)이었다. 노동자들은 내가 있는 걸 신경 쓰지 않았다. 내가 그들 음식을 먹어도 불평하지 않았다.

그들은 매우 가난했다. 하지만 노숙하는 사람들과는 격이 다르게 살아갈 수 있는 여건을 갖고 있었다. 그들은 지붕이 있는 집이 있었고 그곳에서 평범한 음식 정도는 해먹을 수 있었다. 그리고 힘들긴 하지만 일거리가 있었다. 그들은 나에게 아주 작은 친절을 베풀었다. 처음 보는 아이에게 기꺼이 음식을 주고 재워주는 마음씨는 너무나 각별했다. 나는 지금까지 살아왔던 세계에서 완전히 다른 세계로 들어간 기분이었다. 골함석 판 몇 장과 한 줌의 녹두가 그렇게 해주었다. 날 구해준 집 없는 노인에 이어 두 번째로 낯선 사람의 신세를 지게 되었다. 이 사람의 친절 덕분에 내 생명을 건질 수 있을 것 같았다.

오두막집 뒤편에 짚으로 만든 간단한 침대가 남아 있었다. 나는 거기에서 편안하고 행복하게 잠이 들었다. 집에 돌아온 기분이었다. 철도 노동자는 나를 도와줄 수 있는 사람을 알고 있다고 말했다. 그리고 다음 날이 되자 그는 그 사람이 오기로 되어 있다고 했다. 나는 정말로 마음이 푹 놓였다. 그동안 일어난 모든 일은 이젠 악몽처럼 보였다. 곧 나는 집에 가게 될 것이다. 철도 노동자가 일하러 간 뒤 나는 구세주를 기다리며 오두막집에서 하루를 보냈다.

약속대로 다음 날 한 사람이 나타났다. 철도 노동자처럼 그도 내가 아는 쉬운 단어로 정성들여 말을 건넸다. 그는 옷을 단정하게 잘 차려 입고 있었다. 순간 그가 당시 인도 크리켓 경기 주장이었던 '까펠 데브'(Kapil Dev)와 닮아 보였다. 나는 그의 독특한 구레나룻 수염을 가리키며 "까펠 데브"라고 말했다. 그는 소리 내어 웃었다. 그는 내 침대에 앉더니 "이리 와서 집이 어디인지 말해보렴."하고 말했다. 나는 그동안 내게 무슨 일이 있었는지 말했다. 나를 돕기 위해 그는 내 집에 대해 되도록 많이 알고 싶어했다. 나는 그동안 일어난 모든 일을 설명하기 위해 최선을 다했다. 그때 그는 침대에 누웠다. 그러더니 나를 그 옆에 눕게 했다.

여기까지 오는 동안 나는 운 좋은 일도 많았고 나쁜 일도 많았다. 결정을 잘할 때도 있었고 잘 못할 때도 있었다. 내 본능은 항상 완벽하지는 않았다. 하지만 수 주일 동안 거리 생활을 하면서 위험한 상황에 대해 의식적, 무의식적 결정을 내리며 내 본능은 날카롭게 연마돼 왔다. 누구나 살아남으려면 본능을 믿는 법을 배워야 한다. 침대에서 낯선 사람 옆에 누워 있다 보면 어떤 다섯 살짜리 아이라도 불안해할 수밖에 없다. 별다른 일은 없었다. 그 남자가 내 몸 위에 손을 얹은 것도 아니었다. 그는 나에게 집을 찾아주겠다며 마음을 사로잡는 약속까지 했다. 그렇지만 뭔가 이상한 느낌이 들었다. 물론 내가 그를 불신한다는 것을 드러내서는 안 된다는 것쯤은 알고 있었다. 그의 기분을 맞춰야 한다는 것도 알았다. 그는 하룻밤 자고 나서 자신이 알고 있는 곳으로 함께 가자고 했다. 그러고 나서 나를 집으로 데려다주겠다고 했다. 나는 고개를 끄덕이며 좋다고 했다. 동시에 나는 이 남자를 더 이상 상대하지 말고 도망쳐야 한다고 생각했다.

오두막집에 온 이후 나는 이틀 밤 연달아 설거지를 하였다. 그날 밤도 식사 후에 나는 문 근처 구석에서 낡은 대야에 담긴 접시들을 닦았다. 남자들이 차를 마시고 담배를 피우기 위해 평소처럼 우글우글 모였다. 서로 이야기하고 잡담을 나누느라 완전히 정신이 없었다. 지금이 기회였다. 나는 최적의 순간을 포착해 문 밖으로 뛰쳐나갔다. 얼마나 빨리 뛰느냐에 내 생사가 달려 있기라도 하듯이 나는 죽어라 달렸다. 기습적으로 도망쳐 나와 출발이 유리했기 때문에 충분히 추격을 따돌릴 수 있을 것이라고 생각했다. 다시 한 번 나는 어둠 속으로 쏜살같이 달아났다. 철도를 지나 처음 보는 거리 아래쪽으로 달렸다. 어디로 가야 할지 몰랐다. 도망쳐야 한다는 생각 말고는 아무 생각이 없었다.

나는 금세 기진맥진해졌다. 사람들이 북적이는 거리로 일단 들어서자 속도를 줄였다. 내가 없어져도 그들은 신경 쓰지 않을 것이다. 설마 여기까지 나를 쫓아올 리 없을 것이다. 그 순간 바로 뒤에서 누군가 내 이름을 부르는 소리가 들렸다. 전기충격 같은 전율이 온 몸에 흘렀다. 나는 주변 사람들보다 훨씬 몸집이 작았는데도 즉시 몸을 수그렸다. 그리고 좁은 도로 가운데 사람들이 가장 붐비는 쪽으로 갔다. 도로 가장자리를 따라 노점상들이 바글바글 모여 소리를 지르며 음식을 팔고 있었다.

주위를 둘러보니까 나를 쫓고 있는 것 같은 두 사람이 어렴풋이 보였다. 험상궂고 무자비하게 생긴 남자들이 두리번거리며 발걸음을 재촉하고 있었다. 그 중 한 명이 내가 처음 만났던 철도 노동자였다. 그는 나를 자신의 집으로 데려갔던 그 친절한 사람이 더 이상 아니었다. 완전히 딴 사람 같았다. 나는 서둘러 도망쳤다. 그러나 길이 너무 붐벼서 빨리 도망갈 수 없었다. 그 사람들이 점점 가까워지는 게 느껴졌다. 숨어야 했다. 나는 두 집 사이에 작은 틈을 발견하고 그 틈으로 몸을 휙 숨겼다. 그리고 틈새 뒤쪽으로 최대한 빨리 엎드려 기어갔다.

가다보니 벽 한쪽에 물이 흘러나오는 하수도관이 있었다. 내 몸을 충분히 숨길 수 있는 크기였다. 나는 하수도관으로 엉덩이를 먼저 집어넣고 네 발로 기어서 거꾸로 들어갔다. 거리에서 내가 보이지 않을 때까지 들어갔다. 거미줄과 두 손 위로 흐르는 악취 나는 물은 의식할 겨를도 없었다. 나는 깜깜한 하수도관보다는 저기 밖에 있는 사람들이 훨씬 더 무서웠다. 그들이 나를 발견하면 살아남지 못할 것이다.

그들 중 한 명이 내가 숨어 있던 곳 바로 옆에 있는 과일 주스 노점상에게 말을 거는 소리가 들렸다. 그런데 철도 노동자가 내가 숨어 있는 파이프 쪽을 바라보고 있었다. 그는 험악한 눈초리로 유심히 살폈다. 순간 그의 눈길이 나에게 멈추는가 싶더니 잠시 주춤하다가 떠났다. 하수도관에서 밖을 내다보았을 때의 그 무시무시한 기억은 아직도 또렷하다. 나는 정말 발각 일보직전까지 갔던 걸까? 내가 목격한 게 나를 자신의 집으로 데려갔던 그 사람이었나? 그건 확실하지 않지만 배신의 충격 때문인지 그 장면은 지금까지 아주 선명하게 남아 있다. 나는 그 남자를 믿었다. 그가 나를 도와줄 것이라고 믿었다. 하지만 결국 내 밑에 있는 땅이 갈라지면서 나를 삼키려는 형국이 되고 말았다. 나는 그 무서운 느낌을 잊어본 적이 없다.

　나는 그들이 돌아갔다는 확신이 들 때까지 한참 동안 숨어 있었다. 그러고 나서 하수도관에서 빠져 나와 골목 가운데 가장 어두운 곳을 통해 걸어갔다. 모든 희망이 수포로 돌아가 가슴 아팠다. 하지만 한편으론 도망쳐 나올 수 있어서 정말로 다행이었다. 내 생존 본능은 강했다. 내 자신을 스스로 지켜냈다는 것에 나는 큰 힘을 얻었다.

구원의 손길

이제 기차역 근처에서 살아갈 용기가 사라졌다. 철도 노동자와 그 일행이 나를 발견할까봐 두려웠다. 그 사건 전에는 인근 지역으로 가끔 나가기도 했었다. 나는 아주 조심하는 편이어서 처음 기차를 타고 도착했던 곳에서 멀리까지는 돌아다니지 않았다. 그러나 이젠 멀리 가야 했다. 나는 처음으로 강을 건너가기로 결심했다.

긴 다리 양쪽 보도는 역 플랫폼만큼이나 사람들이 많았다. 그러나 사람들은 훨씬 더 다양했다. 사람들이 대부분 이리저리 발걸음을 재촉했다. 아주 바쁜 것 같았다. 어떤 사람들은 마치 강 위 다리에서 살기라도 하듯 어슬렁거리며 돌아다녔다. 나는 삼삼오오 왔다 갔다 하는 무리들을 재빨리 피해야 했다. 머리 위에 어마어마한 짐을 이고 나르는 사람들에게도 길을 비켜줘야 했다. 나는 팔과 눈이 없는 거지들 옆을 지나갔다. 병에 걸려 얼굴이 상하고 패인 거지들도 있었다. 모두 금속으로 된 동냥접시를 들고 위를 쳐다보며 돈이나 먹을거리를 달라고 소리쳤다. 다리 중앙 도로에는 인력거와 소달구지 등 온갖 종류의 차량들로 북적였다. 주인을 잃고 싸움판을 떠도는 소떼도 있었다. 그 모든 규모가 기를 질리게 했다. 나는 최대한 빨리 헤쳐 나아갔다. 다리 건너편에 도착하자 주요 도로는 끝났다.

이젠 주변이 한적했다. 나는 꾸불꾸불한 골목과 거리를 무작정 배회했다. 그러면서 어떤 게 나에게 화를 미치고 어떤 게 도움이 될 만한 것인지 주의 깊게 살폈다. 철도 노동자 때문에 그 차이를 구별하기가 어려워졌다. 철도 노동자에게 속은 것은 결과적으로 길거리에서 버틸 수 있는 나의 능력을 믿게 되었다. 한편으론 나 혼자 힘으로는 오랫동안 살아남을 수 없다는 것도 깨닫게 되었다. 위험 요소가 너무 많고 그 위험을 알아채기도 쉽지 않았다. 사람들에 대한 의심이 더욱 커졌다. 그들은 냉담하거나 나쁜 사람들이었다. 하지만 나를 진정으로 도와줄 수 있는 누군가를 찾아야 했다. 강둑의 집 없는 노인과 같은 사람 말이다. 나는 사람들을 피하고 싶었지만 지금 처지에서 벗어날 방법도 찾고 싶었다. 나는 정말로 경계를 게을리하지 말아야 했다.

나는 조금씩 사람들에게 접근하기 시작했다. 어느 날 새로 온 지역의 거리를 걷다가 내 나이 또래 소년과 우연히 마주쳤다. 그 소년은 혼잣말을 하거나 주변 사람에게 말할 때 전반적으로 목소리가 컸다. 내가 그를 쳐다보자 그는 나에게 "안녕" 하며 말을 건넸다. 우리는 수줍어하며 잠시 이야기를 나눴다. 그는 나보다 단어를 더 많이 알고 말투도 더 어른스러웠다. 그는 학생이었고 다정다감했다. 우리는 거리에서 잠시 뛰어놀았다. 그는 나에게 자기 집으로 함께 가자고 했다. 나는 조심스럽게 따라갔다.

집에 도착하자 소년은 자신의 엄마에게 나를 소개시켰다. 나는 그동안 내가 겪었던 일을 그들에게 조금 털어놨다. 소년의 엄마는 나를 집으로 데려다줄 수 있는 사람을 찾을 때까지 이 집에서 숙식을 함께 해도 좋다고 말했다. 그녀가 진정 어린 관심을 보이자 내 경계심은 사라졌다. 나는 이 친절한 여자가 나에게 해를 끼치지는 않을 것이라고 생각했다. 거리생활을 마칠 수 있는 기회가 온 것이다. 철도 노동자의 집에 짧게 머물렀지만 그 생활을 계기로 노숙하는 생활이 싫어졌다. 나는 이제 집 안에서 안전하게 머물고 싶었다. 나는 소년의 집에서 음식을 주고 잘 곳까지 챙겨줘 아주 행복했다.

다음 날 소년의 엄마가 소년을 데리고 밖으로 나가면서 나에게 함께 가자고 했다. 우리는 인근 연못으로 갔다. 거기에선 주민들이 빨래를 하고 있었다. 소년의 엄마도 빨래를 시작했다. 우리는 몸을 씻었다. 나는 집을 잃을 당시 입었던 검정색 바지와 흰색 반소매 셔츠를 그대로 입고 있었다. 아주 더러웠다. 나는 헤엄칠 필요가 없는 얕은 물속에 있기를 좋아했다. 평소라면 거기에 줄곧 있을 수도 있었다. 그러나 해가 지자 내 새 친구는 물 밖으로 나와서 몸을 말리고 옷을 입었다. 이때 소년의 엄마가 집으로 돌아가자고 나를 부르기 시작했다. 그때 나는 가족들이 지켜야 할 법도를 잊고 있었다. 또 엄마의 권위를 당연히 존중해야 했다. 나는 가기 싫다며 물속에서 계속 첨벙거렸다. 그랬더니 소년의 엄마가 갑자기 화를 내며 나에게 돌을 던졌다. 돌은 간발의 차이로 나를 비켜갔다. 나는 울기 시작했다. 그녀는 아들을 데리고 신경질을 내며 돌아가 버렸다.

그 당시 연못 얕은 곳에 서서 나는 무슨 생각을 했을까? 정확한 기억은 없다. 혹시 내가 오해를 했던 걸까? 혹시 내가 계속 물속에 있으니까 내가 그들과 함께 가길 싫어한다고 그들이 오해한 것일까? 엄마는 내가 잘못 행동했더라도 절대 나에게 돌은 던지지 않았을 것이다. 그런데 소년의 엄마는 나를 쉽게 받아주더니 그만큼 쉽게 나에게 등을 돌려버렸다. 거대 도시에 사는 사람들은 정말로 다 이런 건가?

그들은 나를 혼자 남겨두고 떠났다. 그래도 그들을 만난 건 긍정적인 경험이었다. 제대로 된 음식을 먹고 집 안에서 잠잘 수 있는 기회를 가진 것도 나름 성과였다. 더 중요한 것은 내 말을 이해할 수 있는 사람이 당초 생각보다 더 많다는 것이다. 그리고 얼마 안 되어 또 한 사람을 만났다.

어느 날 나는 가게 앞 근처에서 어슬렁거리며 먹을거리를 구할 기회를 엿보고 있었다. 그때 구두 형 또래의 소년이 손수레에 물건을 싣고 지나갔다. 왜 그가 날 쳐다보게 되었는지 모르지만 그는 나에게 뭔가 알아들을 수 없는 말을 했다. 전혀 공격적인 태도는 아니었다. 그래서 무섭지는 않았다. 그가 다가오자 나는 그냥 서서 그를 바라보았다. 그러자 그는 찬찬히 말을 건네며 나보고 무엇을 하고 있는지 또 이름은 무엇인지 물었다.

잠시 이야기하는 동안 나는 집을 잃었다고 털어놓았다. 그랬더니 그가 자기 가족과 함께 지내자고 했다. 나는 그가 악심을 품을 수도 있고 작은 소년의 엄마처럼 갑자기 나를 공격할지도 모른다고 생각하며 주저주저했다. 하지만 나는 그를 따라갔다. 위험부담이 있었다. 그러나 거리에 있어도 위험하기는 마찬가지였다. 그런데 위험에 대한 거의 직감적인 판단, 즉 본능적으로 나는 이 소년이 착하다는 생각이 들었다.

내 본능은 적중했다. 그는 매우 친절했다. 나는 그의 가족들이 있는 집에서 며칠 동안 머물렀다. 가끔 나는 그와 함께 나가서 손수레에 물건을 싣고 내리는 일을 도와주었다. 그는 인내심이 있었고 나를 지켜주려고 하는 것 같았다.

　어느 날 그는 평소와 달리 더 어른스럽고 더 심각한 어조로 나에게 말을 걸어왔다. 그는 내가 도움을 받을 수 있는 곳으로 데려가 주겠다고 했다. 우리는 함께 시내를 가로질러 갔다. 그는 큰 경찰서로 나를 데려갔다. 경찰관들이 많이 있었다. 즉각 나는 거부 반응을 보였다. 이거 속임수 아닌가? 나를 체포시키려 했단 말이야? 십대 소년은 나를 진정시켰다. 그러더니 경찰관들은 악의가 없고 내 집과 가족을 찾아주기 위해 노력할 것이라고 단언했다. 어찌 된 영문인지 도무지 알 수 없었다. 하지만 나는 그와 함께 경찰서 안으로 들어갔다. 십대 소년은 경찰관에게 한참 동안 말을 했다. 그러더니 마침내 돌아와서 경찰관 보호 아래 나를 맡기겠다고 했다. 나는 그가 가지 않길 바랐다. 나는 여전히 경찰관만 보면 무지 불안했다. 그러나 나는 이 소년을 확실히 믿었기 때문에 경찰서에 남기로 했다. 내가 달리 할 수 있는 것도 없었다. 그가 작별 인사를 할 땐 나는 슬프고 무서웠다. 그러나 그는 자신이 할 수 있는 모든 걸 다했고 이게 내가 집을 찾을 수 있는 최선의 방법이라고 말했다. 그때 그에게 감사의 인사를 했어야 했다.

　그 소년이 떠나자 곧바로 경찰관은 나를 경찰서 뒤편 밖에 있는 유치장으로 데려갔다. 그리고 유치장 작은 방에 가두더니 문을 잠갔다. 상황이 더 좋아지고 있는 것인지 더 나빠지고 있는 것인지 알 수 없었다. 그때는 몰랐지만 사실 엄밀히 말하면 강둑의 노인만큼이나 소년은 내 생명의 은인이었다.

그가 나를 경찰서로 데려다주지 않았거나 내가 그를 믿지 않았더라면 나는 어떻게 되었을까? 나는 지금도 간혹 이 생각을 한다. 결국 다른 누군가가 그 소년처럼 경찰서로 데려다주었을 수도 있다. 또는 집 잃은 아이들을 돌보는 단체에서 나를 데려갔었을 수도 있다. 그러나 나는 길에서 죽었을 가능성이 더 높다. 오늘날에도 콜카타(Kolkata:옛 이름은 캘커타)에는 집 잃은 아이들이 수십 만 가까이 있고 그 중 상당수가 성인이 되기도 전에 목숨을 잃는다.

물론 철도 노동자의 친구가 무슨 계획을 갖고 있었는지는 확실히 알 수는 없다. 또 그날 밤 기차역에서 자고 있을 때 바로 옆에서 잡혀갔던 아이들이 어떻게 되었는지도 알 수 없다. 그러나 그들은 내가 겪었던 공포보다 훨씬 더 큰 공포에 떨었을 것이라고 확신할 수 있다. 요즘에도 성매매나 노예, 심지어는 장기매매를 위해 얼마나 많은 인도 아이들이 밀매되는지 아무도 모른다. 하지만 아이들 수는 아주 많은 반면 단속하는 관리는 너무 적어서 모든 이런 거래들이 늘어만 가고 있다.

인도에서 끔찍한 연쇄살인 사건이 터진 건 내가 노숙생활을 끝내고 난 지 불과 2년 뒤였다. 봄베이에서는 '스톤맨'(Stoneman) 연쇄살인사건(1980년대 초에 인도 봄베이에서 일어난 연쇄살인사건)이 있었다. 이어서 캘커타에서도 이 사건과 비슷한 수법의 악명 높은 연쇄살인사건이 발생했다. 누군가 밤에 자고 있는 노숙자들을 죽이기 시작했다. 특히 도시의 중심 기차역 근처에서 사건이 일어났다. 범인은 노숙자들이 자고 있을 때 큰 돌이나 콘크리트 석판으로 머리를 내리쳤다. 6개월 남짓 동안 13명이 죽었고 아무도 기소되지 않았다(경찰이 정신장애가 있는 용의자를 붙잡은 뒤에야 연쇄살인은 멈추었다.). 내가 거리에 남아 있었더라면 나는 오늘날까지 살아남지 못했을 가능성이 아주 높다. 그리고 분명 이 책도 쓰지 못했을 것이다. 나는 잊고 싶은 기억들이 너무나도 많다. 그렇지만 항상 기억나길 바랐던 한 가지가 있다. 바로 그 십대 소년의 이름이다.

그날 밤 나는 경찰서 유치장에서 잤다. 다음 날 아침 경찰관들이 왔다. 그들은 내가 체포됐거나 문제가 있는 건 아니라며 안심시켰다. 그리고 나를 도와주려고 한다고 했다. 전혀 마음 놓을 수 없었지만 나는 그냥 경찰관들의 말을 받아들였다. 이것이 내가 지구 반 바퀴나 떨어진 곳으로 가게 된 첫 시작이었다.

경찰관은 나에게 음식을 준 뒤 커다란 쌀 운반용 마차에 태웠다. 다른 아이들도 함께 탔다. 나보다 나이가 많은 아이도 있었고 적은 아이도 있었다. 우리는 시내를 관통해 한 건물로 갔다. 관료로 보이는 사람들이 우리에게 점심과 음료수를 주었다. 그들은 나에게 많은 질문을 던졌다. 나는 늘 그 질문들을 알아듣지 못했다. 그렇지만 그들이 알고 싶어했던 것은 분명했다. 내가 누구이고 출생지가 어디냐는 것이었다. 나는 대답할 수 있는 말은 다했다. 그들은 많은 서식 용지와 서류에 내 대답을 기록했다. '지네스틀레이'는 그들에게 아무런 의미가 없었다. 나는 기차를 탔던 곳의 이름을 떠올리려 안간힘을 썼다. 하지만 형들이 말했던 지명과 비슷한 '부람푸어', '비람퍼', '베람퍼…' 정도만 말할 수 있었다.

비록 기록은 했지만 그들은 그곳을 찾을 수 있을 것이라고는 정말로 기대하지 않았을 것이다. 그곳은 상당히 작은 지역인데다 지명도 확실하지 않았기 때문이었다. 나는 내 이름조차도 다 알지 못했다. 나는 그냥 '사루'(Saroo)였다. 결국 내가 누구인지, 출생지가 어디인지도 파악하지 못한 채 그들은 내 신분을 '미아'로 확정지었다.

질문을 다 마친 뒤 그들은 나를 승합차에 태워 또 다른 건물로 데려갔다. 나처럼 갈 곳 없는 아이들을 수용하는 곳이라고 했다. 우리 차는 녹이 슨 거대한 철문 앞에 섰다. 마치 감옥 문 같았다. 문 바로 옆 벽에는 아주 작은 출입구가 있었다. 거기에 들어가면 언제 다시 나올 수 있을까 싶었다. 하지만 나는 이미 여기까지 왔고 거리로 돌아가고 싶지는 않았다.

안으로 들어가니 '수용소'라고 하는 거대한 건물의 합숙시설이 있었다. 나를 데려간 곳은 엄청 컸다. 2층으로 되어 있었는데 수백 명, 아니 수천 명은 돼 보이는 아이들이 무리를 지어 놀거나 앉아 있었다. 이어서 나를 커다란 홀로 데려갔다. 거기엔 2층 침대가 줄줄이 길게 놓여 있었다. 홀 끝에는 공동 목욕탕이 있었다.

　나를 데려간 곳은 모기장이 쳐진 2층 침대였다. 그 침대를 자그마한 소녀와 함께 사용하였다. 음식과 물도 주었다. 처음에 수용소 건물은 내가 과거에 상상했던 학교처럼 보였다. 그러나 이 학교는 침대가 들어찬 방들이 있고 거기서 살아야 했다. 학교가 아니라 병원에 더 가까웠고 심지어 감옥 같았다. 시간이 갈수록 학교라기보다는 감옥이란 생각이 더 들었던 건 분명하다. 그러나 처음엔 그곳에 있는 게 좋았다. 재워주고 먹여주었기 때문이다.

　내가 있던 곳 바로 위에 두 번째 홀이 있었다. 거기도 침대가 많이 있고 아이들이 꽉 차 있었다. 수용소에 아이들이 너무 많을 때 우리는 가끔 한 침대에 서너 명이 자기도 했다. 때로는 다른 곳에서 아이들과 함께 자거나 마룻바닥에서 자기도 했다. 목욕탕은 자주 청소를 하지 않았다. 건물 전체가 으스스했다. 특히 밤에 그랬다. 모든 구석구석에 귀신이 숨어 있을 것이란 생각이 떠나질 않았다.

　수용소 분위기는 많은 아이들의 성장 과정과 어떤 식으로든 연관이 있었다. 가족에 의해 길거리에 버려진 아이들이 있는가 하면 가족들에게 맞고 쫓겨난 아이들도 있었다. 나는 비교적 행복한 아이라는 생각이 들었다. 나는 영양 결핍 상태였지만 병약하지는 않았다. 나는 두 팔 또는 두 다리가 없는 아이들을 보았고 팔다리가 모두 없는 아이들도 보았다. 끔찍한 상처가 있는 아이들도 있었다. 말을 못하거나 못할 것 같은 아이들도 있었다. 나는 전에도 기형적인 사람들을 본 적이 있다. 특히 역 주변 거리에서 정신장애자들이 허공에 대고 소리를 지르거나 미친 행동을 하는 걸본 적이 있다. 그들이 무서울 땐 나는 항상 그들을 피할 수 있었다. 그러나 수용소에서는 피할 수가 없었다. 나는 온갖 종류의 문제가 있는 아이들과 함께 살아야 했다. 범죄자나 난폭한 아이들도 있었다. 이들은 구치소에 수감할 나이가 안 되었기 때문에 여기에 있었다. 어떤 아이들은 거의 성인 같았다.

여기가 릴루아(Liluah) 소년원이었다는 사실을 나중에야 알았다. 이 소년원에는 집 잃은 아이를 포함한 온갖 문제아와 정신 장애자, 도둑, 살인자, 범죄 조직원들까지도 있었다. 그때 나는 거기가 고통스러운 곳이라는 것을 금방 알게 됐다. 나는 밤에 자다가 깼다. 누군가 비명을 지르기도 하고 겁에 질린 많은 아이들이 크게 울어댔다. 여기서 과연 나는 어떻게 될 것인가? 이 무시무시한 곳에서 얼마 동안이나 살아야 하는 걸까?

다시 나는 살아남는 방법을 배워야 했다. 나는 소년원 밖에서도 아이들에게 괴롭힘을 당했었다. 소년원에 오자마자 나이가 많은 아이들에게 괴롭힘을 당하기는 마찬가지였다. 말이 어눌하다 보니 공격대상이 되기 십상이었다. 또 내가 왜소하고 비교적 방어능력이 없다는 걸 알고 그들은 불량배와 야만인 근성을 드러냈다. 덩치가 큰 아이들은 나를 괴롭히고 놀리다가 밀치기 시작했다. 그리고 내가 피하지 않으면 후려치기도 했다. 나는 놀이시간에 일정 구역은 피해야 한다는 걸 금세 알아챘다. 소년원 직원들은 끼어들지 않으려 했다. 일단 끼어들면 말썽 일으킨 사람이 누구이든 관계없이 모두 벌을 받았다. 가늘고 긴 회초리로 때렸다. 그 회초리는 두 배로 아팠다. 회초리의 갈라진 끝이 살갗에 닿으면 살갗을 꽉 조였기 때문이다.

다른 위험들도 있었다. 그 위험들을 피할 수 있었던 것은 내가 대처를 잘했기 때문이 아니었다. 단지 다른 사람보다 운이 좋았기 때문이었다. 릴루아 소년원은 높은 담으로 둘러쌓여 있었다. 하지만 사람들이 밖에서 담을 타고 올라와 소년원 건물로 들어오는 걸 본 기억이 있다. 나는 그들이 무슨 짓을 했는지 보거나 듣지는 못했다. 그러나 아이들이 울면서 뛰쳐나오고 그 낯선 사람들은 도망갔다. 소년원 직원들이 무신경했던 것인지 우리를 보호할 힘이 없었던 것인지 나는 모른다. 하지만 소년원은 규모가 컸고 유명했던 것 같다. 침입자들은 내가 거리생활을 할 때 나를 납치하려던 사람들과 같은 부류였을 것이다. 그런데 그런 사람들이 소년원 벽과 문을 마음대로 드나든 게 분명했다. 나도 당할 수 있었던 일이었다. 나는 너무 심각하게 생각하지 않으려 했다. 그러나 나이를 먹어가면서, 그리고 세상을 더 배우고 내가 엄청나게 운이 좋았다는 걸 알게 될수록 나도 피해자가 될 수 있었다는 생각을 많이 하게 된다.

릴루아 소년원에 있는 몇 주 동안 일부 아이들이 작은 문을 통해 소년원을 떠나는 게 보였다. 하지만 그들이 왜 나갈 수 있게 됐는지 또는 어디로 가는 지는 도무지 알 수 없었다. 누군가가 그들의 가족을 찾아준 걸까? 소년원에 있다가 성인의 나이가 되면 어디로 가게 되는지도 궁금했다. 아마도 그들은 다른 곳에 수감되거나 일정한 나이가 되면 바로 거리로 풀려났을 것이다. 어찌 됐건 나이를 많이 먹기 전에 여기를 떠날 수 있게 해달라고 나는 간절히 빌었다.

결과적으로 나는 그렇게 됐다. 소년원에 온 지 한 달쯤 되었을 때 정부 관계부처가 나를 고아원에 넘기기로 결정했다. 처음엔 그 이유를 몰랐다. 나중에 알고 보니 아무도 나에 대해 실종신고를 하지 않았고 관계부처도 내 출생지를 파악하지 못했기 때문이라고 했다. 나는 중앙 사무실로 불려갔다. 나는 훨씬 더 좋은 수용소로 옮겨질 것이라는 말만 들었다. 나에게 샤워를 하라고 하더니 새옷을 줬다. 평소처럼 나는 하라는 대로만 했다. 부처 관계자들은 내가 아주 운이 좋은 거라고 했다. 그들은 내 가족을 찾지 못한 것 같았다. 하지만 나는 지옥 같았던 곳을 떠날 수 있게 돼 정말로 기분이 날아갈 것 같았다.

'대부모(代父母)와 입양을 위한 인도협회'(ISSA:'인도입양협회'로 약칭함)의 수드(Sood) 여사는 내 인생에서 아주 중요한 사람이다. 수드 여사는 정부 관계부처가 내 신원을 파악하지 못했고 내 집과 가족의 소재도 찾지 못했다고 설명했다. 과거 경찰 조사에서 나는 기차를 탔던 곳이 '베람퍼'라고 말한 적이 있다. 그래서 그녀는 '베람퍼'와 비슷한 이름을 가진 장소들 중에서 내 집과 가족을 찾아보겠다고 했다. 그러는 동안 나는 나바 지반(Nava Jeevan)이라고 하는 그녀의 고아원에서 지내게 될 것이라고 했다. 나바 지반은 힌디어로 '새로운 삶'을 뜻한다. 나바 지반은 릴루아 소년원보다 훨씬 더 좋았고 아이들도 대부분 나처럼 어렸다. 이곳은 파란색 3층짜리 콘크리트 건물인데 소년원보다 훨씬 더 안락해 보였다. 고아원으로 들어가자 안에 있는 아이들이 새로 도착한 아이를 구경하러 모퉁이 주변에서 뚫어지게 쳐다보고 있었다. 아이들은 웃고 있다가 한 여자가 손을 저으며 저리가라고 하자 모두 달아났다. 이 여자는 수드 여사와 나를 맞아주었다. 나는 지나가면서 방 안을 들여다볼 수 있었다. 방 안 2층 침대 위로 햇빛이 비치고 있었다. 침대 수는 소년원의 긴 홀에 있던 것보다 적었다. 창문엔 막대봉이 쳐 있었다. 하지만 그건 우리를 가두기 위한 것이 아니라 우리를 안전하게 보호하기 위해서였다. 벽에 장식된 형형색색의 그림들만 봐도 여기 환경이 소년원보다 훨씬 더 좋다는 느낌이 들었다.

아이들 수는 소년원보다 적었다. 가끔 밤에 아이들이 너무 많이 들어차 어떤 아이들은 마룻바닥에서 자야 했다. 이러다보니 누군가 싼 오줌 때문에 축축해서 잠에서 깰 때도 있었다. 아침엔 건물 입구 우물에서 퍼 올린 물로 고양이 세수를 하고 손가락을 칫솔 삼아 이를 닦았다. 우리는 따뜻한 우유 한 잔과 함께 달콤한 인도 빵이나 밀크 비스킷 몇 개를 배급받았다.

대부분의 아이들이 학교에 가고 나면 낮엔 보통 조용했다. 나는 학교에 다닌 적이 없었기 때문에 고아원에 남게 되었다. 간혹 혼자 있기도 했다. 나는 새장처럼 막대봉이 쳐진 정문 쪽 현관에서 서성거리며 많은 시간을 보냈다. 나는 길 건너 큰 연못의 풍경을 좋아했다. 얼마 지나서 연못 맞은편에 사는 소녀를 알게 되었다. 구두 형 또래의 소녀였다. 그녀는 종종 고아원에 찾아왔다. 그리고 때로는 막대봉 사이로 나에게 간식을 건네주기도 했다. 그런데 어느 날 그녀가 코끼리 머리를 가진 신, 즉 가네쉬(Ganesh:힌두교에서 예언의 신) 장식이 있는 목걸이를 나에게 줬다. 나는 깜짝 놀랐다. 태어나서 처음 받아보는 선물이었다. 나는 다른 아이들 몰래 목걸이를 감춰뒀다가 가끔 꺼내 경이로운 눈으로 쳐다보았다. 나는 가네쉬가 '장애물을 없애는 신'(Remover of Obstacles)이나 '새출발의 신'(Lord of Beginnings)으로도 통한다는 것을 나중에 알았다. 이런 뜻이 있기에 그 목걸이를 나에게 준 건 아닌지 지금도 궁금하다(가네쉬는 '문학의 수호신'(Patron of Letters)이기도 하다. 그래서 어떤 면에선 이 책의 수호신이다.).

목걸이는 내가 가지고 있는 단순히 아름다운 물건 이상의 의미가 있었다. 나에게 그건 이 세상에 나를 도우려는 착한 사람들이 있다는 걸 보여주는 확실한 징표였다. 나는 아직도 그 목걸이를 가지고 있고 내가 가장 소중하게 여기는 물건 중 하나다.

소년원처럼 고아원에도 약자를 괴롭히는 아이들이 있었다. 그러나 얘들은 나와 나이가 비슷했고 내가 피하면 그만이었다. 나는 전반적으로 별 어려움 없이 지냈다. 그런데 한번은 고아원에서 도망치기로 마음먹은 한 소녀가 갑자기 나를 데리고 나갔다. 나는 멀리 도망간다는 걸 생각해 본 적이 없었다. 그런데 그 소녀가 자기계획에 나를 끌어들였던 것이다. 어느 날 아침 우리는 문을 열고 도망쳐 나왔다. 그 순간에도 나는 어떤 상황인지 알지 못했다. 우리는 길 아래쪽으로 조금 내려가 사탕 파는 노점까지 갔다. 그런데 그곳 노점상이 우리에게 맛있는 사탕을 하나씩 주었다. 그 노점상은 우리를 붙잡아 두고 나바 지반 직원들에게 우리의 소재를 알렸다. 우리가 고아원으로 와 어떤 벌을 받았는지 기억나지는 않는다. 사실 고아원에서는 아무도 회초리로 맞거나 손찌검을 당한 적이 없다. 우리가 잘못을 저지르면 호된 꾸지람을 듣거나 한참 동안 혼자 앉아 있는 벌을 받았던 것 같다.

얼마 지나지 않아서 수드 여사는 그동안 노력을 해봤지만 내 집이나 가족을 찾지 못했고 더 이상 할 수 있는 게 없다고 말했다. 수드 여사는 아주 친절해 보였다. 나는 그녀가 도와줄 거라고 믿었다. 하지만 베람퍼에 있는 엄마를 찾지 못했다는 것이다. 그녀는 내가 함께 살 수 있는 다른 가족을 물색해볼 거라고 말했다. 이 말이 무슨 뜻인지 한참 생각하다가 나는 쓰라린 사실을 깨달았다. 그녀는 내가 더 이상 집으로 돌아갈 수 없다고 말했던 것이다.

내 몸과 마음의 일부는 이미 이 사실을 받아들이고 있었다. 처음에 나는 고향에 돌아가고 싶은 마음이 너무나 절박했다. 이전으로 즉각 돌아가지 않으면 나는 살 수 없을 것 같았다. 그런데 그 절박함은 오래전에 사그라졌다. 세상은 이제 내가 처해 있는 상황 그 자체인 것이었다. 나는 형들보다 어리고 곁에 엄마라는 보호망도 없었다. 그런데도 형들이 집을 떠나 재주껏 살면서 배웠던 지혜를 나는 이미 어느 정도 터득했다. 나는 살아남기 위해 꼭 해야 할 일에 집중했다. 멀리 있는 일이 아니라 코앞에 닥친 일에 몰두했다. 나는 왜 어른들이 내 고향 가는 기차를 정확하게 찾아주지 못하는지 이해할 수 없었다. 수드 여사가 전해준 소식도 안타까웠다. 그러나 수드 여사의 최종 통보에도 불구하고 나는 허탈해하지 않았다. 수드 여사는 다른 나라에 있는 가족들이 집을 잃은 인도 아이와 같이 살기를 바라고 있다고 했다. 그리고 내가 그걸 원한다면 나에게 새로운 가족을 만나게 해줄 생각이라고 했다. 그 제의를 내가 제대로 이해했는지는 확실하지 않다. 그러나 나는 별로 고민하지 않고 그 제의를 받아들였다.

나바 지반 고아원에 온 지 불과 4주일 만에 나는 '인도입양협회' 사무실로 가게 됐다. 수드 여사는 나와 함께 살고 싶어하는 부모를 찾았다고 말했다. 그들은 오스트레일리아에 살고 있었다. 오스트레일리아는 인도와 크리켓 경기를 했던 나라라고 말해주었다. 나도 들어본 적이 있었다. 하지만 그것 외에 오스트레일리아에 대해 더 이상 아는 게 없었다. 수드 여사는 내가 아는 두 소년, 압둘(Abdul)과 무사(Musa)도 최근 인도를 떠나 그곳으로 갔다고 말했다. 또 내 친구인 아스라(Asra)도 가기로 결정됐다고 했다. 오스트레일리아는 좋은 나라였다. 가족이 없는 불쌍한 아이들을 도와주고 대부분의 인도 아이들이 갖지 못하는 기회를 주는 곳이었다.

　나바 지반 고아원으로 돌아오자 아스라와 나에게 작은 사진첩을 하나씩 주었다. 황홀하게 생긴 빨간 사진첩이었다. 새로운 가족이 될 사람들이 보내준 것이었다. 안에는 그들 얼굴과 집, 그리고 그들의 생활 모습을 담은 사진이 있었다. 나는 눈이 휘둥그레져서 사진첩을 살펴보았다. 평소 보던 사람들과는 영 딴판이었다. 놀랍게도 피부가 흰색이었다. 그들 주변은 모든 게 번쩍거리고 깨끗하고 새롭게 보였다. 한 번도 본 적이 없는 것들도 있었다. 고아원 직원은 아스라와 나에게 사진에 붙어 있는 영어 캡션을 읽어주면서 그들이 어떤 사람인지 설명해주었다. 내 사진첩에는 이렇게 씌어 있었다.

　"차를 세차하고 있는 사람이 너의 아빠란다. 이 차를 타고 우리는 많은 곳을 다닐 거야."

　차가 있구나!

　"여기는 우리가 함께 살 집이야."

　집은 아주 웅장했고 유리창이 많았다. 새로 지은 집 같았다. 사진첩에는 수신자로 내 이름까지 적혀 있었다.

　"사랑하는 사루에게."

　새 가족은 브리얼리(Brierley) 부부라고 했다.

　제트 비행기 사진도 있었다. 사진 설명엔 "이 비행기를 타고 오스트레일리아로 오게 될 거야."라고 돼 있었다. 비행기는 내 혼을 빼놓았다. 고향에 있을 때 나는 제트 비행기들이 하늘 높이 날면서 꽁무니에 비행기구름을 남기는 걸 본 적이 있다. 그때마다 구름 높이 비행기에 앉아 있으면 기분이 어떨지 항상 궁금했었다. 만약 내가 이 사람들에게 가겠다고 하면 비행기 타는 기분을 알게 될 것이다.

그 생각을 하니 정말 기가 막히게 기분이 좋았다. 아스라는 아주 마음이 들떠 직원이 보관하고 있던 사진첩을 보여 달라고 종종 부탁했다. 그녀는 자신의 사진첩을 열었다. 그리고 사진을 가리키며 "이 사람은 내 새 엄마." 또는 "여기는 내 새 집."이라고 말하곤 했다. 나도 "여기는 내 새 집! 이건 내 새 아빠의 차!"라고 가세했다. 우리는 서로를 다독였다. 아스라의 열정이 나에게 전염되었다. 사진첩 안에 나는 없었지만 마치 온통 나에 관한 동화책인 것 같았다. 현실이라고 믿기가 어려웠다. 오스트레일리아에 대해 내가 알고 있는 건 빨간 사진첩에 있는 게 전부였다. 하지만 무얼 물어봐야 할지도 몰랐다.

나바 지반에선 모든 아이들이 잃어버린 부모를 그리워하며 종종 울었다. 어떤 부모들은 아이들을 버렸고 어떤 부모들은 세상을 떠났다. 나는 내 가족이 어디에 있는지 모를 뿐이었다. 그리고 내가 가족을 찾는데 아무도 도움을 줄 수 없는 상황이었다. 그러나 고아원 아이들은 모두 가족을 잃었고 돌아갈 곳이 없었다. 이제 나에겐 새 가족을 만날 기회가 주어졌다. 아스라는 이미 새 가족 얘기에 푹 빠져 있었다.

그 당시 내가 정말로 선택의 여지가 있었는지는 잘 모르겠다. 내가 미심쩍은 반응을 보였다면 그들은 더욱 정성껏 나를 설득했으리라고 확신한다. 하지만 그럴 필요가 없었다. 그 기회를 받아들이지 않으면 할 수 있는 게 별로 없었다. 괴롭힘을 당하는 소년원으로 다시 돌아갈까? 거리로 돌아가서 계속 닥치는 대로 살아갈까? 어른들조차도 찾지 못하는 고향 행 기차를 계속 찾고 돌아다닐까?

나는 오스트레일리아에 가고 싶다고 말했다.

내가 새 가족에게 가겠다고 하자 모두가 아주 기뻐했다. 그러면서 분위기도 확 바뀌었다. 마지막까지 미심쩍던 생각도 모두 싹 사라졌다. 아주 빠른 시일 안에 나는 새 부모님을 만나러 오스트레일리아에 가게 될 거라고 했다. 사진 속 비행기와 똑같은 제트 비행기를 타고 말이다.

아스라와 나는 같은 또래였다. 오스트레일리아로 가는 다른 애들은 이제 겨우 아장아장 걷는 정도이거나 아기였다. 너무 어리기 때문에 아이들은 당시 상황이 다소 겁이 났는지는 잘 모르겠다. 그들은 상황을 얼마나 이해하고 있었을까?

어느 날, 우리를 씻기더니 좋은 옷으로 갈아입혔다. 그리고 남자와 여자 아이들을 따로 택시에 태웠다. 남자 아이들은 안티 울라(Aunty Ula)라는 여자의 집으로 갔다. 그녀는 스웨덴 출신의 백인이었다. 그녀의 이런 신분이 나에겐 아무런 의미가 없었지만 어쨌든 그녀는 힌디어로 우리를 따뜻하게 맞이해주었다. 그녀 집은 내가 지금껏 본 집 중 가장 좋았다. 거기엔 부유하게 보이는 가구와 커튼, 카펫이 있었다. 내 빨간 사진첩 속 사진들과 비슷한 것들이었다. 우리는 식탁에 앉았다. 나는 난생 처음으로 나이프와 포크를 쥐었다. 그리고 그것들을 정확하게 사용하는 방법을 배웠다. 나는 여태껏 손으로밖에 먹어 본 적이 없었다. 우리는 몇 가지 식탁 예절도 배웠다. 예를 들어 음식을 집으려고 자리에서 일어나 상체를 구부리지 말라고 했고 똑바로 앉으라고 했다. 안티 울라 집에 오게 되자 곧 시작하게 될 모험에 대해 마음이 더욱 들떴다.

우리는 영어교육을 전혀 받은 적이 없다. 나바 지반 고아원에는 그림으로 된 알파벳 벽 도표가 있긴 했다. 'A는 Apple할 때 A' 같은 도표였다. 안티 울라 집에 와서야 '안녕하세요'(Hello)라고 말하는 법을 배웠던 생각이 난다. 그러나 더 이상 교육받을 시간이 없었다. 나는 당장 인도를 떠날 예정이었다. 내가 가는 곳은 아주 멀리 떨어진 지구 끝이라고 했다. 내가 다시 돌아올는지 여부에 대한 얘기는 아무도 꺼내지 않았고 관심도 없는 것 같았다. 모든 사람들이 내가 아주 운이 좋다고 했다.

내 입양 얘기가 나오고 나서 불과 며칠 뒤에 나는 인도를 떠났다(고아원에 온 지 불과 두 달 만이었다. 오늘날에는 입양절차에 관한 규제가 훨씬 까다로워져 그렇게 빨리 입양할 수 없다.). 내 친구 아스라를 포함해 나바 지반 고아원 출신 여섯 명이 오스트레일리아로 가는데 다른 고아원에서 온 아이 두 명도 여행길에 합류했다. 우리는 봄베이(뭄바이)에 잠시 머물렀다가 비행기를 타고 먼저 싱가포르로 가게 돼 있었다. 그리고 이어서 멜버른까지 가서 우리의 새 가족들과 만날 예정이었다. 아스라의 새 가족은 빅토리아 주에서 살았다. 브리얼리 부부인 내 새 가족은 두 번째로 멀리 떨어진 태즈메이니아 주에 살았다. 수드 여사에게 작별 인사를 할 때가 되자 나는 슬펐다. 오스트레일리아 자원봉사자인 여자 세 명과 오스트레일리아 정부 부처에서 온 한 남자가 우리의 탑승을 도왔다. 그들은 모두 아주 친절했다. 우리들은 별로 이야기를 나누지 않았다. 하지만 비행기를 타고 멀리 간다는 생각에 마음이 들떠 모든 걱정은 싹 잊고 있었다.

마침내 어마어마하게 큰 비행기에 오르자 나는 너무나도 황홀했다. 많은 의자와 사람들을 실은 물체가 하늘로 날 수 있을 것 같지 않았다. 하지만 나는 걱정하진 않았다. 우리는 막대 초콜릿을 하나씩 받았다. 그 초콜릿은 너무나 귀중해서 여행 내내 조심스럽게 간직했다. 우리는 함께 수다 떨기도 하고 헤드폰을 쓰고 영화를 보기도 했다. 팔 받침대에 플러그가 있고 채널과 음량을 조절할 수 있다는 게 신기하기만 했다. 우리는 작은 은박지 껍질에 싸여 있는 것을 나눠주는 대로 다 먹어치웠다. 사람들이 음식을 가져다준다는 사실만으로도 이미 새로운 삶이 시작된 것 같았다. 우리는 잠이 들었다.

봄베이에 도착해 우리는 호텔에서 하룻밤을 묵었다. 호텔을 보고 새삼 놀랐다. 그 호텔은 서양의 보통 수준 호텔이었을 것이다. 그렇지만 나에게는 여태껏 본 적 없는 가장 호화스러운 곳이었다. 방은 아주 상쾌한 냄새가 났다. 지금까지 살면서 그렇게 부드럽고 깨끗한 침대에서 자 본 적이 없었다. 모든 걸 볼 때마다 마음이 들떴지만 나는 가장 달콤한 잠을 잤다. 나는 번쩍이는 샤워기와 변기가 있는 욕실을 보고 놀랐다. 호텔 주변엔 백인들이 보였다. 지금까지 내가 본 가장 많은 백인들이었다. 지금 털어놓기엔 쑥스럽지만 그때 나는 그들이 아주 부자 같다는 생각만 했다. 주변에 신기한 것들이 너무 많아서 곧 내가 그들처럼 생긴 백인들과 함께 살게 될 것이라는 생각은 하지 못했던 것 같다.

다음 날, 나는 새 흰색 바지와 '태즈메이니아' 티셔츠를 받았다. 내 새 부모가 오스트레일리아 행 비행기 안에서 입으라고 보내 준 것이었다. 나는 옷이 아주 마음에 들었다. 더 좋았던 건 우리를 근처 장난감 가게로 데려가 각자 장난감을 고르라고 했다. 물론 장난감 선택에 한도가 있다는 말을 들은 기억은 없다. 하지만 장난감을 마음대로 다 골라 가질 수는 없었을 것이다. 그때 골랐던 미니 카를 나는 지금도 갖고 있다. 그 차는 태엽장치가 있어서 방을 가로질러 갈 수 있다.

캘커타에서 봄베이까지 비행기를 타고 가려면 3만 피트 아래 내 고향 마을을 아주 가까이 지나게 된다는 사실을 이제야 알게 됐다. 내가 탄 비행기는 내가 어릴 때 아주 황홀하게 지켜보았던 그 비행기구름을 틀림없이 남겼을 것이다. 바로 그때 엄마가 무심코 하늘을 보다가 내가 탄 비행기와 비행기의 줄무늬 자국을 봤을지도 모른다. 내가 거기에 타고 있고 내가 어디로 가고 있는지를 알았더라면 엄마는 너무 놀라 그 사실을 믿지 않았을 것이다.

새로운 삶

우리는 1987년 9월 25일 밤 멜버른에 도착했다. 비행기를 같이 타고 온 자원봉사자들이 우리를 공항 귀빈실까지 안내했다. 귀빈실에는 새 가족들이 우리를 만나기 위해 기다리고 있다고 했다.

귀빈실로 들어갈 때 나는 몹시 부끄러웠다. 많은 어른들이 다같이 우리가 안으로 들어오는 걸 지켜보고 있었다. 나는 즉각 브리얼리 부부를 알아볼 수 있었다. 내 빨간 사진첩에서 사진을 여러 번 보았기 때문이다.

나는 미소를 지어 보이려 했다. 그리고 손에 쥐고 있던 막대 초콜릿을 내려다보았다. 소중하게 아껴 먹던 초콜릿은 마지막 조각만 남아 있었다.

안내원이 나를 귀빈실을 가로질러 데려갔다. 내가 새 부모에게 건넨 첫 말은 '캐드베리'(Cadbury)였다. 인도에서 캐드베리는 초콜릿이라는 뜻이다. 포옹을 하고 나자 곧바로 어머니는 엄마 역할을 시작해 내 손을 닦을 화장지를 꺼냈다.

나는 영어를 못했고 새 어머니와 아버지는 힌디어를 전혀 못했기 때문에 우리는 서로 대화를 할 수 없었다. 대신 우리는 함께 앉아서 나에게 보내줬던 빨간 사진첩을 보았다. 새 부모님은 우리 집과 우리가 타고 갈 차를 가리켰다. 우리는 서로에 대해 최대한 친숙해지려고 했다. 나는 틀림없이 다가가기 어려운 아이였을 것이다. 온갖 걸 다 겪은 터라 매사가 조심스러웠다. 도착 당시 내 얼굴 사진을 보면 그걸 알 수 있다. 상황 파악을 위해 기다리는 동안 겁에 질리거나 불안한 표정은 아니었지만 남달리 수줍어하는 표정이었다. 그러나 이 모든 것에도 불구하고 브리얼리 부모님과 함께 있으면 안심할 수 있다는 것을 나는 금세 알아차렸다. 그건 오직 직감이었다. 그들은 온화하고 친절했다. 그들의 미소에서 나를 편하게 해주는 따뜻함이 묻어났다.

나는 아스라가 그녀의 가족과 행복하게 소통하는 걸 보고 마음이 놓였다. 아스라는 가족들과 함께 공항을 떠났다. 아이들이 작별인사를 할 때 대충대충 하듯이 그때 우리도 그렇게 작별인사를 했을 것이다. 우리 가족은 멜버른에서 배스 해협을 지나 호바트까지 가기 위해 비행기를 한 번 더 짧게 타야 했다. 그래서 공항

호텔 방에서 첫 번째 밤을 보냈다.

어머니는 곧바로 나를 욕조에 넣고 이 같은 기생충을 죽이기 위해 비누칠을 하고 물을 뿌렸다. 나는 오스트레일리아 아이들과는 전혀 다른 환경에서 자랐다. 나는 외부 기생충뿐 아니라 장에 촌충이 있었다. 또 치아들은 깨진 데다 심장 잡음 증상까지 있는 것으로 밝혀졌다. 다행히도 심장 잡음 증상은 오래가지 않았다. 인도에서는 가난하게 살다보면 건강에 큰 타격을 입기 마련이었다. 더구나 거리생활을 하면 몸이 훨씬 더 망가질 수밖에 없었다.

오스트레일리아에서의 첫날, 나는 깊이 잠들었다. 분명히 호텔에 익숙해져 있었다. 다음 날 아침 잠에서 깨자 어머니와 아버지는 내가 일어나길 기다리며 침대에서 나를 지켜보고 있었다. 처음에 나는 침대 시트 속에서 그들을 바라보고만 있었다. 어머니는 그날 아침을 지금도 생생하게 묘사할 수 있다고 한다. 2인용 침대에 있던 어머니와 아버지가 건너편 1인용 침대를 유심히 쳐다봤는데 거기엔 침대 시트가 볼록 솟아오르고 검은 머리카락 뭉치가 삐쭉 튀어나와 있었다고 한다. 나는 이따금 그들을 빠끔히 내다보았다. 그 후 어린 시절을 보내면서 가족끼리의 그 첫 밤을 회상할 때면 나는 부모님께 "제가 빠끔히 내다봤어요. 빠끔히."라고 말하곤 했다. 방에 있는 이 낯선 사람들이 내 부모님이 되고 인도에서 온 이 소년이 그들의 아들이 될 거라는 것을 그때는 아무도

100% 믿지 못하였다.

아침 식사를 마치고 호바트까지 짧은 여정을 위해 다시 비행기에 올랐다. 호텔이나 공항을 본 걸 제외하면 호바트에 도착해 처음으로 내가 살게 될 새로운 나라를 보았다. 나는 지구상에서 가장 인구밀도가 높은 곳에서 살면서 군중과 오염에 익숙해져 있었다. 그런 눈으로 보니까 이곳은 아주 텅텅 비었고 무척 깨끗해 보였다. 거리와 건물, 심지어 차조차도 그러했다. 나처럼 검은 피부를 가진 사람은 한 명도 없었다. 사람 자체를 좀처럼 볼 수 없었다. 거의 사람이 살지 않는 것 같았다.

우리는 차를 타고 호바트의 교외 지역으로 접어들었다. 내 새 집을 포함한 번쩍거리는 대저택 지역이 보였다. 우리 집은 빨간 사진첩에서 이미 보았기 때문에 알아볼 수 있었다. 하지만 실제 보니까 더 크고 훨씬 더 멋있었다. 집에는 세 명을 위한 침실이 네 개나 있었다. 모든 방이 엄청 넓었는데 아주 산뜻하고 깨끗했다. 카펫이 깔린 거실엔 편안한 소파와 지금껏 본 것 중에 가장 큰 텔레비전이 있었다. 욕실엔 커다란 욕조가, 그리고 부엌엔 음식이 가득 찬 선반들이 있었다. 냉장고도 있었다. 냉장고 문이 열릴 때마다 시원한 바람이 나오는 걸 느끼기 위해 나는 그 앞에 서 있는 걸 좋아했다.

하지만 무엇보다도 가장 좋았던 건 내 침실이었다. 한 번도 나만의 방을 가져본 적이 없었기 때문이다. 인도에서 내가 살았던 두 곳의 집 모두 방이 하나밖에 없었다. 그 이후엔 물론 다른 아이들과 함께 공동 침실을 사용했었다. 나는 혼자 자도 무섭지는 않았다. 노숙 시절을 겪었기 때문에 혼자 자는 것에 익숙했다. 그런데도 나는 어둠이 무서웠다. 그래서 나는 내 방 문을 열어둔 채 현관에 있는 전등을 켜달라고 했다.

푹신푹신한 내 침대 위에는 새로운 옷이 있었다. 태즈메이니아의 차가운 기후에서 따뜻하게 입을 수 있는 옷이었다. 침대 위의 벽엔 커다란 인도 지도가 붙어 있었다. 마루엔 그림책과 장난감이 가득 찬 상자들이 있었다. 이 모든 것이 내 것이고 내가 마음껏 보고 또 내 마음껏 갖고 놀 수 있다는 걸 깨닫는 데는 꽤 시간이 걸렸다. 나는 덩치가 큰 아이들이 와서 그걸 차지하지 않을까 반신반의할 정도로 조바심이 났다. 내 물건을 갖는다는 생각에 익숙해지는 데에도 어느 정도 시간이 걸렸다.

그럼에도 불구하고 어머니와 아버지의 가르침 덕분에 서구 생활방식에 적응하는 건 대체로 쉬웠다. 부모님은 내가 잘 정착했다고 한다. 처음에 우리는 인도 음식을 많이 먹었다. 어머니는 점차 나에게 오스트레일리아 음식을 권했다. 두 나라 음식은 꽤 차이가 있었다. 단지 맛 차원이 아니었다. 언젠가 어머니가 붉은 고기를 냉장고에 넣는 것을 보고 내가 달려가서 "소! 소!"라고 외친 적이 있다고 한다. 힌두교도로 자란 아이에게 신성한 동물을 죽이는 건 금기였다. 어머니는 잠시 어찌할지 모르고 있다가 웃으며 말했다. "아니야, 아니야, 그건 쇠고기야." 그 말을 듣고 나니까 내 마음이 확실히 놓였다. 결국 풍족한 음식을 먹는 즐거움에 푹 빠지다보니 취향이나 문화 차이 같은 대부분의 문제는 대수롭지 않았다.

내가 곧바로 흥미를 느꼈던 오스트레일리아 생활은 야외 활동이었다. 인도에서 나는 항상 읍내나 시내에 있었다. 거기에서 자유롭게 돌아다니곤 했지만 건물과 도로 그리고 사람들에 둘러싸여 있었다. 호바트에서 내 부모님은 매우 활동적이었다. 그래서 골프 치는데 나를 데려가기도 하고 함께 새를 구경하고 요트를 타기도 했다. 아버지는 가끔 그의 2인승 카타마란(두 개의 선체를 가진 배)을 타러 나를 데려갔다. 그래서 나는 물을 더욱 좋아하게 되었고 마침내 수영을 배웠다. 수평선을 바라다볼 수 있는 것만으로도 나는 마음의 평온을 얻었다. 인도는 개발 붐과 함께 아주 숨이 막힐 지경이었고 간혹 주위엔 빌딩 숲밖에 보이질 않아 마치 거대한 미로 속에 있는 것 같았다. 어떤 사람들은 분주한 도시의 북적거림을 보면 흥이 나고 힘이 솟구친다고 한다. 그러나 구걸을 해보거나 사람들에게 도움을 요청해보면 그 도시들의 다른 면을 볼 수 있을 것이다. 호바트의 넓은 공간에 한번 익숙해지고 나니까 그곳이 편해졌다.

우리는 호바트 중심부에서 강 건너편에 있는 트랜미어(Tranmere) 교외 지역에 살았다. 약 한 달 뒤부터 나는 바로 옆 교외 지역인 하우라(Howrah)의 학교를 다니기 시작했다. 몇 년 뒤에 나는 믿기지 않는 우연의 일치를 발견하게 됐다. 오스트레일리아에 오기 두 달 전에 나는 캘커타 거리에서 목숨을 부지하고 있었는데 그 지역 이름도 하우라(Howrah)였다. 그 거대한 기차역은 하우라 역, 유명한 다리는 하우라 다리였다. 호바트 개발 구역인 하우라는 아름다운 해변에 있는 교외 지역으로 학교와 스포츠클럽, 그리고 큰 쇼핑센터가 있다. 듣자 하니 오스트레일리아의 하우라는 1830년대에 영국군 장교가 이름을 지었다고 한다. 그 영국군 장교는 인도 서부 벵골주의 주도(州都)였던 캘커타에서 근무한 적이 있었다. 그런데 호바트로 살러 와서 보니까 언덕과 강이 캘커타 풍경과 비슷하게 보였다고 한다. 그때는 비슷했는지 모르지만 지금은 전혀 그렇지 않다.

나는 학교를 좋아했다. 인도에는 자율교육이란 게 없다. 태즈메이니아의 하우라에 오지 않았더라면 나는 그 자율교육을 받아보지 못했을 것이다. 학교는 온통 백인이었다. 물론 다른 나라에서 온 아이가 두 명 더 있긴 했다. 중국 출신 학생 한 명, 나처럼 인도에서 온 학생 한 명, 그리고 나, 이렇게 셋은 별도로 영어 교육을 받았다.

나는 주위의 피부 색깔 변화와 문화의 변화에 대해 아주 익숙해졌다. 하지만 모든 사람 중 역시 내가 가장 눈에 띄었다. 특히 내 부모가 백인이었기 때문이다. 아이들은 가족에 대해 이야기를 나눴다. 또 지방이나 멜버른에서 어떻게 하우라 학교까지 오게 됐는지 말하기도 했다. 그러면서 그들은 내 출신지를 묻곤 했다. 내가 말할 수 있었던 건 "나는 인도에서 왔어."가 전부였다. 그러나 아이들은 호기심이 많은 법이다. 그들은 내가 왜 여기 백인 가정에 와 있는지 알고 싶어했다. 어머니는 '학생과 학부모의 날' 행사에 참석해 내 입양에 관한 이야기를 들려줌으로써 그들의 궁금증을 많이 풀어주었다.

나는 학교에서 인종차별을 받은 기억이 없다. 그러나 어머니는 내가 제대로 알지 못한 게 있었다고 한다. 나는 완전히 처음부터 영어를 배워야 했다. 그래서 다른 아이들이 나에 대해 우월의식 같은 게 있었다는 것이다. 한번은 내가 어머니에게 "까만 녀석(black basket)이 무슨 뜻이에요?"라고 물었다. 그 말을 듣고 어머니는 아주 속이 상했다고 한다. 또 한번은 스포츠 팀 등록을 위해 줄을 서 있었다. 그런데 아버지 앞에 서 있던 여자가 "우리 아이하고 저 까만 아이하고 같은 팀이 되지 않게 해주세요."라고 말하는 걸 아버지가 들었다고 한다. 그같은 말을 내가 가볍게 넘기려 한다는 건 아니다. 하지만 백인들한테 당한 다른 인종차별 경험담들과 비교하면 그건 아주 심한 편이 아니라고 생각한다. 나는 인종 차별의 상처를 전혀 받지 않고 자랐다고 항상 생각해왔다.

그러나 어머니와 아버지는 그렇게 생각하지 않았을 것 같다. 우리를 부정적으로 보는 시선이 있었기 때문이다. 호바트에는 아주 큰 인도인 모임이 있었다. 인도문화협회 지역 행사인데 인도뿐 아니라 피지와 남아프리카에서 온 인도인들도 참석할 정도로 규모가 컸다. 이 행사가 열리면 저녁 식사와 댄스파티를 했다. 한동안 나는 부모님과 함께 가서 행사를 즐겼다. 그런데 사람들이 우리를 약간 이상하게 보고 있다는 걸 부모님이 알아챘다. 백인 부모가 인도에서 아이를 데려온 것은 어찌됐든 부적절한 처사라고 그들이 생각한다는 것을 알게 됐던 것이다. 물론 나는 이 모든 것을 몰랐다.

우리와 관련된 또 하나의 단체는 '국가 간 아동을 돕기 위한 오스트레일리아 협회'(ASIAC: Australian Society for Intercountry Aid Children)였다. 해외 입양을 돕는 단체였다. 어머니는 단체 활동에 매우 적극적이었다. 어머니는 오스트레일리아 가족들에게 사적인 문제뿐만 아니라 끊임없이 변하는 입양절차에 대해 도움을 줬다. 그 단체를 통해 나는 다른 아이들을 만나게 되었다. 그 아이들도 다른 나라에서 오스트레일리아로 와서 인종이 섞인 가정에서 살고 있었다. 그 단체에서 첫 소풍을 갔을 때 나 혼자만 '특별한 아이'가 아니라는 걸 알았다. 그때 내가 놀란 것 같기도 했고 약간 혼란스러운 것 같기도 했다고 어머니는 기억한다. 이런 충격에도 불구하고 나는 친구들을 사귀었다. 그 중 한 명이 인도에서 온 라비(Ravi)라는 아이였다. 라비와 그의 새로운 가족은 론세스턴(Launceston:태즈메이니아 섬 북부 도시)에 살고 있어서 초기엔 두 가족이 서로 가끔 오고갔다.

이 단체 덕분에 나바 지반 고아원에서 온 다른 아이들도 다시 연락이 되었다. 나와 가장 가까웠던 친구인 아스라는 윈첼시(市) 강변에 있는 빅토리안 마을에 살고 있었다. 양쪽 부모들은 우리가 계속 전화통화를 할 수 있게 해주었다. 오스트레일리아에 온지 일 년 뒤, 우리는 동물원 여행을 위해 멜버른에서 만났다. 그 전에 입양됐던 두 아이, 압둘과 무사도 왔다. 친숙한 얼굴들을 보니 너무나 기뻤다. 우리는 모두 새로운 삶에 대한 소감이 어떤지 열심히 이야기를 주고받았다. 또 우리가 고아원에서 보냈던 시절과 지금을 비교해 보기도 했다. 고아원 생활이 끔찍하진 않았지만 우리 중 어느 누구도 다시 그곳으로 돌아가고 싶지 않았을 것이다. 모두가 나처럼 행복하게 지내는 것 같았다.

이렇게 아이들을 만났던 그해 수드 여사가 새로운 입양아 아샤(Asha)를 데리고 호바트에 왔다. 고아원에서 아샤를 본 기억이 있었다. 나는 수드 여사를 다시 만나게 돼 기뻤다. 그녀는 우리를 잘 보살펴 주었다. 집을 잃은 아이들의 엄청난 정신적 충격을 어루만져 주었다. 그녀는 내가 집을 잃은 이후 만난 사람 중에서 가장 상냥하고 가장 믿음이 가는 사람이었다. 그녀로서는 자신이 보살폈던 아이들이 새로운 환경에 잘 적응하고 있는 것을 보고 틀림없이 만족감을 느꼈을 것이다. 또 큰 보람을 느꼈을 것이다. 몇몇 입양아들은 나만큼 좋은 결실을 맺지 못했을 수도 있다. 하지만 새 가족을 갖게 된 아이들을 방문하면서 그녀는 분명 더 열정적으로 일할 힘을 얻었을 것이다.

내가 열 살이 되었을 때 부모님은 인도에서 두 번째 아이를 입양했다. 나는 형제, 자매를 몹시 갖고 싶어했다. 실제로 인도에서부터 내가 가장 보고 싶었던 사람은 내 여동생이었다. 크리스마스 선물로 무엇을 갖고 싶냐는 질문을 받고 "나는 세킬라를 받고 싶어요."라고 말했을 정도였다. 물론 나는 엄마가 몹시 보고 싶었다. 하지만 처음부터 양어머니가 나에게 엄마 역할을 훌륭하게 해주었다. 또 양아버지의 보살핌까지 받아 너무나 행복했다. 양부모가 내 친엄마만큼의 존재감을 가질 수는 없었지만 그들은 최선을 다해 나의 상실감을 덜어주었다. 특히 나는 오랫동안 부모 없이도 지내는 데 익숙해져 있었던 터라 내 삶에서 진정으로 빈 자리는 형제 또는 자매였다.

세킬라는 특히 내가 책임지고 돌보았던 여동생이었다. 어린 시절 가장 가까운 사이여서 그런지 가장 머릿속에 맴돌았다. 최선을 다해 세킬라를 돌보지 않았던 데 대해 죄책감을 느낀다고 이따금 어머니에게 말했었다. 특히 내가 세킬라만 남겨 두고 구두 형과 함께 떠났던 밤이 마음에 걸렸다.

처음 입양신청을 할 때 부모님은 신청서에 성별 조건이나 제한 조건을 전혀 쓰지 않았다. 집이 필요한 아이라면 누구라도 좋았다. 그렇게 해서 나를 입양한 것이다. 부모님은 두 번째 입양도 똑같이 했다. 우리는 어린 소녀나 나보다 더 나이가 많은 아이를 입양할 수도 있었지만 그런 과정 없이 남동생인 맨토시를 입양하였다.

이 아이가 여자가 아니어도 나는 괜찮았다. 집에서 함께 놀 수 있는 동생이 생겼다는 생각만 해도 좋았다. 나는 이 아이도 나만큼 상당히 말수가 적고 수줍어하는 성격이라고 지레짐작했다. 그래서 이 새로운 생활에 적응하는데 내가 도와줄 수 있을 거라고 생각했다. 내가 돌봐줄 필요가 있다고 생각한 것이다.

그러나 맨토시와 나는 아주 달랐다. 타고난 본성도 달랐고 인도에서 살아온 경험도 달랐다. 아이들을 입양하는 사람들, 특히 해외에서 입양하는 사람들이 훌륭하게 보이는 이유가 바로 여기에 있다. 입양아마다 고난을 겪은 사연이 있다. 고난을 하도 심하게 겪어서 새로운 환경에 적응하기 힘든 경우도 있다. 그런 아이는 이해하기도 힘들고 도와주기는 훨씬 더 힘들다. 나는 말수가 적고 언행이 조심스러운 편이었다. 맨토시는 목소리가 크고 반항적이었다. 나는 그 아이의 기분을 맞춰주려고 했으나 맨토시는 날 거부하거나 반항했다.

우리에겐 공통점이 있었다. 맨토시도 나처럼 출신 성분을 거의 몰랐다. 그도 가난하게 자라고 공식교육을 받지 못했다. 그래서 언제, 어디서 태어났는지도 확실하게 말하지 못했다. 그는 출생증명서, 의료기록 또는 출신에 관한 공식서류가 전혀 없이 아홉 살이라는 신분만 갖고 도착했다. 우리는 11월 30일에 맨토시의 생일축하 파티를 한다. 그날 그 아이가 오스트레일리아에 도착했기 때문이다. 나처럼 맨토시도 그냥 지구에 떨어졌다가 운 좋게도 호바트에 있는 브리얼리 부모님의 보살핌을 받게 된 것이다.

우리가 맨토시에 대해 알고 있는 이야기는 다음과 같다. 맨토시는 캘커타 또는 그 근처 어딘가에서 태어났고 벵골어를 쓰며 자랐다. 그의 엄마는 폭력이 난무하는 가정을 버리고 달아났다. 엄마가 가버리자 그는 노쇠한 할머니에게 맡겨졌다. 그러나 할머니는 자신조차도 제대로 돌보지 못했다. 그래서 할머니는 맨토시를 주 정부에 넘겼다. 맨토시는 마침내 수드 여사의 입양 단체인 '인도입양협회'의 보호를 받게 됐다. 합법적인 절차에 따라 고아는 입양협회 고아원에서 두 달 머물 수 있었다. 그동안에 고아들에게 가족을 찾아주거나 입양을 알선하는 작업이 이뤄졌다. 수드 여사는 그를 브리얼리 부모에게 맺어줄 생각을 하면서 흥이 났다고 한다.

그러나 맨토시의 입양과정은 순조롭지 못했다. 친엄마는 행방을 알 수 없고 아버지는 그를 원하지 않았다. 따라서 그는 부모에게 돌아갈 수 없었다. 그렇지만 부모가 엄연히 있기 때문에 입양이 아주 어려웠다. 두 달을 다 허비하고 그는 다시 그 무시무시한 릴루아 소년원으로 보내졌다. 그래도 입양협회는 브리얼리 부모님에게 그의 입양을 주선하기 위해 계속 노력했다. 릴루아 소년원에서 나는 운이 좋았다. 하지만 맨토시는 그렇지 못했다. 그는 육체적으로, 성적으로 학대를 당했다. 나중에 알게 된 사실인데 과거에 맨토시는 그의 삼촌들한테도 지독하게 학대받은 적이 있었다.

복잡한 법적 절차가 다 끝날 때까지 2년이 걸렸다. 그때까지 그는 소년원 생활을 하면서 엄청난 상처를 받았다. 맨토시의 사례를 보면 입양의 관료주의적 폐해를 적나라하게 알 수 있었다. 그의 소년원 생활 이야기를 들으면서 릴루아 소년원의 밤이 계속 떠올랐다. 그가 당했던 일을 나도 똑같이 당할 수 있었다는 생각을 멈출 수가 없었다.

처음 도착했을 때 맨토시는 입양이 무엇인지 완전히 이해하지 못하는 것 같았다. 다시 말해서, 여기에 오면 우리와 함께 계속 살아야 한다는 걸 맨토시는 모르는 것 같았다. 그에게 상황을 충분히 명료하게 설명해주지 않았을 수도 있다. 어쨌든 그는 이게 올바른 선택이라는 것을 나만큼 확신하지는 않았다. 여기에 계속 머물러야 한다는 걸 깨닫게 되자 그는 감정이 복잡해졌다. 이런 감정은 모든 입양아들이 당연히 느낄 수 있다. 정도는 훨씬 미약한 편이지만 나도 그런 감정을 느낀 적이 있었다. 맨토시는 불안감 때문에 감정기복이 더 심해졌다. 분명히 정신적 충격 때문이었을 것이다. 어렸을 때 그는 화날 이유가 전혀 없는데도 폭발하듯 화를 냈다. 그는 메마른 작은 소년이었지만 어른 못지않게 감정이 격했다. 그러다보니 불행히도 어린 시절에 나는 그를 상당히 경계했다. 부모님은 인내심이 있고 다정했으나 신념이 확고했다. 우리 넷으로 가정을 꾸리겠다는 부모님의 굳은 의지에 대해 맨토시와 나는 무한한 존경심을 느끼고 있다.

지금은 사정을 이해하지만 그 당시만 해도 나는 불안했다. 맨토시가 잘 적응하지 못했기 때문에 부모님의 관심은 대부분 그에게 쏠렸다. 나는 그때까지는 꽤 잘 적응했었다. 하지만 내가 사랑받고 있고 보살핌을 받고 있다는 느낌이 여전히 필요했다. 가정에서 형이나 동생이 더 많은 관심을 차지할 때 질투하는 건 정상이다. 맨토시가 도착하고 나서 얼마 안 되던 어느 날 밤 나는 집에서 뛰쳐나왔다. 그러나 나는 다시 길거리 생활을 하고 싶지는 않았다. 그건 내가 변했다는 증거였다. 가족에게는 역경을 이겨내는 힘과 은근한 사랑이 있다는 걸 그동안 내가 많이 배웠던 것이다. 나는 근처 동네 버스 정류장까지 갔다. 부모가 자신에게 얼마나 헌신적인지를 시험할 때 서양 아이가 쓰는 아주 전형적인 수법이다. 나는 금세 춥고 배가 고파서 집으로 돌아갔다. 맨토시와 나는 달랐다. 하지만 우리는 다른 어린 형제들처럼 함께 수영과 낚시를 하러 갔다. 또 크리켓 경기도 하고 자전거도 함께 탔다.

맨토시는 학교생활을 나만큼 즐겁게 보내지 못했다. 그는 나와 함께 스포츠를 열정적으로 즐겼다. 하지만 수업시간엔 불만이 많고 산만했다. 나와는 달리 그는 인종차별적인 말이 몹시 거슬렸던 것 같다. 그는 보복을 했고 그러고 나면 시달렸다. 이 때문에 못된 아이들은 더 재미를 붙여 맨토시를 계속 자극하고 놀려댔다. 불행히도 선생님들은 새로운 생활에 적응하려고 몸부림치는 아이를 도와줄 준비가 안 돼 있었다. 맨토시는 여자 선생님들한테 지시받는 데 익숙하지 않았다. 인도에서 가족으로부터 배운 선입견 때문이었다. 이런 태도가 학교생활에 도움이 될 리가 없었다. 나도 역시 이러한 문화적 차이점들을 배워야 했다. 언젠가 어머니가 나를 차에 태우고 가는데 내가 뚱한 목소리로 "여자들은 운전하면 안돼요."라고 말했다고 한다. 그러자 어머니는 길 한 쪽에 차를 세우더니 "여자가 운전하면 안 되면 꼬마는 걸어가야지!"라고 말했다. 나는 금세 그 뜻을 알게 되었다.

그 당시 부모님이 맨토시를 많이 보살펴야 했기 때문에 상대적으로 내가 혼자서 지내는 시간이 많아졌다. 이에 대해 어머니는 꽤 미안해했다. 그러나 이따금 짜증났던 것 말고는 별로 힘들지 않았다. 인도에서 이미 혼자 지내는 데 익숙했기 때문이다. 나는 혼자 있는 걸 좋아했다. 그래도 우리는 가족끼리 함께 많이 다녔다. 매주 금요일엔 레스토랑에서 외식을 했고 방학 기간엔 가족여행을 떠났다.

한번은 부모님이 중요한 가족여행 계획을 세웠다. 인도로 가는 계획이었다. 처음엔 나는 아주 열광했고 맨토시도 좋아하는 것 같았다. 우리 주변엔 항상 인도 물건들이 있었고 인도에 대한 생각을 많이 했었다. 그래서 부모님이 가족여행 계획을 세우자 우리는 인도에 가면 무엇을 볼지, 어디를 갈지 신나게 얘기를 나눴다. 물론 우리는 둘 다 고향이 어딘지 몰랐다. 그래서 여행을 가게 되더라도 제 3의 장소를 둘러본 뒤 돌아올 수밖에 없었다.

그러나 여행날짜가 다가오자 우리 둘은 불안해지기 시작했다. 인도생활을 떠올리면 불행했던 기억이 날 수밖에 없었다. 인도로 돌아간다는 기대가 현실로 다가올수록 과거 기억들이 더욱 생생해지는 것 같았다. 인도를 떠나오면서 놓고 왔던 많은 것들, 최소한 마음속으로 떠올리지 않으려 했던 많은 것들이 되살아났다.

나는 분명히 캘커타로 돌아가고 싶지 않았다. 그런데 우리가 우연히 간 곳이 바로 내 고향일 수도 있고 내가 알아볼 수 있는 곳일 수도 있다는 생각에 마음이 흔들렸다. 나는 여전히 엄마를 찾고 싶었다. 그러나 여기에 있는 게 행복했다. 나는 둘 다 원했다. 갈수록 혼란스러웠다. 잠재의식 속에선 또 길을 잃어버리지는 않을까 하는 걱정도 들었다.

그 당시 맨토시가 정확히 무슨 생각을 하고 있었는지 잘 모르겠다. 결국 부모님은 인도여행을 가지 않기로 결정했다. 거기에 가면 감정이 너무 많이 흔들릴 수 있기 때문에 긁어 부스럼을 만들지 말자고 결론을 내린 것이다.

어머니의 여정

나의 양어머니 슈(Sue)는 제2차 세계대전 이후 중부 유럽에서 오스트레일리아로 이민한 부모 사이에 태어났다. 출생지는 태즈메이니아 북서쪽 해안이다. 슈의 부모님은 둘 다 힘들게 자랐다. 슈의 어머니인 쥴리(Julie)는 헝가리의 가난한 가정에서 14남매 중 한 명으로 태어났다. 쥴리의 아버지는 돈을 벌어 보내주겠다며 캐나다로 건너가 벌목공 일을 했다. 하지만 헝가리로 돌아오지 않고 처자식을 모두 버렸다.

슈의 아버지인 조셉(Josef)은 폴란드 태생으로 어린 시절의 트라우마가 있었다. 다섯 살 때 그의 어머니가 세상을 떠나자 아버지는 새장가를 들었다. 계모는 조셉을 미워해 심지어 독살하려 했다. 결국 조셉은 할머니 손에 자랐다.

전쟁 초기 나치 독일이 폴란드를 침범했을 때 조셉은 저항군에 가담해서 폭파와 사격 임무를 맡았다. 이 때문에 심한 정신불안 증세가 나타났다. 결국 그는 저항군의 임무를 포기한 채 진격해오는 러시아군을 피해 독일로 가서 정착하게 되었다.

조셉은 잘생긴 남자였다. 키 크고 까무잡잡하고 멋있었다. 전쟁 말미 혼란스런 상황에서 쥴리는 조셉을 만나 사랑에 빠졌다. 두 사람은 결혼해서 전쟁이 끝날 때쯤 메리(Mary)를 낳았다. 당시는 격동의 시기라서 유럽 전역에 난민들이 거리와 기차를 가득 메웠다. 조셉과 쥴리 부부는 새 삶을 시작하기 위해 새로운 세계를 찾아 떠나기로 했다. 그들은 가까스로 이탈리아까지 갔다. 그리고 캐나다로 가는 배인 줄 알고 올라탔는데 그 배는 오스트레일리아가 마지막 항해지였다. 그래서 수많은 난민들처럼 그들도 본의 아니게 엉뚱한 곳에 정착하게 되었다.

조셉·쥴리 부부는 처음엔 따로 살아야 할 정도로 형편이 어려웠다. 조셉은 태즈메이니아의 건축현장에서 집 건축 도급 일을 하며 열심히 돈을 벌었다. 마침내 작은 집을 마련해 쥴리와 함께 살게 됐다. 1954년 어머니 슈가 태어났을 때 언니 메리는 여섯 살이었다. 그리고 16달 뒤에 어머니의 여동생인 크리스틴(Christine)이 태어났다.

전쟁에 참가했던 많은 생존자처럼 조셉은 정신장애가 있었고 세월이 갈수록 증세가 심해졌다. 어머니는 어린 시절을 몹시 힘들게 보냈다. 특히 그녀 아버지의 감정상태 때문이었다. 그녀의 아버지는 우울증 증세를 보이다가 갑자기 화를 내고 폭력을 휘둘렀다. 그녀는 지금도 당신의 아버지인 조셉을 덩치 크고 힘센 사람, 무서운 사람이라고 말한다.

조셉은 처자식에게 폭행을 일삼던 가정에서 자라났다. 뼛속까지 폴란드 기질이 배어 있었던 조셉은 날마다 보드카를 많이 들이켰다. 그는 돼지고기를 양배추, 감자와 함께 프라이팬에 구워먹는 폴란드 전통요리만을 고집했다. 어머니는 그 음식을 싫어해서 깡마르고 병약한 아이로 자랐다. 그때 그 음식을 먹어야 했던 걸 생각하면 지금도 속이 메스껍다고 하신다.

조셉은 건축사업으로 상당히 많은 돈을 벌어 큰 재산을 모았다. 그의 재산이 얼마나 됐는지는 아무도 모른다. 하지만 서머셋 마을에서 첫 번째 백만장자였을 거라고 어머니는 말한다. 건강이 악화되면서 그는 과대망상 증세를 보이고 정신이 오락가락했다. 사업상 부정한 거래로 평판이 나빠졌다. 또 재산에 대한 세금납부를 거부했다. 세금을 내지 않은 건 그의 정신건강 때문이거나 그가 시 당국을 인정하고 싶지 않았기 때문일 수도 있다. 어쨌든 그는 그냥 세금을 내지 않았다. 이 때문에 그는 몰락의 길을 걸었고 결국 가족도 풍비박산 났다.

어머니는 빠르게 성장했다. 그리고 어려운 가정환경을 벗어나 자립했다. 그녀의 아버지가 빨리 직장을 구하라고 다그치자 어머니는 10학년 때 학교를 그만두고 버니(Burnie:태즈메이니아 주의 북서쪽 해안도시)에서 약사 보조원 일을 시작했다. 돈을 벌게 되자 그녀는 태어나 처음으로 자립심을 갖게 됐다. 그녀는 1주일에 15달러 정도를 벌었다. 그녀가 번 2달러를 식비로 그녀의 어머니에게 드렸다. 나머지 돈은 저축하여 결혼할 때 혼숫감을 장만하는데 썼다. 어린 시절 정신적 고통과 영양부족으로 시달리다가 열여섯 살이 돼서야 그녀의 삶이 나아졌다.

어느 날 어머니는 친구들과 점심을 먹다가 모처럼 호바트에서 온 젊은 사내를 만나게 되었다. 당시에 주도(州都)인 호바트에서 누군가 왔다는 것은 버니에서는 뉴스거리였다. 사내의 이름은 존 브리얼리였다. 나중에 그 청년은 어머니 친구들에게 어머니에 관해 물었고 얼마 안 되어 어머니는 그 청년으로부터 데이트 신청을 받았다.

존은 잘생기고 서핑을 즐기는 24살 청년이었다. 금발에다 햇볕에 그을린 피부였다. 그는 공손하고 느긋했다. 그의 아버지는 영국 사람인데 '영국 항공사'에서 조종사로 쉰 살까지 일하다 퇴직했다. 그리고 기후가 따뜻한 오스트레일리아로 가족과 함께 이민 왔다. 십대였던 존은 처음엔 영국을 완전히 떠날 생각은 아니었다. 그러나 오스트레일리아로 와서 태양과 서핑 생활에 푹 빠졌다. 존은 그 후 영국에 한 번도 가지 않았다.

어머니는 자신의 아버지에 대한 좋지 못한 기억 때문에 남편을 만나기 전에는 이성교제에 관심없었다. 그런데 언니인 메리가 예비신랑을 만나는 걸 보고 생각이 달라졌다. 어머니는 남자가 품위 있고 공손하면서도 처자식을 폭행하지 않을 수도 있다는 것을 처음으로 알게 되었다. 세상에는 믿고 의지할 수 있는 남자도 있다는 것을 말이다.

아버지와 어머니가 만난 지 일 년 후인 1971년, 아버지에게 승진기회가 왔다. 이 기회를 받아들이면 그는 본토로 가서 근무해야 했다. 하지만 그는 어머니 곁을 떠나지 않고 태즈메이니아에 남아 어머니에게 청혼했다. 그들은 토요일에 결혼식을 올리고 호바트에 있는 작은 아파트에 신혼살림을 차렸다. 그리고 어머니는 월요일부터 호바트에 있는 약국에서 일을 시작했다. 아버지가 백마를 타고 나타나 어머니를 낚아챈 뒤 결혼식을 올리고 함께 살아가는, 마치 동화 속 러브 스토리 같았다. 열심히 일하고 돈을 모아서 그들은 트랜미어 외곽에 있는 강변 땅을 사들여 집을 짓기 시작했다. 1975년 그 집으로 들어갔을 때 어머니는 21살이었다.

어머니는 버니를 떠나 살았지만 친정집 가세가 더욱 기울자 몹시 괴로웠다. 그녀의 아버지 조셉은 두 번 파산했다. 두 번째 파산은 납세거부로 인한 벌금 500불을 내지 않았기 때문이었다. 채무를 다 갚을 때까지 그는 버니 구치소에 수감되었다. 어머니와 다른 식구들은 그때도 조셉만의 비밀을 전혀 몰랐다. 사실 조셉은 집에 수천 달러를 몰래 숨겨놓았다. 조셉이 이 사실을 가족에게 털어놓았더라면 그를 보석으로 석방시킬 수 있었을 것이다.

이때부터 몰락의 악순환이 시작되었다. 어머니가 서른 살 무렵 조셉은 호바트에 있는 교도소에 수감되었다. 거기서 특히 알코올 금단 증세로 고통을 겪다가 극도로 난폭해져 결국 정신과 교도소로 이감되었다.

거기서 조셉은 고리대금업자에게 돈을 빌렸다. 그 업자는 일 년도 안 돼 이자 명목으로 조셉의 남은 재산을 감쪽같이 빼앗아 갔고 가족은 빈털터리가 되었다. 결국 외할머니는 정신이 오락가락하는 남편을 버리고 떠났다. 조셉은 교도소 안에서 모든 걸 자기 부인 탓으로 돌리며 죽이겠다고 협박했다. 외할머니는 작은 아파트로 옮겼는데 근처 제지공장에서 나오는 유독물질 때문에 병을 앓았다. 그래서 어머니는 외할머니를 호바트로 모셔 와서 입양한 두 아들과 함께 지내게 했다. 맨토시와 나는 외할머니와 살게 된 것이 아주 좋았다. 그 후 조셉은 석방됐지만 어머니는 그의 거친 성질 때문에 나와 맨토시를 만나도록 허락하지 않았다. 그래서 우리는 그는 만나지 못했다. 내가 열두 살 때 그는 세상을 떠났다.

이런 시련 때문에 어머니는 의지가 강하고 결단력이 뛰어났다. 또 남다른 장점을 갖게 되었다. 결혼 초기 오스트레일리아는 격동의 시기였다. 1960년대 격변을 겪고 나서 선거로 휘틀럼 정부가 들어섰다. 정치적, 사회적 지형이 바뀌고 있었다. 어머니와 아버지는 분명 히피족은 아니었다. 하지만 그들은 새로운 사상에 대한 토론에 심취했다.

사람들은 인구과잉 문제를 몹시 우려했다. 수십 억 인구가 세계환경에 미치는 영향에 대해서도 점점 관심이 높아졌다. 전쟁 등 다른 이슈들도 있었다. 아버지는 운이 좋아서 베트남 전쟁에 파병되지 않았다. 부모님은 사고가 진보적이었다. 이 때문에 어머니는 개발도상국에서 빈곤층 어린이를 입양하는 것도 좋은 방법이라고 생각했다.

성장과정에서 온갖 경험을 한 어머니는 가정이 혈연개념을 넘어서야 한다는 신념이 확고했다. 부모님은 가톨릭 문화에서 자랐다. 가톨릭 문화에서 여자는 당연히 아이를 낳아야 한다. 하지만 부모님은 세계에는 이미 인구가 넘치고 아이들 수백만 명이 도움의 손길을 절실히 기다린다고 믿고 있었다. 그들은 아이를 낳는 대신 다른 방법으로 가정을 만들기로 하였다.

어머니가 전통과 다른 방식으로 가정을 꾸리기까지는 과거의 놀라운 경험도 한몫을 했다. 열두 살 때쯤 가정문제로 스트레스를 받아 그녀는 신경쇠약에 걸렸다. 그때 이른바 '환영'을 목격했다고 한다. 갈색 피부의 어린아이가 그녀 옆에 서 있는 환영이었다. 아이의 온기까지 느낄 정도로 그 환영은 생생했다. 환영이 너무나 또렷해 어머니는 자신이 제정신인지, 혹시 유령을 본 건 아닌지 의심해 보기도 했다. 그러나 시간이 갈수록 그 환영은 더욱 위안이 되었다. 환영이 소중하게 여겨졌고 그녀만 알고 있는 존재가 불현듯 나타난 것 같았다. 어떤 선한 존재가 있다는 느낌이 들었다. 암담한 생활을 하다가 이런 놀라운 느낌은 처음이었다. 그녀는 그 느낌을 계속 간직했다.

서로 마음이 통하는 남편과 결혼생활을 시작하면서 어머니는 자신의 꿈을 실현할 기회가 생겼다. 아이를 낳을 수 있었지만 빈곤 국가에서 아이들을 입양해 그들에게 사랑스런 가정을 만들어 주기로 했다. 어머니의 추진력 때문에 입양을 결심했다고 아버지는 인정하신다. 실제 어머니는 입양에 대한 신념이 확고해서 아버지가 입양에 동의하지 않았더라면 아버지와 헤어질 수도 있었을 것이라고 한다. 어쨌든 아버지도 입양계획을 아주 좋아했다. 한번 결심한 이상 부모님은 결코 흔들리지 않았다.

그렇지만 입양을 재고해야 할 여러 가지 사정이 생겼다. 공식적으로 입양문의를 시작하자마자 당장 문제점에 부딪혔다. 당시 태즈메이니아 주의 법규에 따르면 아이를 낳을 수 있는 부부는 입양할 수 없었다. 당분간 그 법규가 바뀔 리 없었다. 그러나 부모님은 신념을 버리지 않았다. 입양 대신 해외에서 고통받는 아이들을 도와주기로 했다(지금도 계속 도와주고 계신다.).

아이들 없이 풍족한 삶을 살기로 했다. 두 분은 함께 외식을 하거나 요트를 타기도 하고 해마다 휴가를 즐기기도 했다. 하지만 부모님은 마음속으로 항상 입양을 생각했다. 그들은 입양 시한을 특별히 정해 놓지 않았다. 또 입양할 아이의 나이를 정해 놓지도 않았다. 따라서 부모와 아이와의 나이 차이도 구애받지 않았다. 나이 든 부모라면 어린아이를 키우기 힘들기 때문에 아이의 나이를 정해 놓을 수도 있었다. 그러나 부모님은 그런 조건을 달지 않았다.

부모님이 입양을 결심하고 16년이 지난 어느 날, 어머니는 아주 작고 아름다운 소녀, 마리를 만났다. 갈색 피부였다. 현지 주민이 입양한 아이였다. 그런데 그 주민은 직접 낳은 아들이 있었다. 그 순간 어머니에게 번뜩 생각이 떠올랐다. 임신 가능한 부부는 입양할 수 없다는 법규가 바뀐 게 틀림없었다. 어머니는 머리가 쭈뼛 섰다. 이 소녀가 바로 열두 살 그때 환영 속 아이일지 모른다고 생각하니까 오싹해졌다. 곧바로 그녀는 다시 입양을 문의했다. 해외에서 아이들을 입양할 수 있다는 사실을 확인하고 어머니는 너무나 기뻤다. 부모님은 주저하지 않고 바로 입양절차를 밟았다.

여러 차례 인터뷰를 하고 서류준비와 경찰조회를 거친 다음 부모님은 입양 허가를 받았다. 이젠 입양서류를 보낼 나라를 골라야 했다. 부모님은 빅토리아에 있는 입양단체로부터 조언을 받았다. 인도 캘커타에 있는 '인도입양협회'가 인도주의적이며 여기에서 불쌍한 인도 아이들의 입양을 가장 신속하게 도와준다는 것이다. 어머니는 항상 인도에 매료되어 있었다. 생활상도 어느 정도 알고 있었다. 1987년에 오스트레일리아 인구가 1,700만 명인데 그해 인도에선 열 살 이하 어린이 1,400만 명 정도가 질병이나 굶주림으로 숨졌다. 어린이 한 명을 입양한다는 게 큰 바다에 비하면 물 한 방울에 불과하지만 그래도 그것만이 부모님이 할 수 있는 일이었다. 또 그것이 한 아이에게는 엄청난 영향을 미칠 것이라고 생각했다. 부모님은 인도를 선택했다.

아이의 입양 조건을 맞추느라 10년을 기다리는 부모들도 있었다. 갓난아이를 원하거나 남녀 성별을 가리고 또는 특정 나이를 원하다가 시간이 지나는 것이다. 부모님은 달랐다. 선호하는 아이를 선택하기보다는 도움이 절실한 아이는 누구든지 도와주겠다는 자세가 중요하다고 생각했다. 그래서 그들은 아이를 원할 뿐이라고 말했다.

'인도입양협회'는 인품이 뛰어난 사로즈 수드 여사가 운영했다. 그 협회의 좌우명은 "어디에선가 아이가 기다리고 있다. 또 어디에선가 가족이 기다리고 있다. 우리는 그들을 맺어준다."였다. 우리 가족도 그 좌우명처럼 정말로 쉽게 맺어졌다. 인도에 입양서류를 보낸 뒤 몇 주 만에 부모님은 사루(Saroo)라는 아이로 결정됐다는 전화를 받았다. 사루는 자신의 성(姓)이나 출생에 대해 전혀 모르는 아이라고 했다. '인도입양협회'가 법원제출 서류용으로 찍은 내 사진을 본 순간, 부모님은 바로 내 아이라는 생각이 들었다고 한다.

어머니는 소식을 듣고 기뻐하며 차분하게 이게 운명이라고 생각했다. 열두 살 때 환영을 본 것이 아이를 입양할 운명을 암시한 것이라고 생각했다. 입양 결심을 하고 나서 부모님은 내가 준비될 때까지 16년 동안 기다렸던 셈이다. 이건 운명이었다. 그 이후 일이 일사천리로 진행되었다. 내가 오스트레일리아에 도착한 것은 부모님이 입양신청을 한지 불과 7달 만이었고 입양허가를 받은지 석 달이 채 안 됐을 때였다.

어머니는 오스트레일리아 인들이 입양과 후원에 더 많이 동참해야 한다고 생각한다. 해외에서 혹독하게 자라고 있는 아이들을 재정적으로 돕고 입양해야 한다는 것이다. 맨토시의 입양이 늦어진 이유는 복잡한 절차 때문이었다. 이 때문에 그녀는 몹시 스트레스를 받았다. 실제 그녀는 심하게 앓아누웠다. 국가 간 입양에 관해서 오스트레일리아 주들의 법규는 제각각이다. 그래서 이 법규들을 단순한 연방법으로 대체해야 한다고 어머니는 주장한다. 그녀는 정부가 입양을 너무 까다롭게 하고 있다고 비판하고 절차가 간편해지면 더 많은 가정이 입양을 할 수 있을 거라고 믿는다.

어머니의 인생 이야기를 듣다보면 나는 정말로 운이 좋고 축복받았다는 생각이 든다. 어머니는 힘든 어린 시절 때문에 더욱 강해졌고 그런 경험을 바탕으로 값진 결실을 맺었다. 그래서 나도 어머니처럼 되길 바라고 있고 맨토시도 같은 생각일 것이다. 혹독한 어린 시절이 어떤 건지 어머니는 잘 알고 있어서 입양한 두 아들에게 훌륭한 어머니가 되어 주셨다. 또 손위 어른으로서도 우리에겐 감동적인 존재였다. 나는 어머니의 인간 됨됨이를 좋아한다. 그러나 무엇보다도 그녀가 걸어온 인생행로와 부모님의 결정에 대해 존경심을 표한다. 단언컨대 부모님이 내게 주신 삶에 대해 나는 그 은혜를 평생 잊지 않을 것이다.

나의 성장기

고등학교에 입학할 때까지 내 방에는 인도 지도가 붙어 있었다. 그 지도는 미국 록 밴드그룹인 '레드 핫 칠리 페퍼스(Red Hot Chili Peppers)' 포스터 옆에 붙어 있었다. 하지만 나는 그 지도를 눈여겨본 적이 거의 없었다. 나는 오스트레일리아 인, 자랑스러운 태즈메이니아 사람이었다.

물론 나는 내 과거를 잊거나 인도에 있는 가족 생각을 멈춘 적은 없었다. 나는 어린 시절의 기억이라면 모든 세세한 것까지 잊지 않으려고 애썼다. 가끔은 내 자신에게 말하듯 하면서 머릿속으로 옛 기억들을 떠올렸다. 나는 엄마가 아직 살아있고 건강하길 기도했다. 때로는 침대에 누워 내 고향의 거리를 상상했다. 나는 그 거리를 걸어 집으로 간 뒤 문을 열고 엄마와 세킬라가 자고 있는 모습을 지켜보았다. 이때 가족들에게 나는 아주 잘 지내고 있으니 걱정하지 말라는 말을 꼭 전했다. 하지만 고향 생각을 하는 것은 내 생활의 중심은 아니었다. 나도 다른 아이들처럼 십대들의 삶에 푹 빠져들었다.

중학교에 들어가자 초등학교 때보다 타 인종 아이들이 훨씬 더 많았다. 특히 그리스와 중국 그리고 그동안 못 보았던 인도 아이들도 있었다. 그러다 보니 과거에 느꼈던 차별감은 모두 눈 녹듯 사라졌다. 나는 좋은 친구들을 사귀고 학교 록 밴드에 가입해 기타 연주를 했다. 스포츠 활동도 많이 했다. 특히 축구, 수영, 육상을 즐겼다. 고등학교는 규모가 아주 작아서 맨토시가 안정을 찾는데 도움이 됐다.

열네 살이 되자 나는 친구들과 부둣가에서 놀았고 몰래 술을 마시기도 했다. 여자친구도 있었다. 유난히 방탕했던 건 아니다. 그러나 시간이 갈수록 빈둥거리며 지냈다. 이 지경이 된 것은 어린 시절이 불우했고 입양됐기 때문이라고 핑계를 댈 수도 있었다. 그러나 솔직히 말하면 대부분 십대들이 겪는 일에 나도 그저 휩쓸려 갔을 뿐이었다.

나는 학교공부를 아주 열심히 해본 적이 없었다. 스포츠와 친목클럽 같은 과외활동을 하다 보니 학교성적이 더 나빠지기 시작했다. 마침내 부모님이 인내의 한계를 느끼는 상황까지 왔다. 부모님은 의지가 강하고 근면했다. 부모님에게 나는 목표도 없이 대충대충 살아가고 있는 사람으로 비쳐졌다. 부모님은 내게 최후통첩을 했다. 첫째, 12학년이 되기 전에 학교를 그만두고 직장을 구하거나(훗날 맨토시가 그랬듯이), 둘째, 열심히 공부해서 대학을 가든지 아니면 마지막으로 군대에 가라는 것이었다.

충격적이었다. 군 입대하라는 부모님의 말을 듣고 나는 정말 놀랐다. 그건 분명 부모님의 의도가 있었다. 군대는 규제가 엄격했다. 군대는 인도의 릴루아 소년원을 아주 생생하게 떠올리게 할 것이다. 나로서는 생각하고 싶지 않은 기억이었다. 부모님의 최후통첩은 긍정적인 효과가 더 있었다. 이를 계기로 인도에 있을 때 내가 얼마나 공부를 하고 싶었는지를 돌이킬 수 있었다. 전혀 꿈도 꾸지 못했던 삶이 나에게 주어졌고 분명 그 삶을 즐기고 있는데도 나는 기회를 최대한 활용하지 못하고 있다는 것을 깨닫게 되었던 것이다.

부모님의 경고는 내가 공부에 몰입하는 자극제가 되었다. 그때부터 모범생이 되어 방과 후엔 복습하느라 내 방에서 나오지도 않았다. 성적도 끌어올려 몇몇 과목에서는 1등을 차지할 정도가 되었다. 고등학교를 마치고 나는 회계사 자격증을 따는 3년 과정의 주립 기술전문대학(TAFE)에 들어갔다. 이 과정을 마치면 대학에 갈 수 있었다. 전문대학에 다니면서 나는 서비스 업종에서 일했다.

부모님은 처음이자 마지막으로 경고를 한 이후 나에게 어떤 일도 강요하지 않았다. 그들은 나를 배려해주었다. 입양에 대해 내가 부모님에게 빚을 졌다고 생각할 수도 있었다. 부모님은 내가 그런 부담을 갖지 않도록 해주었다. 내가 하고 싶은 일이 있으면 그들은 흔쾌히 내 결정을 지지했다. 내가 회계 자격증 과정을 마치는 것을 보고 부모님은 무척 기뻤을 것이다. 하지만 나는 대학에 진학하지 않고 서비스 업종에서 돈을 벌고 사회생활을 하는 재미에 푹 빠졌다. 나는 미련 없이 회계학 공부를 그만뒀다. 나는 수 년 동안 일을 하면서 즐겼다. 호바트 일대에 있는 바, 클럽, 레스토랑에서 다양한 일을 했다. 영화〈칵테일〉에서처럼 병을 빙빙 돌리기도 하고 악단이 있는 나이트클럽을 홍보하면서 즐거운 시간을 보냈다. 같이 일하는 동료들이 미래 비전도 없이 일만 하는 것을 보면서 나는 욕심이 생겼다. 나는 서비스 경영 분야의 자격증을 따기로 마음먹었다. 그렇게 하면 높은 지위를 맡을 수 있다고 생각했기 때문이다. 그런데 운 좋게도 캔버라에 있는 '오스트레일리아 국제호텔학교'에 장학금을 받고 갈 수 있었다. 내 직장경험을 인정해 학교 측은 3년 과정을 1년 반 과정으로 듣도록 허락해주었다.

당시 나는 부모님 집에서 살았지만 보통 밖에서 일하거나 공부했다. 또 여자친구 집에 있기도 했다. 그래서 집을 떠나 사는 것이 그리 큰일은 아니었다. 나의 새로운 계획에 부모님은 기뻐했다. 내가 짐을 챙겨서 캔버라로 떠날 때는 모두가 그러려니 했었다.

캔버라 대학에 가기로 한 것은 내가 할 수 있었던 최고의 결정이었다. 전혀 예상하지 못했던 일이 생긴 곳이 바로 캔버라였다. 나는 캔버라에서 인도에 대해 다시 관심을 갖게 되었고 어릴 적 잃어버렸던 고향집을 찾을 방법을 생각하기 시작했다.

2007년 캔버라 대학 기숙사에는 세계 각국에서 온 학생들이 상당히 많았다. 그들 대부분이 인도에서 온 학생이었다. 주로 델리, 뭄바이, 콜카타(옛 명칭은 캘커타) 출신 학생들이었다.

고등학교 때도 인도 출신 아이들이 있었다. 하지만 그들은 나처럼 오스트레일리아에서 자랐다. 캔버라 대학에서 인도 학생들을 만나게 된 건 아주 색다른 경험이었다. 그들은 나와 영어로 대화를 나눴다. 하지만 자기들끼리는 정말 오랜만에 듣는 힌디어로 말했다. 나는 힌디어를 거의 다 잊어버린 터라 역(逆) 문화충격 같은 것을 처음으로 느꼈다(고등학교에서 인도 출신 학생들은 모두 영어만 썼다.). 세계 각국에서 온 학생들과 있다 보니 나는 처음으로 인도인이 아니라는 생각이 들었다. 이국적인 차원을 넘어서 나는 인도인들 사이에 있는 오스트레일리아 인이었다.

그들은 내가 태어난 나라에서 왔다. 또 일부는 내가 길을 잃었던 바로 그 도시에서 왔다. 이런 근본적인 이유 때문에 나는 그들에게 마음이 끌렸다. 그들은 내가 걷던 거리를 걷고 내가 탔던 기차를 탔을 것이다. 내가 그들에게 관심을 보이자 그들도 흔쾌히 그들 친목모임에 나를 받아주었다. 스물여섯 살이 된 나는 그들과 지내면서 처음으로 진정 인도인이 되는 것을 익혔다. 정치적으로나 학문적으로 접근한 게 아니었다. 또 부모님이 시도했던 친목모임처럼 그렇게 어색하게 접근한 것도 아니었다. 나는 그저 인도 학생들의 문화와 모임 속에 있는 것만으로도 마음이 편했다. 우리는 함께 인도 음식을 먹고 클럽에도 같이 갔다. 또 근처 도시로 여행도 함께 갔다. 친구 집에 모여서 힌디 영화를 즐기기도 했다. 액션과 로맨스, 코미디와 드라마가 섞인 흥미로운 인도 영화였다. 우리는 누가 억지로 강요해서 만난 게 아니라 그저 자연스러운 만남이었다. 여기 친구들은 입양단체와 아무런 관련이 없고 나처럼 과거에 정신적 충격을 받지도 않았다. 그들은 그저 평범한 인도인이었다. 그들은 나에게 모국어를 다시 배우라고 권유했다. 그들을 통해 나는 인도가 현대화 과정을 겪고 있으며, 그동안 급속도로 변했다는 것을 알게 되었다.

그들에게 내 사연을 들려주었다. 나의 기차역 시절 이야기는 정말로 특별했을 것이다. 친구들은 그 기차역이 콜카타의 거대한 하우라 역이라고 했다. 역 바로 옆을 흐르는 강은 후글리 강이라고 했다. 내 얘기를 듣고 그들은 놀랐다. 특히 콜카타에서 온 학생들이 많이 놀랐다. 그들은 나의 콜카타 생활을 어느 정도 이해했다. 인도에서 구걸이나 하던 내가 이젠 그들과 캔버라 대학 건물에 함께 있다는 게 믿기지 않는 것 같았다.

이런 대화를 하다 보니 두 가지 변화가 생겼다.

첫째, 내 과거 문제가 훨씬 더 실감이 났다. 비록 나는 과거 기억을 머릿속에 항상 간직하고 있었지만 오랜 세월 그 얘기를 꺼내지 않았다. 극소수 여자 친구들에게만 얘기했을 뿐이다. 이렇게 과거 얘기를 하지 않은 건 내 과거가 부끄럽다거나 비밀로 간직하고 싶어서가 아니었다. 단지 별로 중요해 보이지 않았기 때문이었다. 내 과거 얘기를 할 때마다 질문과 답변이 꼬리를 물었다. 나에 대한 그들의 생각은 예상보다 훨씬 더 근본적으로 변해 갔다. 다시 말해서 나는 그들에게 단지 지금의 사루가 아니었다. 캘커타 거리에서 살았던 사루였던 것이다. 나는 그냥 지금의 사루이고 싶었다. 내가 과거 이야기를 하면 친구들이 그 장소를 알고 있다는 게 신기하기만 했다. 내 이야기를 듣고 그들의 생각이 달라진 건 확실했다. 거리감이 생긴 게 아니라 오히려 서로 이해심이 깊어졌다. 과거 이야기를 하면 할수록 더 말하고 싶어졌다. 오스트레일리아 사람들도 내 이야기에 대해 많이 공감하고 내 과거 상황을 떠올려보려 했다. 하지만 그들에게 말할 때는 공허하다는 느낌을 받았다. 마치 동화를 이야기하는 것 같았다. 반면에 인도에서 온 친구들에게 이야기하다보니 훨씬 더 실감이 났다.

두 번째, 친구들의 변화가 있었다. 인도에서 온 친구들이 내 이야기를 듣고 모두 탐정 기질을 발휘했다. 그들은 내 고향이 어디인지 그 미스터리를 풀고 싶어했다. 그들은 내 과거에 대해 수많은 질문을 던졌다. 그들이 내 문제를 해결할 수 있을 것 같았다. 다섯 살 때 하우라 역에 도착한 이후 처음으로 문제 해결 가능성을 본 것이다.

나는 이런 생각을 했다.

'여기에 인도를 훤히 알고 있는 친구들이 많이 있어. 내가 처음 길을 잃었을 때 정말 필요했던 사람들이야. 이제 그들이 나를 도울 수 있을 거야.'

나는 불충분했지만 단서가 될 만한 것들은 모두 친구들에게 말해주었다. 가물가물한 다섯 살 적 고향지리를 떠올린 건 정말 오랜만이었다. '지네스틀레이(Ginestlay)'라는 지명이 떠올랐다. 그게 내가 살던 마을의 이름일 수도 있고 그 일대나 거리를 가리킬 수도 있었다. 또 그 근처에 내가 기차를 혼자 탔던 역이 있었는데 그 이름은 베람퍼(Berampur)와 발음이 비슷했다.

나는 콜카타 경찰 당국이 이 부정확한 이름으로 내 출신지를 찾으려 했지만 실패했다는 걸 친구들에게 알려주었다. 그러나 친구들은 그 정도면 미스터리를 푸는 훌륭한 첫 단서가 된다고 했다. 나는 얼마 동안 기차 안에 갇혀 있었는지는 잘 기억나지 않는다고 털어놨다. 하지만 분명히 밤에 기차를 탔고 다음 날 정오 전에 콜카타에 도착했는데 밖이 훤했던 건 확실하다고 말했다. 내가 거리에서 살면서 겪은 충격적인 일들은 마음속에 아주 상세하게 각인되어 있었다. 반면에 기차 속 기억은 희미하기만 했다. 기차가 집에서 점점 멀어져 간다는 걸 알면서도 나는 무기력하게 혼자 갇혀 있었다. 그 엄청난 충격 때문에 나는 완전히 정신이 나갔었다. 그 당시를 생각하면 고통의 순간들만 스냅사진처럼 떠올랐다. 나는 12시간에서 15시간 정도 기차를 탔을 거라고 항상 생각했었다.

친구들 중에 암린이라는 여자 친구가 있었다. 그녀의 아버지는 뉴델리의 인도철도공사에서 근무하고 있었다. 그녀는 아버지에게 콜카타에서 12시간 정도 걸리는 곳에 지네스틀레이나 베람퍼가 있는지 여쭈어 보겠다고 했다. 나는 흥분되고 가슴이 뛰었다. 내가 20년 전에 철도 플랫폼에서 그토록 갈구했던 도움이 이제야 가장 가까이 찾아온 것 같았다.

일주일 후 암린의 아버지가 답변을 보내왔다. 그는 지네스틀레이는 전혀 들어본 적이 없다고 했다. 그러나 베람퍼(Berampur)와 비슷한 이름을 가진 장소 세 군데를 알려왔다. 콜카타 외곽에 브라마퍼(Brahmapur)라는 곳이 있고, 서부 벵골 주에서 좀 외진 곳에 바하람퍼(Baharampur)라는 도시가 있다. 또 오리사 주의 동쪽 해안 아래쪽에 과거엔 버함퍼(Berhampur)로 부르다가 지금은 브라마퍼(Brahmapur)라고 부르는 도시가 있다는 것이다. 첫 번째 콜카타 외곽에 있다는 브라마퍼는 분명히 아니었다. 그러나 내가 하우라 역에서 사람들에게 베람퍼를 물어봤을 때 왜 아무도 이곳을 떠올리지 못했는지 궁금했다. 내 발음이 엉터리였을 수도 있다. 아니면 그 사람들이 내 말을 귀담아듣지 않고 그냥 지나쳐 버렸는지도 모른다.

두 번째, 세 번째 장소는 가능성이 훨씬 더 낮아 보였다. 설령 내가 순환철로를 탔다고 가정하더라도 내가 기차를 탄 시간에 비하면 그 두 장소는 하우라 역에서 너무도 가까웠기 때문이다. 오리사 주에 있는 도시는 동쪽 해안에서 불과 10킬로미터 거리였다. 그런데 비행기를 타고 오스트레일리아로 떠날 때까지 나는 한 번도 바다를 본 적이 없었다(어릴 적 나는 고향에서 그리 멀지 않은 호수로 낙조를 보러 한 번 간 기억이 있다. 호수를 본 기억이 다였기에 오스트레일리아로 가면서 비행기 아래로 펼쳐진 바다를 보고 깜짝 놀랐다.). 내가 해변에서 아주 가까이 살았는데도 그걸 모르고 자랐던 걸까? 한편 친구들은 외모로 볼 때 내가 서부 벵골 출신일 수 있다고 했다. 이 말을 들자 호바트에서 자랄 때 인도 출신 어른들이 내가 동부 지방에서 온 것 같다고 어머니에게 말했던 기억이 났다. 그렇다면 내가 기차 탄 시간을 잘못 기억하고 있었던 걸까? 잔뜩 겁먹은 다섯 살짜리 꼬마가 시간과 거리를 너무 과장되게 생각했던 건 아닐까? 이런 의구심들이 하나둘 생기기 시작했다.

친구들의 여러 추측 외에 더 많은 정보를 얻기 위해 나는 인터넷 검색을 시작했다. 고등학교 후반기부터 집에서 인터넷을 할 수 있었다. 그때 인터넷은 지금 인터넷에 비하면 형편없었다. 특히 전화 회선을 쓰는 초기 브로드밴드 시절이어서 인터넷이 아주 느렸다. 그러나 고등학교를 마칠 무렵 인터넷이 망 기능을 갖추었다. 그리고 대학생활을 시작할 때 위키피디아 같은 프로그램이 보급되기 시작했다. 오늘날에는 아무리 애매한 주제라도 모두 정보 검색을 할 수 있다. 그러나 얼마 전까지만 해도 인터넷은 컴퓨터 전문가와 학자들만의 영역에 가까웠다.

쌍방향 커뮤니케이션, 즉 소셜 미디어 시대 이전엔 평소 잘 알지 못하는 사람과 접촉하는 건 아주 어렵고 흔치도 않았다. 이메일이 더 보편화된 대화수단이었다. 하지만 이메일로는 사람들과 익명으로 접촉할 수 없었다. 더구나 고향을 찾을 생각을 별로 하지 않았기 때문에 당시 획기적이었던 인터넷이 나에게 유용할 거라고는 한번도 생각해 본 적이 없었다.

대학 시절, 인도 친구들뿐만 아니라 나도 24시간 인터넷 접속을 할 수 있었다. 내 방 책상에는 컴퓨터가 있었다. 먼저 지네스틀레이(Ginestlay)의 스펠링을 다양하게 조합해 정보를 검색하기 시작했으나 전혀 성과가 없었다. '베람퍼'와 비슷한 지명을 찾아봤지만 역시 끝이 없었다. 비슷비슷한 지명이 너무 많아서 별 진전이 없었다.

내가 지명을 잘못 기억할 수 있고 기차에 갇혀 있던 시간도 착각할 수 있다는 생각이 들었다. 하지만 내 가족, 내가 뛰놀던 마을과 거리에 대한 기억은 의심의 여지가 없었다. 눈을 감으면 내가 기차를 탔던 베람퍼 역이 또렷이 보였다. 예를 들어 플랫폼 위치, 한쪽 끝에 있는 커다란 보행자 육교 그리고 높은 플랫폼 위로 솟아오른 대형 급수탑 등등. 친구들이나 인터넷이 어떤 장소를 제시한다면, 또 누군가 내 고향이라고 지목한다면 나는 그게 맞는지 아닌지는 금세 알 수 있었다. 내가 확실히 알 수 없었던 건 지명이었다.

지도는 도움이 안 되었다. 지명을 정확히 알기만 하면 모든 지명과 철로를 뒤져서라도 내 고향을 찾을 수 있을 것이다. 하지만 내가 본 지도들은 너무 작아서 지역이나 꼭 필요한 거리 상세도면이 없었다. 게다가 작은 마을은 표시도 없었다. 따라서 콜카타 인접 지역과 내가 돌아다녔던 곳을 바탕으로 비슷한 지명을 가진 곳을 찾을 수밖에 없었다. 그러나 베람퍼 또는 지네스틀레이와 비슷한 이름을 가진 마을을 찾더라도 그게 내 고향인지 확인하는 건 불가능했다. 다 허물어져 가는 우리 집과 그 기차역이 거기에 있다는 걸 어떻게 알 수 있지? 당장 비행기를 타고 서부 뱅골로 가서 지상에서 집을 찾아볼까도 생각했다. 하지만 많이 고민하지는 않았다. 비슷한 지명을 찾기 위해 얼마나 오랫동안 전국 방방곡곡을 정처 없이 헤매고 다녀야 한단 말인가? 지역은 방대했다. 하우라역에서 닥치는 대로 기차에 올라탔던 상황과 똑같았다.

그 이후 세계 어디든지 실제 경치를 볼 수 있는 지도를 알게 되었다. 더구나 내 책상에서 안전하게 볼 수 있는 지도였다. 바로 구글 어스였다.

많은 사람들이 구글 어스로 처음 검색했을 때를 기억할 것이다. 구글 어스의 위성 화상을 보면 누구나 우주 비행사처럼 하늘 위를 날면서 세상을 내려다볼 수 있었다. 모든 대륙과 국가, 도시를 볼 수 있고 지명으로도 검색할 수 있었다. 관심이 있는 곳은 확대해서 아주 상세하게 볼 수 있었다. 에펠 탑이나 그라운드 제로 또는 내 집까지도 아주 가까이서 볼 수 있었다. 실제 모든 사람이 처음엔 보통 자기 집을 목표로 정하고 집의 공중 모습을 새나 신처럼 위에서 내려다봤을 것이다. 구글 어스 기능에 대한 얘기를 듣자 나는 가슴이 뛰었다. 제대로 찾기만 하면 내 고향 집이 보일까? 구글 어스는 나를 위한 완벽한 프로그램일 수도 있었다. 나는 컴퓨터에 달라붙어 검색을 시작했다.

지네스틀레이에 대해선 전혀 정보가 없었기 때문에 베람퍼와 비슷한 이름을 가진 곳이 가장 확실한 근거가 될 거라고 생각했다. 그곳을 찾으면 내 집은 철길 바로 옆일 것이다. 베람퍼와 지명이 비슷한 곳을 훑었다. 역시 수없이 많았다. 인도 전역에 걸쳐 베람퍼(Berampur)와 스펠링이 조금씩 다른 지명이 엄청나게 많았다. 상당수가 스펠링이 겹쳤다. 브라마퍼(Brahmapur), 바하람퍼(Baharampur), 버함퍼(Berhampur), 버함포어(Berhampore), 비람퍼(Birampur), 부룸퍼(Burumpur), 버함푸어(Burhampoor), 브람퍼(Brahmpur)… 이런 식으로 끝이 없었다.

암린 아버지 말처럼 서부 벵골과 오리사 주에 있는 두 군데부터 살피는 게 현명할 것 같았다. 인터넷 속도는 느렸지만 여지없이 공중에서 본 각 도시의 모습이 화면 위에 떴다. 구글 어스 기능은 내가 기대했던 그대로였다. 이 프로그램만 있으면 내 기억에 남아 있는 주요 지형지물을 찾을 수 있을 것 같았다. 실제 그 장소에 내가 있기라도 하듯이, 최소한 공중 열기구를 타고 있는 느낌을 갖고 아주 쉽게 정확한 장소를 확인할 수 있을 것 같았다. 그런데 공중에서 내려다본 모습은 지상에서 보는 것과 차이가 날 수밖에 없었다.

서부 벵골의 바하람퍼(Baharampur)에는 기차역이 두 개 있었다. 그러나 두 역에는 내가 분명히 기억하고 있는 육교가 없었다. 그 마을에서 나오는 선로를 따라가도 지네스틀레이라는 곳은 없었다. 철로의 한 간선은 큰 호수 여러 개를 가까이 지나고 있었다. 그렇다면 내가 기차를 타고 갈 때 그 호수들이 보였을 텐데 한 번도 그런 호수를 본 적이 없었다. 실제 마을 주변이 내 고향과 전혀 달랐다. 내가 찾고 있는 마을은 철로 옆으로 산등성이가 있었다. 그런데 지금 보고 있는 마을 가까이엔 산등성이가 없었다. 모든 게 너무나 푸르게 우거져 있었다. 내 고향 마을은 회색빛이었고 주변에 농지가 있었다. 물론 고향을 떠나온 뒤 마을이 변했을 수 있다. 또 관개 작업을 많이 해서 마을이 푸르게 변했을 수도 있다. 하지만 종합해 보면 여기는 내 고향이 아닌 것 같았다.

오리사 주에 있는 도시 브라마퍼(Brahmapur)는 더 건조한 지역 같았다. 하지만 그곳의 역은 철로 양쪽으로 아주 긴 덮개가 있는 플랫폼이 있었다. 이건 내가 찾고 있는 단순한 형태의 플랫폼이 아니었다. 급수탑도 없었다. 대신 곡식 저장고 탑 같은 게 많이 있었다. 고향에 그것들이 있었다면 기억이 안 날 리 없었다. 철로를 따라가 보니 이 마을 근처에도 지네스틀레이가 없었다. 이 도시 가까이에 바다가 있었다. 거기가 내 고향이라면 그 바다를 모를 리 없었다.

두 마을 모두 내 고향이 아니라고 해서 희망을 잃을 이유는 없었다. 아직도 아주 많은 지역이 남아 있었기 때문이다. 하지만 두 지역을 검색하고 나자 맥이 빠졌다. 그동안 고향이 얼마나 많이 변했을까를 생각했다. 기차역을 새로 단장하거나 다시 지었을 수도 있다. 또 근처 길이 바뀌거나 마을이 커졌을 수도 있다. 너무 많이 변했다면 내가 찾고 있는 기차역을 결국 알아보지 못할 수도 있었다.

구글 어스에는 광범위한 지역이 나오지만(또는 이 광범위함 때문에) 내 고향을 찾는 건 어마어마한 작업이란 게 명백해졌다. 지명을 확실히 모르면 검색 기능에만 의존해서 고향을 찾을 수 없었다. 그리고 설령 정확한 지역을 찾았다 하더라도 상공에서 보면 고향을 알아보지 못할 수도 있다. 과연 확인할 수 있는 방법이 있을까? 무엇보다도 그땐 인터넷 속도와 컴퓨터가 훨씬 느렸다. 구글 어스는 아주 훌륭한 프로그램이지만 너무도 방대해서 그걸로 아주 원거리까지 다 살펴보려면 엄청난 시간이 걸렸다.

공부에 열중하려면 구글 어스 검색에 시간을 다 소비할 수는 없었다. 그래서 처음 느꼈던 흥분이 가라앉자 나는 그냥 설렁설렁 검색해야겠다고 생각했다. 또 검색 때문에 스트레스를 받지 않기로 마음먹었다. 나는 몇 달 동안 이따금씩 검색했다. 잠시 시간을 내서 콜카타 주변 북동 지역을 중심으로 몇 군데를 찾아보았다. 하지만 낯익은 곳은 전혀 없었다.

한동안 어떤 친구들은 내가 검색을 포기한 게 틀림없다고 말하곤 했다. 이렇게 말한 건 내 마음을 떠보려 한 것이었다고 친구들은 나중에 실토했다. 처음에 탐정처럼 내 고향을 열심히 찾던 인도 친구들 가운데 상당수가 인도로 돌아갔다. 어떤 친구들은 고향 이야기를 더 이상 꺼내지 않았다. 처음과는 달리 내가 더 이상 고향문제로 고민하기 싫은 것처럼 비쳐졌는지도 모른다.

결국 그렇게 시간이 흘렀다. 고향을 찾는 게 꽤 비현실적으로 보이기 시작했다. 성공할 수 없을 것만 같았다. 건초더미에서 바늘을 찾는 격인데 그건 아무리 열심히 해도 찾을 수 없을 것 같았다. 나는 학과공부에 상당히 집중해야 했고 남는 시간에 컴퓨터 책상에만 처박혀 있고 싶지 않았다. 나를 생각해준다는 친구들은 너무 검색에 몰입하면 정신이상이 올 수도 있다고 경고했다. 그러자 이런 생각이 들었다.

'나는 사랑이 넘치는 가정에서 오스트레일리아 인으로 자랐어. 극히 어려운 처지에 있다가 나는 이제 편하게 살 수 있는 운명이 되었잖아. 이젠 과거는 과거로 받아들이고 그냥 살아가는 게 낫지 않을까…'

그 당시 나는 과거 기억을 지키고 싶었고 한편으론 겁이 나기도 했다. 나는 아주 오랫동안 과거 기억과 함께 살아오고 과거 기억에 아주 강하게 집착했기 때문에 그 기억이 주는 희망을 더욱 열정적으로 간직하고 싶었다.

내가 검색을 해서 아무것도 찾지 못한다면 이제는 정말 과거와 완전히 단절하고 살아가야 하는 걸까?

내 고향과 가족의 자취를 찾지 못하면 그들에 대한 기억을 계속 간직할 수 있을까?

검색을 해서 확실한 결과를 얻지 못하면 내가 간직하고 있는 작은 것마저도 완전히 무너져버릴 것만 같았다.

나는 학과 과정을 잘 마무리 짓고 2009년에 호바트로 돌아왔다. 그리고 자립하기 위해 바에서 일했다. 서비스 경영 분야 자격증이 있었지만 불과 몇 주일 만에 나는 서비스업에 흥미를 잃었다. 캔버라 대학에 다닐 때도 이렇게 될 것만 같았지만 그때는 최소한 자격증을 따고 싶었다.

성인이 되면 우리는 모두 앞으로 어떻게 살아가야 할 것인지, 최소한 어떤 방향으로 갈지 생각하기 마련이다. 생계 수단 차원을 넘어서 우리 삶에서 가장 중요한 것이 무엇인지 생각하게 된다. 더 말할 나위 없이 나에게 그 정답은 가족이었다. 한동안 호바트를 떠나 있었기 때문에 이런 생각이 더 절실하게 들었는지 모른다. 내 과거에 대해 새롭게 관심을 갖게 되면서 호바트에 있는 내 가족과의 관계를 새삼 생각해볼 수 있었다. 브리얼리 가업을 돕는 일을 하면 내 역량을 충분히 발휘할 수도 있겠다는 생각이 들었다. 내 얘기를 듣더니 부모님은 좋은 생각이라며 흔쾌하게 동의하셨다. 나는 무척 기뻤다.

부모님은 산업 호스와 부속품, 밸브, 펌프를 판매하는 가게를 갖고 있었다. 가게는 아버지가 운영했다. 우연히도 내가 인도에서 도착하던 날 아버지는 이 가게를 개업했다. 나를 만나기 위해 아버지와 어머니가 멜버른으로 가던 날 가게 문을 열었다. 그날은 아버지 대신 할아버지가 주문 전화를 받기 위해 가게를 지켰다.

가게 일을 돕게 되면서 나는 매일 아버지와 함께 지냈다. 그것은 올바른 선택이었다. 아버지와 함께 일하면서 감동을 많이 받았다. 그의 결단력과 근면성, 그리고 성공에 대한 집중력은 나에게도 영향을 미쳤다. 아버지는 내가 열심히 일하도록 만들었다. 그건 단호했다. 이 때문에 부자 관계는 더 친밀해졌다. 맨토시도 나와 같은 길을 선택했고 지금은 모두 함께 일하고 있다.

이렇게 일하는 동안 나는 새 여자 친구에게 정성을 쏟았다. 우리는 함께 살게 되었다. 호바트로 돌아와 생활하면서 새삼 느낀 게 있었다. 이상하게 들릴 수도 있지만 내 과거 뿌리를 찾는 게 지금의 모든 걸 능가할 만큼 가장 중요한 일은 아니라는 생각이 들었다. 친부모를 알든 모르든 간에 입양아들은 끊임없이 상실감에 시달린다고 말한다. 연고가 없거나 하다못해 출생지를 모를 경우

스스로 뭔가 불완전하다고 생각한다. 나는 그렇게 생각하지 않았다. 나는 인도에 있는 엄마와 가족을 잊어본 적이 없다. 앞으로도 잊지 않을 것이다. 하지만 그들과 떨어져 있다고 해서 그것이 풍요롭고 행복한 내 삶을 추구하는데 걸림돌이 되지는 않았다. 나는 기회가 오면 잘 포착하고 앞을 내다봐야 했다. 이건 생존차원이었다. 입양을 통해 얻은 삶을 내가 고맙게 받아들이는 것도 바로 그런 이유였다. 나는 다시 내 삶에 집중하려고 노력했다.

집을 찾아서

인생이란 전혀 예상하지 못한 일이 많이 생기고 상황이 뒤바뀐다. 정말 깜짝 놀랄 만한 일들이 여전히 벌어진다. 나는 누구보다도 새로운 환경에 잘 적응하는 편이다. 사회생활이나 거주지, 심지어 운명의 변화에도 잘 적응해왔다. 하지만 나는 감정 문제가 생기면 남들보다 훨씬 더 혹독한 고통을 느낀다.

　아버지와 함께 일하면서 판매원 일을 배우는 건 아주 행복했고 지금도 그렇다. 그런데 여자 친구와 사이가 극도로 나빠져서 결국 우리 둘은 헤어졌다. 나는 상실감으로 온통 슬픔에 잠겼다. 나는 부모님 댁으로 다시 들어갔다. 그리고 암울한 시기를 보냈다. 모든 것에 대한 거부감, 실망, 괴로움, 외로움, 그리고 실패감, 이런 감정이 뒤섞였다. 가끔 출근하지 않기도 하고 부주의로 실수를 했다. 때문에 부모님은 언제 다시 내가 긍정적인 사람으로 되돌아올지 걱정했다.

어느 날 친구 바이런을 우연히 만났다. 바와 나이트클럽에서 일할 때 만났던 친구였다. 그는 자기 집에 빈 방이 있는데 당분간 들어와 지내라고 권했다. 그는 의사였다. 그는 나에게 새로운 친구들을 소개시켜 주었다. 바이런이 친절하게 대해주고 새로운 친구들을 만나게 되자 기분전환이 되었다. 가족이 내 인생에서 가장 중요했다면 친구들도 그 못지않았다.

바이런은 항상 외출해서 즐거운 시간을 보냈다. 나도 가끔 그와 어울리기를 좋아했다. 그런데 나는 종종 집에서 혼자 시간을 보내는 것이 좋았다. 기분이 훨씬 더 나아졌지만, 여전히 여자 친구와의 이별이 떠올랐다. 그래서 어떻게 하면 커플로서의 내가 아니라 독립적인 내 자신이 될 수 있는지 고민했다. 이런 고민 과정과 내 어린 시절은 전혀 상관이 없었지만 이 고민을 하다 보니 내 인도 시절을 다시 한 번 진지하게 생각하게 되었다.

바이런의 집에는 인터넷 고속 데이터 통신망이 설치되어 있었다. 나는 속도가 빠른 신형 노트북 컴퓨터를 가지고 있었다. 나는 과거를 까마득히 잊거나 머릿속에서 완전히 지운 적이 없었다. 새 삶을 살면서 아버지 일을 돕게 되자 나는 부모님과 더욱 가까워졌다. 내가 조금이나마 부모님께 보답하고 있다는 생각까지 들었다.

이렇게 되자 심리적으로 안정되었다. 다시 검색을 시작해 감정이 흔들리더라도 버틸 수 있을 것 같았다.

나는 생각했다.

"그래 맞아, 검색을 하다보면 잃을 게 많겠지. 고향을 찾지 못하면 내 기억에 대한 확신도 점점 약해질 거야. 하지만 정반대로 얻을 것도 많을 거야."

나는 그동안 혹시 검색을 기피해왔던 건 아닐까?

또 고향을 찾아내는 게 앞으로의 내 성공능력과는 무관하다고 확신했는데 이 확신이 과장된 건 아닐까?

십대 청소년기의 방황처럼 이러다간 최소한 본격적인 검색을 시작조차 못하는 건 아닐까?

만에 하나라도 고향을 찾으면 어떻게 될까?

내 고향을 찾고 엄마를 만날 수 있는 기회를 어떻게 놓칠 수 있단 말인가?

나는 차분하게 검색을 다시 하다보면 인생을 긍정적으로 바라볼 수 있을 것이라고 생각했다. 과거는 미래의 내 인생에 도움이 될 것이라고 생각했다.

검색을 시작할 때 반드시 고향을 찾아야한다는 강박관념은 없었다. 바이런이 집에 없을 때 나는 B로 시작하는 마을들을 다시 유심히 살피며 두어 시간을 보냈다. 또 동부 해안에 무엇이 있는지 대충 훑어보기도 했다. 인도 중북부 델리 근처의 우타르 프라데시 주에 있는 비람퍼(Birampur)까지 살펴보았다. 하지만 거기는 콜카타에서 너무 멀어서 기차로 12시간 만에 갈 수 없는 곳이었다. 더구나 거기는 기차역도 없었다. 이렇게 마을 별로 검색을 했다. 어리석은 방법이었지만 지명을 정확히 모르니까 그럴 수밖에 없었다. 계속 검색하려면 전략적이고 체계적인 방법이 필요했다.

내가 알고 있는 사실을 간과한 게 있었다. 나는 이슬람교도 지역과 힌두교도 지역이 아주 가까이 있고 힌디어를 쓰는 동네에서 살았다. 그런데 그건 인도 대부분 지역이 그랬다. 나는 별이 빛나고 바깥 공기가 따뜻했던 밤을 떠올렸다. 그렇다면 최소한 내 고향은 북쪽 끝의 추운 지역은 아닐 것이다. 바다에서 멀지 않은 곳에서 살았을 수는 있겠지만 나는 바닷가에서는 살지 않았다. 산악 지형에서도 살지 않았다. 내 고향엔 기차역이 있었다. 인도는 철로가 복잡하게 얽혀 있었다. 그러나 철로가 모든 마을을 통과한 건 아니었다.

그리고 보니 대학 시절 인도에서 온 친구들의 말이 떠올랐다. 내가 동쪽 출신처럼 보이는데 서부 벵골 근처 출신 같다는 것이었다. 나는 이해가 안 되었다. 거기는 방글라데시 바로 옆에 있는 동쪽 지역이었다. 그러면 히말라야 산맥 일부를 포함하는데 그곳은 내 고향이 아니었다. 또 갠지스 강 삼각주의 일부도 포함하는데 거기도 내 고향이 될 수 없었다. 그곳은 너무 푸르게 우거지고 비옥해 보였기 때문이다. 하지만 그 친구들은 인도 토박이들이어서 그들의 추측을 무시하는 건 어리석어 보였다.

나는 주요 지형지물을 충분히 기억하고 있다고 생각했다. 그래서 검색을 하다가 주요 지형지물을 발견하면 최소한 검색범위를 좁힐 수 있고 우연히 고향과 마주치면 금방 알아볼 수 있을 거라고 생각했다. 나는 어릴 적 놀던 강둑 위의 다리를 기억하고 있었다. 또 그 근처에 강물을 막아 둔 댐도 기억에 남아 있었다. 기차역에서 집으로 어떻게 가는지, 또 기차역이 어떻게 생겼는지도 잊지 않고 있었다.

내가 기차를 탔던 B기차역도 기억이 생생했다. 하지만 기차역 밖 마을은 전혀 몰랐다. 형들과 여러 차례 기차역에 가긴 했지만 형들은 내가 기차역 밖으로 나가지 못하게 했기 때문이다. 기차역 출구 너머로 볼 수 있었던 건 마차와 작은 반지모양의 자동차길, 그리고 그 위쪽에 있는 마을 진입로였다. 하지만 아직도 뚜렷하게 기억에 남는 두 장면이 있었다. 기차 역사엔 선로가 두 개뿐이었고 그 중 한 선로 위 탑에는 커다란 물탱크가 있었다. 또 선로를 건너는 보행자 육교가 있었다. 기차가 내 고향에서 그 마을로 진입하기 직전에 작은 협곡을 건넜다.

나는 가능성이 있는 지역들을 막연하게 생각하고 있었다. 그런 지역을 검색해서 그게 지네스틀레이와 B마을인지 여부를 확인하면 된다고 생각했다. 그러나 이젠 더 확실한 검색방법이 필요했다. 지명으로는 헷갈리기만 했다. 적어도 지명부터 검색해서는 안 된다는 걸 깨달았다. 그 대신 기차의 종착지를 생각해냈다. B마을과 콜카타는 선로로 연결되어 있었을 것이다. 논리적으로 생각하면 콜카타에서 나오는 모든 선로를 따라가 보면 결국 내가 기차를 탔던 곳을 찾을 수 있다. 선로를 따라가면 내 고향은 거기에서 멀지 않은 곳에 있을 것이다. 철로가 어떻게 연결되어 있느냐에 따라서 고향을 아주 빨리 찾을 수도 있을 것 같았다. 그러나 그 방법은 엄두가 나지 않았고 겁부터 났다. 국가의 허브인 콜카타 하우라 역에서 뻗어 나가는 철로가 어마어마하게 많았다. 또 내가 탔던 기차가 거미줄처럼 얽힌 철로를 지그재그로 왔을 가능성도 있었다. 간단한 직통 선로가 아닌 것 같았다.

하우라 역에서 뻗어 나간 노선들이 구불구불하고 변칙적일 가능성이 있었다. 그런데도 기차를 탄 시간을 잘 따지면 기차 이동 거리는 대충 알 수 있었다. 나는 대략 12시간에서 15시간 정도 기차를 탔다고 생각했다. 이 시간으로 잘 계산하면 검색범위를 좁힐 수 있었다. 아주 먼 곳은 검색범위가 아니었다.

왜 이전에 이렇게 명쾌한 검색방법을 생각해내지 못했던 걸까? 작업이 너무 방대하다보니 기가 질려서 곧바로 그걸 생각해내지 못했는지도 모른다. 또 내가 아는 게 없다는 생각만 하다보니까 검색다운 검색을 하지 못했을 수도 있었다. 그러나 이제는 열의를 다해 노력하고 꼼꼼하게 살피면 성공할 수 있다고 생각하자 문득 확신이 섰다. 시간과 인내만으로 고향을 찾을 수 있다면 나는 '신의 눈'을 가진 구글 어스의 도움으로 고향을 찾을 수 있을 것 같았다. 고향을 찾아내는 건 감정적 도전 못지않은 지적 도전이라고 규정짓고 나는 문제해결에 내 자신을 던졌다.

우선 나는 검색범위를 살폈다. 인도의 디젤 기차는 속도가 어느 정도였을까? 1980년대 이후엔 속도가 얼마나 빨라졌을까? 그건 대학 시절의 인도 친구들이 웬만큼은 알 수 있을 거라고 생각했다. 특히 아버지가 철도공사에서 근무했던 암린이 생각났다. 그래서 그들과 연락을 취했다. 대부분이 시속 70~80킬로미터 정도라고 했다. 내가 밤새 12~15시간 정도 기차 안에 갇혀 있었다는 걸 감안해서 그 시간에 몇 킬로미터를 갔을지 계산해보았다. 그랬더니 약 천 킬로미터로 추산됐다.

그렇다면 내가 찾는 곳은 하우라 역에서 철로를 따라 천 킬로미터 떨어진 지점에 있을 것이다. 구글 어스에서는 정확한 거리를 따져 지도 위에 선을 그을 수 있다. 그래서 콜카타 주위 천 킬로미터 지점에 원 모양의 경계선을 그어서 검색범위를 좁혔다. 원 경계선을 보니까 검색범위가 서부 벵골뿐 아니라 서쪽으로는 자르칸드 주, 차티스가르 주, 그리고 마디야 프라데시 주 중심부의 거의 절반이었다. 남쪽으로는 오리사 주, 북쪽으로는 비하르 주와 우타르 프라데시 주의 3분의 1, 그리고 방글라데시를 둘러싸고 있는 인도 북동쪽 철로 지선의 대부분이었다(설령 내가 힌디어가 아니라 벵골어를 할 수 있었다고 하더라도 나는 방글라데시 출신은 아니었다. 인도와 방글라데시 사이에 철로가 놓인 게 불과 수년밖에 안 되었다는 사실만 봐도 그건 명백했다.).

검색범위를 표시해 놓고 보니 96만 2천 3백 평방킬로미터였다. 어마어마한 넓이였다. 거대한 인도 대륙의 4분의 1 이상이었다. 그 범위 안에 포함된 인구는 3억 4천 5백만 명이었다. 나는 감정을 자제하려고 했지만 이 중에서 내 가족 4명을 찾을 수 있을지 회의감이 드는 건 어쩔 수 없었다. 내 계산은 추측에 의존했기 때문에 정교하지 못했다. 검색범위는 여전히 방대했다. 하지만 범위를 좁혔다는 생각은 들었다. 바늘을 찾기 위해 건초더미를 닥치는 대로 헤집는 느낌에서는 벗어났다. 나는 검색해야 할 만한 곳에 집중하고 검색가치가 없는 곳은 과감하게 제쳐놓았다.

물론 검색범위 내 철로가 경계선까지 직선반경으로 곧바로 뻗은 것만 있는 게 아니었다. 중간에 굽거나 돌고 또는 교차로가 많았다. 철로가 구불구불해서 원 경계선까지 천 킬로미터가 훨씬 넘었다. 그래서 내가 유일하게 확실히 알고 있는 콜카타에서부터 외곽 방향으로 찾아보기로 했다.

하우라 역 위를 처음으로 확대해서 자세히 살펴보았다. 우뚝 솟은 회색빛 플랫폼 지붕들이 줄지어 있었다. 모든 선로가 긴 실타래기의 올이 풀린 것처럼 사방으로 뻗어 있었다. 순간 나는 다섯 살 때로 돌아갔다. 거기에 도착한 첫 주에 나는 고향으로 돌아갈 궁리를 하며 닥치는 대로 기차에 올라탔었다. 그런데 이젠 첨단방법으로 철로를 검색하면서 고향을 찾기 시작했다.

나는 심호흡을 한 뒤 철로를 선택하고 그 철로를 따라 커서를 움직였다. 진행 속도가 느렸다. 고속 데이터 통신망이었지만 내 휴대용 컴퓨터가 이미지를 형상화하는 데 시간이 걸렸다. 처음엔 모자이크 상태로 있다가 잠시 뒤에 공중사진이 되었기 때문이다. 나는 기억속에 있는 주요 지형지물을 찾으려 했다. 기차역을 가장 확실하게 기억하고 있었기 때문에 특히 기차역들을 주의 깊게 살펴보았다.

철로를 얼마나 검색했는지 살펴보기 위해 확대화면을 축소화면으로 해보았다. 순간 깜짝 놀랐다. 몇 시간 동안 커서를 움직이며 검색을 했는데도 거의 진전이 없었던 것이다. 하지만 좌절하거나 초조해하지 않았다. 오히려 철저하게만 검색하면 반드시 고향을 찾을 수 있다는 자신감이 충만해 있었다. 이 자신감 때문에 검색할 때마다 마음이 상당히 편했다. 실제 검색에 금세 빠져들었다. 그리고 일주일에 며칠 밤을 검색했다. 잠자기 전에 마지막 검색 부분을 표시해두고 다음에 그 지점부터 검색을 시작하면 편리했다.

나는 화물터미널, 육교와 철로 밑 길, 강 위 다리들 그리고 교차로들을 살펴보았다. 가끔 검색을 약간 건너뛰다가도 곧바로 건너뛴 부분을 다시 검색했다. 꼼꼼하지 않으면 모든 곳을 확실하게 살핀 게 아니라고 내 스스로 되뇌었다. 작은 것이라도 하나 놓칠까봐 건너뛰지 않았다. 철로 주변의 모든 것을 살피면서 철로를 따라 나아갔다. 내가 그어놓은 경계선의 끝에 도착하면 그 전의 철로 교차로로 다시 돌아가서 거기서부터 또 다른 방향으로 검색했다.

어느 날 초저녁이었다. 북쪽 철로를 따라가다 마을 외곽 가까이에 강이 보였다. 숨을 죽이고 화면을 확대했다. 그런데 댐이 없었다. 그러나 내가 떠난 이후 댐을 없앨 수도 있지 않을까? 나는 이미지를 따라 커서를 재빨리 움직였다. 이 지역이 맞을까? 화면 속 마을은 아주 푸르렀다. 하지만 내 고향 외곽에는 농장이 많았다. 마을이 뚜렷하게 보였다. 마을이 너무나 작았다. 하지만 어릴 적 소년의 눈에는 이 마을도 크게 보였을 것이다. 아! 역 근처 철로 위를 가로지르는 높은 보행자 육교가 보였다. 그런데 마을 주변 여기저기에 있는 커다란 공백 지역들은 뭐지? 작은 마을 안에 호수가 너댓 개 이상 있었다. 순간 여기는 분명 아니라는 생각이 들었다. 호수를 끼고 있는 마을을 일일이 확인해볼 필요도 없었다. 앞으로도 이렇게 눈만 아프고 실패로 끝나는 경우가 얼마나 많을까?

하루걸러 밤마다 몇 시간씩 검색을 했다. 이렇게 여러 달이 지났다. 검색을 하지 않을 땐 밤에 외출해서 바이런과 함께 시간을 보냈다. 덕분에 나는 인터넷에만 파묻혀 있지는 않았다. 나는 초기엔 서부 벵골과 자르칸드 주의 시골을 검색했는데 낯익은 곳은 전혀 찾지 못했다. 하지만 그 결과 최소한 콜카타와 인접해 있는 상당한 지역이 내 고향이 아니라는 것을 알았다. 대학 시절 인도 친구들의 예측이 빗나갔던 것이다. 내 고향은 그보다는 훨씬 더 멀었다.

몇 달 뒤 나는 운 좋게도 새 여자 친구를 만나 교제를 시작했다. 이 때문에 한동안 검색을 소홀히 했다. 리사와 나는 불안정한 만남으로 출발했다. 두 번 헤어지고 재결합하였다. 내가 인터넷 검색에 몰두하던 때 우리 관계는 원만하지 못했다. 하지만 리사가 이해해준 덕분에 우리는 연인 관계를 계속 유지하고 오늘날까지 이르게 되었다.

남자 친구가 노트북 컴퓨터 지도를 보면서 밤낮으로 시간을 보낸다면 여자 친구로선 좋을 리가 없을 것이다. 그러나 리사는 고향을 찾는 게 아주 중요하다는 것을 잘 알았다. 그녀는 인내심을 갖고 지켜보았고 응원을 아끼지 않았다. 그녀는 누구보다도 내 과거에 대해 깜짝 놀라면서 내가 꼭 고향을 찾기를 바랐다. 2010년 우리는 작은 아파트로 이사했다. 우리 관계가 한창 무르익었을 때도 나는 검색에 과도하게 집착했다.

내 과거는 그동안 내 생각과 꿈에만 머물러 있었다. 그러나 이 제는 현실적인 문제라는 생각이 들었다. 누구라도 나에게 "새로운 일을 할 때가 되지 않았나?" 또는 "이런 식으로는 인도를 다 뒤져도 고향을 찾지 못할 거야."라고 말해도 상관하지 않기로 마음 먹었다. 물론 리사는 그런 말을 전혀 하지 않았다. 오히려 리사는 응원해 주었고 이 때문에 내 의지는 훨씬 더 강해졌다.

내가 검색에 몰두하고 있다는 것을 주위 사람들에게 거의 말하지 않았다. 심지어 부모님께도 말씀드리지 않았다. 나는 부모님이 내 의도를 오해할까봐 걱정했다. 입양 이후의 삶이나 양육방식에 불만을 느끼고 내가 고향을 찾는데 집중한다고 생각할 수도 있었다. 또 내가 시간낭비를 하고 있다고 여기실 수도 있었다. 그래서 나는 인터넷 검색을 한다는 사실을 말하지 않았다. 나는 오후 5시에 아버지와 함께 일을 마치고 5시 30분까지 집으로 돌아와 노트북 앞에 앉았다. 그리고 천천히 기차 철로를 따라가면서 철로가 닿은 마을들을 유심히 관찰했다. 이렇게 몇 달이 지났다. 검색을 처음 시작한 날부터 치자면 일 년이 넘었다. 수년이 걸리고 수십 년이 걸리더라도 건초더미를 모두 걸러낼 수 있다고 생각했다. 끝까지 찾으면 반드시 바늘이 보일 거라고 말이다.

인도 전역 가운데 검색한 지역을 천천히 제외시켜갔다. 북동쪽 주들의 모든 철로 연결지점을 다 뒤졌지만 내 기억속 고향 풍경은 전혀 찾지 못했다. 오리사 주도 역시 자신 있게 제외시켰다. 시간이 아무리 오래 걸리더라도 더 철저해지기로 마음먹고 처음 목표로 잡았던 천 킬로미터 지역보다 더 멀리 철로를 따라가기 시작했다. 오리사 주 남쪽으로 동해안 지역 500킬로미터에 해당하는 안드라 프라데시 주 역시 살펴본 다음 제외시켰다. 자르칸드 주와 비하르 주에서도 기대할 만한 곳이 전혀 없었다. 우타르 프라데시 주에 접어들자 인도에 있는 주 대부분을 훑어야겠다는 생각이 들었다. 이젠 검색 진전 과정을 주 단위별로 표시했다. 주 단위별로 하나하나 지역을 제외시켜 나가자 목표물이 계속 나타났고 나는 검색에 더욱 박차를 가했다.

꼭 해야 할 일이나 불가피한 약속이 없으면 나는 일주일에 7일 밤을 노트북 앞에서 보냈다. 물론 리사와 함께 가끔 외출을 했다. 하지만 집에 돌아오자마자 컴퓨터로 갔다. 그녀는 이따금 나를 이상한 시선으로 쳐다보았다. 내가 약간 정신이 돈 것 같다고 생각하는 듯했다. 그녀는 "또 그거 하는구나!"라고 말하곤 했다. 하지만 나는 "해야 해… 정말 미안해!"라고 대답했다. 리사는 내가 인터넷에 지칠 때까지 그냥 놔두는 수밖에 없다는 것을 알고 있었다. 그러는 동안에 둘이 서먹서먹해지기도 했다.

리사는 나와 사귀면서 초기에는 당연히 외로움을 느꼈을 것이다. 그런데도 우리는 함께 헤쳐 나갔다. 내게 절실했던 문제를 그녀가 이해해주면서 둘 관계는 더욱 돈독해졌다. 그러나 대화가 항상 쉽지만은 않았다. 특히 나는 내 기대치를 드러내지 않으려 했다. 나는 재미 삼아 고향을 검색하는 것이지 다른 의미심장한 목표를 달성하기 위해 검색하는 건 아니라고 스스로 되뇌었다. 리사와 말하다 보면 내가 고향을 찾는 것이 얼마나 중요한지 그 속내가 드러나기도 했다. 나는 내 과거와 내 자신을 알기 위해 고향을 찾고 있었던 것이다. 어떻게든 인도의 가족을 다시 만나게 되면 내가 겪었던 일을 그들이 알도록 해주고 싶었다. 리사는 내 건강을 위해 화면을 그만 보라고 만류할 때도 있었다. 하지만 그녀는 모든 걸 이해해 주었고 절대 싫어하는 기색을 내보이지 않았다.

리사가 가장 우려하는 부분이 있었다. 마침내 목표를 찾아내 인도로 갔는데 어찌된 일인지 그 장소가 내 고향이 아니거나 거기서 내 가족을 만나지 못하는 경우였다. 그때 호바트로 돌아와서 내가 다시 검색에 몰두할 수 있을까? 나는 대답할 수 없었다. 나는 실패라는 걸 생각할 수 없었다.

2010년이 끝나갈 무렵 나는 검색에 더욱 몰입했다. 새로 설치한 ADSL 2+ 고속 데이터 통신망 덕분에 인터넷 속도가 빨라져서 이미지 재생이나 확대, 축소가 더 빨라졌다. 그런데도 나는 천천히 검색했다. 서둘렀다가 나중에 뭔가를 놓쳤다고 후회할 수 있기 때문이었다. 장소를 제대로 알아보려면 내 기억이 흔들리지 않도록 집중해야 했다.

2011년 초 나는 인도 중부 지역에 더 집중했다. 차티스가르 주와 마디야 프라데시 주에 있는 지역이었다. 두어 달 동안 그 지역을 집요하고 꼼꼼하게 살폈다. 지금 내가 하고 있는 일이 현명한 것인지 또 심지어 제정신으로 하는 것인지 의구심이 들 때도 있었다. 매일 밤 그 하루의 마지막 열정과 정신력으로 버티며 철로를 주시했다. 그리고 다섯 살짜리 아이 때의 기억으로 지형지물을 살폈다. 반복해서 범죄과학수사를 하듯 검색을 했다. 이따금 밀실 공포증도 느꼈다. 마치 내가 기차 안에 갇혀서 꼼짝도 못하고 작은 창문을 통해 세상 밖을 내다보는 것 같았다. 또 어릴 적 시련이 떠올라 가슴이 미어졌다. 그러던 3월 어느 날 새벽 1시쯤 나는 절망감에 휩싸여 건초더미로 풀썩 뛰어들었는데 그것이 모든 걸 바꿔놓았다.

드디어 찾다

2011년 3월 31일 여느 때처럼 나는 일을 마치고 집으로 돌아와 노트북을 켜고 구글 어스를 열었다. 소파에 앉아 한참 동안 검색을 했다. 리사가 집에 온 뒤 저녁 밥을 먹기 위해 잠깐 검색을 멈추었을 뿐이다. 이번엔 중서부 지역을 살펴보았다. 그전에 검색했던 지역 옆 철로를 여행하듯 따라갔다. 고속 데이터 통신망인데도 여전히 속도가 느렸다. 기차역 몇 개를 한참 동안 검색한 것 같았다. 그러나 평소처럼 화면을 축소해보니 검색한 범위는 아주 작은 지역에 불과했다. 내 고향은 칙칙한 회색빛이었는데 그 시골은 약간 푸른빛을 띠었다. 몇 시간 뒤 나는 교차로까지 철로를 따라갔다. 그리고 잠시 페이스 북을 체크하면서 휴식을 취했다. 눈을 비비고 등을 곧게 편 다음 다시 검색하기 시작했다.

확대화면을 보기 전에 교차로의 서쪽 철로가 어디로 가는지 보기 위해 무심코 지도를 휙 움직였다. 그랬더니 언덕, 숲, 강들이 지나가고 꽤 비슷한 지형이 끊임없이 펼쳐졌다. 이어서 큰 강에 시선이 끌렸다. 그 강은 거대하고 시퍼런 호수로 흘러들어갔다. '날 다마앤티 사가'라는 호수였다. 언뜻 보기에 호수 둘레는 숲이 울창했고 북쪽으로는 산이 있었다. 나는 웅장한 이 지역을 재미 삼아 하이킹하듯이 편하게 즐겼다. 밤은 점점 깊어갔다.

이 지역은 철로가 아예 없었다. 그래서인지 별 신경을 쓰지 않고 편하게 둘러보았다. 그 지역을 보고나서 거의 무의식적으로 한 군데를 더 보았다. 여기저기에 점처럼 흩어진 부락과 마을들이 있었다. 이곳 주민들은 철도 없이 어떻게 이동할 수 있을지 궁금했다. 다니는데 많이 불편할 듯했다. 서쪽으로 더 가 봐도 역시 철로가 없었다. 좀 더 살펴보니 시골이 넓게 펼쳐지더니 농경지가 나왔다. 마침내 기차역을 가리키는 파란 작은 표시가 보였다. 나는 기차역을 찾는 게 몸에 배어서인지 그 표시를 보자 왠지 안도감이 들었다. 길 옆 작은 기차역을 살펴보았다. 서너 개 간선이 딸린 상당히 큰 선로 옆에 건물들이 있었다. 아무 생각 없이 남서쪽으로 굽어지는 선로를 따라갔다. 그러자 곧바로 약간 큰 또 다른 역이 있었다. 그 역 철로 한쪽에 플랫폼이 있고 철로 양쪽으로 마을이 있었다. 그렇다면 육교가 있다는 뜻이었다. 바로 옆에 있는 저

것은… 저것은 급수탑일까? 숨을 죽이고 더 자세하게 보기 위해 화면을 확대했다. 아니나 다를까 그건 플랫폼 바로 맞은편에 있는 마을 물탱크였다. 철로 위 큰 보행자 육교에서 그리 멀지 않았다. 이어서 마을 쪽을 보자 정말 믿기지 않는 게 보였다. 기차역 바로 밖 광장 둘레로 말발굽 모양의 길이 있었다. 내가 플랫폼에서 볼 수 있었던 반지 모양의 길이었다. 정말 맞을까? 원거리 모습을 보니까 그 철로가 아주 큰 마을의 북서부 쪽을 지나고 있었다. 역 이름을 알아보려고 파란 기차역 표시를 클릭했다. 버한퍼 (Burhanpur)였다.

내 가슴이 멎는 듯했다. 버한퍼!

나는 그 마을을 본 기억이 없었다. 그 마을에 직접 가본 적도 없었다. 플랫폼을 한번도 벗어나지 않았기 때문이다. 다시 화면을 확대해서 반지 모양의 길과 급수탑, 육교를 거듭 확인했다. 모두 내가 기억하고 있는 위치에 있었다. 그렇다면 철로 바로 위로 따라가면 가까운 곳에 내 고향 지네스틀레이가 있다는 뜻이었다.

가슴을 졸이며 나는 철로 북쪽을 자세히 보기 위해 커서를 끌었다. 건물이 빼곡한 지역이 끝나자마자 철도가 협곡을 지나갔다. 순간 아드레날린이 넘쳤다. 나와 형들이 탔던 기차가 역에 도착하려면 저런 협곡 위의 작은 다리를 건넜던 생각이 번뜩 떠올랐다. 나는 검색속도를 더 빨리했다. 동쪽에서 북동쪽으로 옮겼다. 즉시

70킬로미터를 확대해 보았다. 푸른 농지, 숲이 우거진 언덕 그리고 작은 강들이 있었다. 이어서 건조한 평지를 지났다. 평지 양쪽엔 관개 공사를 한 농경지와 드문드문 작은 마을들이 있었다. 상당히 큰 강 위로 다리가 보이더니 앞쪽에 마을 외곽이 있었다. 강물의 양은 양쪽 댐 때문에 다리 밑에서 현격히 줄었다. 여기가 내 고향이 맞다면 이 강은 내가 뛰놀던 곳이다. 그리고 다리 오른쪽으로 조금 가면 더 큰 콘크리트 댐이 있을 것이다.

그런데 댐이 진짜 있었다. 모습이 또렷했다. 화창한 날에 찍은 것 같았다. 햇빛이 쨍쨍할 때 인공위성이 댐 위를 지나가다 촬영한 게 분명했다. 나는 한참 동안 화면을 쳐다보며 앉아 있었다. 화면이 내 머릿속 그림과 정확하게 일치했다. 나는 아무 생각도 떠오르지 않았다. 흥분하다보니 몸과 마음이 얼어붙었고 무엇을 더 해야 할지 몰랐다.

천천히 그리고 신중하게 다음 단계를 밟아갔다. 성급한 판단을 내리지 말자며 마음을 진정시켰다. 내가 정말로 24년 만에 지네스틀레이를 찾게 된다면 그때 기억을 더듬어 하나뿐인 지름길을 따라 강에서 기차역까지 갈 수 있을 것이다. 다시 커서를 끌어 천천히 지도를 살펴보았다. 길을 계속 따라갔더니 길이 강 지류 개울 옆으로 완만하게 굽어졌다. 이어서 주변에 들판이 보이더니 육교 밑, 그리고 나서… 기차역이 나왔다. 파란 표지를 클릭하니까 기차역 이름이 떴다. '칸드와(Khandwa) 기차역'이었다. 칸드와라는 이름은 나에겐 전혀 의미가 없었다.

애간장이 타들어갔다. 이게 어떻게 된 거지? 버한퍼는 내가 기억을 되살리려 했던 B마을이 틀림없고 버한퍼부터 지형이 계속 내 기억과 맞아떨어졌다. 고향에 있던 다리와 강이 맞다면 지네스틀레이는 어디에 있단 말인가? 나는 절망하지 않으려 했다. 나는 어렸을 때 기차역 안과 주변에서 많이 놀았었다. 그래서 기억을 더듬어 보았다. 플랫폼 세 개, 그 플랫폼들 사이로 덮개가 있는 보행자 육교, 북쪽 끝 철로 밑 길. 그러나 내 기억과 화면은 완전히 일치하지는 않았다. 단지 각각의 배치도로 보면 그 장소가 맞았다. 모두 사실로 확인되었다. 나는 다시 철로 밑 길 근처 공원에 있는 커다란 분수대를 떠올리고 그 분수대를 찾아보았다. 아니나 다를까 약간 희미했지만 중앙 공터에 나무로 둘러싸인 낯익은 분수대 원형이 보였다.

여기서부터는 집까지 가는 길을 알 수 있었다. 이 순간을 위해서 나는 집을 잃은 이후 머릿속으로 수없이 이 길을 떠올렸고 그래서 이 길을 잊지 않고 있었다. 분수대 윗길을 통해 철로 밑 길을 따라갔더니 내가 어릴 때 걸었던 거리와 골목이 있었다. 호바트에서 밤에 침대에 누워 내가 걷던 모습을 상상하던 바로 그 거리였다. 조금 더 검색했더니 내가 어릴 때 놀던 지역이 보였다. 그 지역이 확실했다.

여전히 '지네스틀레이'와 비슷한 지명은 보이질 않았다. 정말 이상했다. 여기가 분명 맞았다. 그러나 여태까지 '지네스틀레이'라는 이름도 확실하다고 생각해왔다. '칸드와'는 전혀 들어본 적이 없었다. '지네스틀레이'가 '칸드와' 외곽 지역일 수도 있었다. 그럴 가능성이 있는 것 같았다. 내가 살던 골목 미로를 들여다보았다. 화면이 지금 살고 있는 호바트의 집만큼 선명하지는 않았다. 하지만 어린 시절 살던 집의 작은 직사각형 지붕이 확실히 보였다. 물론 내 고향 집을 공중에서 본 적은 없었다. 하지만 건물 형태가 똑같았고 그때 그 자리에 있었다. 깜짝 놀란 나는 더 이상 흥분된 감정을 억누르지 못했다.

나는 리사에게 소리쳤다.

"드디어 내 고향을 찾았어! 얼른 나와서 이걸 봐!"

그때서야 한밤중이라는 걸 깨달았다. 저녁 식사 시간을 빼고 7시간 넘게 쉬지 않고 컴퓨터 검색을 하고 있었던 것이다. 리사는 잠옷을 입고 하품을 하면서 가까이 얼굴을 내밀었다. 잠이 완전히 깨려면 시간이 걸릴 것 같았다. 잠이 덜 깬 상태인데도 리사는 내가 흥분했다는 걸 알았다.

"확실해?"

리사가 물었다.

"여기 봐. 여기!"

그 순간 나는 확신했다.

"여기가 바로 내 고향이야!"

집중적으로 검색한 지 8달 만이었고 구글 어스를 처음 다운로드 받고 나서 거의 5년 만이었다.

리사는 미소를 지으며 나를 꼭 껴안았다.

"정말 대단해. 드디어 해냈구나, 사루!"

밤을 꼬박 새운 후 나는 아버지를 만나기 위해 사무실로 갔다. 아버지에게 이 소식은 뜬금없는 것이었다. 그래서 아버지가 이 사실을 믿기까지는 시간이 걸릴 것 같았다. 나는 무슨 말을 해야 할지 머릿속으로 미리 연습해 보았다. 내 말이 무게감 있게 들리길 바랐다. 그러나 정작

"아버지, 저 고향을 찾았어요."

하며 근엄한 표정을 지은 게 전부였다.

아버지는 컴퓨터를 하다 멈췄다.

"정말? 지도에서?"

그는 믿을 수 없다는 반응이었다.

"확실해?"

아버지의 반응은 당연했다.

도대체 무슨 일이 벌어진 거지? 갑자기 사루가 고향을 기억해 냈단 말인가?

　나는 아버지에게 고향을 찾은 게 확실하다고 말하고 그 과정을 설명했다. 아버지는 여전히 미심쩍어했다. 한편으론 내가 실수했을 경우 그 충격으로부터 나를 보호하고 싶었을 것이다. 아버지의 신중한 태도는 충분히 이해할 만했다. 그렇지만 아버지가 내 확신을 이해해주고 아버지도 확신을 갖길 바랐다.

　아버지가 나를 믿어주길 간절히 바랐던 이유가 있었다. 이제부터 인도 방문에 대한 이야기가 나올 수밖에 없기 때문이었다. 물론 리사는 내가 고향을 찾으면서 무엇을 바라고 있는지 잘 알고 있었다. 그러나 아버지에게 말을 꺼내는 순간 고향 발견은 기정사실이 되었다. 따라서 후속으로 뭔가를 해야 했다. 나는 다음에 무엇을 할지 확실한 계획은 없었다. 하지만 내가 고향을 찾은 사실을 모두 알게 된 이상 이게 여정의 끝이 아니라 시작이 되었다. 고향 말고는 더 이상 찾은 게 없었다. 하지만 이 순간부터 우리 모두의 삶은 바뀔 수밖에 없다는 건 분명했다.

　어머니에게 이 사실을 말하는 건 또 다른 문제였다. 어머니는 내가 고향을 찾는 데 관심이 있고 인터넷으로 단서를 찾고 있다는 것을 알고 있었다. 하지만 내가 적극적으로 찾고 있는지는 몰랐다. 특히 나는 어머니가 속상해 할까봐 걱정되었다. 어머니는 우리를 입양하여 몸과 마음을 바쳐 헌신적으로 키우셨다. 이 때문에 내 소식을 듣고 어머니가 얼마나 충격을 받을지 걱정되었다.

그날 밤 우리는 부모님 집에 모였다. 다들 약간 신경이 곤두서 있었다. 나는 그들에게 구글 어스 화면을 보여주었다. 그 화면을 보고 내 고향을 확신했기 때문이다. 그들은 여전히 긴가민가했다. 그럴 법도 했다. 내가 세계에서 가장 인구가 많은 나라 중 한 나라를 검색할 때 조감도를 사용했다는 사실, 다섯 살 때 기억에 의존해 고향을 찾아 나섰다는 것, 그리고 목표를 실제로 찾았다는 것, 이 모든 게 정말 믿기지 않고 적어도 엄청나게 놀라운 일이었다. 나는 그들에게 칸드와 남쪽 끝에 있는 댐을 보여주었다. 그리고 기차역으로 갈 때 통과하던 철로 밑 길과 철로들을 보여주었다. 내가 어렸을 때 어머니에게 마을 배치도를 설명해주었던 기억이 났다.

나는 부모님의 생각이 궁금했다. 그들은 앞으로 벌어질 일을 고민하고 있을 것이다. 부모님은 이런 날이 올 것을 예측했을까? 그리고 인도 가족들의 요구에 따라 아들을 빼앗길까봐 두려웠을까? 여러 생각이 스쳐갔다. 우리는 어색한 침묵 속에서 축하 저녁식사를 했다. 우리 마음은 복잡했다.

집으로 돌아와 나는 곧바로 컴퓨터 앞에 앉았다. 그동안 나는 구글 검색에만 빠져 있었는지도 모른다. 고향을 확인할 수 있는 다른 방법들도 있을 거란 생각이 들었다. 나는 페이스북을 해보기로 했다. 처음 인터넷 검색을 시작할 땐 페이스북이 없었다. '칸드와'를 찾았더니 '칸드와:내 고향'이라는 그룹이 나왔다. 나는 이 그룹 관리자에게 메시지를 보냈다.

도와주십시오. 저는 칸드와 출신인 것 같은데
24년 동안 거기에 가 본 적이 없어요.
극장 근처에 큰 분수대가 있는지 정말 궁금합니다.

분수대는 내 기억속의 가장 확실한 랜드마크였다. 분수대가 있는 공원은 북적거리는 만남의 장소였다. 원형 분수대의 중앙 기둥 위에는 다리를 꼬고 앉아 있는 현자(賢子)의 조각상이 있었다. 그 조각상이 누구를 가리키는지 나는 알지 못했다. 머리카락을 여러 갈래로 묶은 마을 성자들이 분수대의 차가운 물속에 몸을 담그고 있었다. 지금 생각하면 그들은 고행하는 사람들이었다. 그들은 다른 사람들이 그 안에 들어오지 못하도록 했다. 몹시 더웠던 어느 날 나는 형들과 분수대에 기어들어갔다가 성자들에게 쫓겨났다. 그리고 도망치다가 가시철조망 담에 걸려 다리에 깊은 상처를 입었던 적이 있다.

드디어 찾다

고향을 확인할 수 있는 더 좋은 방법이 있었을 것이다. 내가 떠나온 이후 마을이 다 허물어져 버렸다면 누군들 알 수 있겠는가? 나는 여태껏 진정한 해법을 모르고 있었다. 지금 생각하면 어리석지만 나는 '지네스틀레이' 마을을 반드시 찾아 결국 집을 찾게 될 것이라고 생각했다. 그러나 내 생각대로 되는 것은 아무것도 없었다. 이 마을은 내 검색범위 밖에 있었다. 꼼꼼하게 계획을 세우고 정성들여 노력했는데도 불구하고 정작 내 고향은 우연히 찾았던 것이다. 일이 이렇게 풀릴 수밖에 없었는지도 모른다. 내 운명은 위기일발, 우연한 사건들 그리고 불가사의한 행운으로 얽혀 있기 때문이다.

나는 잠을 또 설쳤다.

부모님이 신중했던 이유가 있었다. 다음 날 일어나자마자 컴퓨터를 열었더니 칸드와 페이스북 페이지에 '분수대' 문의에 대한 답변이 와 있었다.

글쎄 분명하게 답변할 수가 없네요.

극장 옆에 정원이 있는데 분수대는 그리 크지 않습니다.

극장은 수년 전부터 문을 닫은 상태이고요.

최근 사진 몇 장을 올리겠습니다. 잘 생각해보시기 바랍니다.

맥이 확 풀렸다. 나는 구글 지도만 확인하고 흥분해서 사람들에게 너무 빨리 말한 것을 자책했다. 현지에서 답장해 줄 때까지 왜 기다리지 못했던 것일까? 그러나 나는 마음을 가라앉혔다. 이 답변이 내 기대감을 충족해주지는 못했지만 그렇다고 해서 사실을 완전히 부인한 것도 아니었다. 나는 페이스북 관리자에게 고맙다는 말을 전했다. 그리고 일하러 갔다. 마음이 뒤숭숭했다. 일에 집중할 수 없었다. 구글 지도와 옛 기억들이 머릿속에서 소용돌이쳤다. 모든 게 간절하게 생각만 하다가 끝나고 마는 걸까? 그동안 시간만 허비했단 말인가?

그날 저녁 아니면 그 다음 날이었을 것이다. 어머니는 우리가 함께 그렸던 지도를 꺼내보았다고 했다. 내가 여섯 살 때 둘이 그렸던 지도였다. 그런데 다리, 강, 기차역의 배치가 다르다고 했다. 우리가 그린 그림과 구글 지도의 지형지물 배치가 전혀 다르다는 것이다. 그렇다면 내가 위치를 잘못 알았던 걸까? 아니면 여섯 살이어서 지도를 정확하게 그릴 수 없었던 걸까? 그녀는 내 침실 벽에 붙어 있던 인도 지도를 꺼내보았다고 했다(그녀는 나와 내 동생 멘토시의 양육과 관련된 것은 모두 보관했다.). 그런데 그 지도에 버한퍼와 칸드와가 있는 것을 보고 깜짝 놀랐다고 말했다. 그녀가 보기에 이 두 곳에서 콜카타까지는 너무나 멀었다. 내가 기차를 타고 그렇게 멀리 갈 수 있었을지 그녀는 쉽게 이해가 안 되었다. 그건 대류을 완전히 가로지르는 거나 다름없었다.

그때 가장 먼저 떠오른 생각은 내 고향 이름이 어릴 때부터 내내 책상 위 지도에 있었다는 것이다. 그렇다면 고향이란 사실을 전혀 모른 채 그곳을 몇 번이나 쳐다봤을까? 그때 지도에 있는 버한퍼를 봤는지는 잘 모르겠다. 하지만 설령 봤더라도 콜카타에서 너무 멀어서 버한퍼는 분명히 그냥 지나쳤을 것이다. 바로 그거였다. 버한퍼는 콜카타에서 내 생각보다 훨씬 더 멀었다.

그렇게 멀었단 말인가?

그렇다면 기차가 내 어림짐작보다 훨씬 더 빠르게 달렸단 말인가?

아니면 내가 생각보다 기차를 더 오래 탔었던 걸까?

꿈을 꾸는 듯하며 이틀을 보냈다. 내 머릿속은 구글 지도와 옛 기억 사이만을 오갔다. 내 확신이 무너지는 듯했다.

내가 항상 우려했던 상황이 실제로 벌어지는 걸까?

검색결과 내 기억은 무용지물이 되고 결국 아무런 소득 없이 끝나는 걸까?

부모님과 리사는 앞으로 내가 어떻게 해야 할지에 대해 별로 말하지 않았다. 그들은 내가 상처받지 않도록 최대한 보호하려고 하는 건지, 아니면 내가 확실한 증거를 찾을 때까지 기다리고 있는 건지 알 수 없었다. 나는 칸드와 그룹에게 이번엔 보다 구체적인 질문을 보내고 두 번째 답장을 기다렸다.

칸드와 맨 위 오른쪽에 있는 마을이나 근교 이름을 알 수 있을까요?
내 생각엔 G로 시작하는데 정확한 철자는 모르지만 'Ginestlay'와 비슷
한 것 같습니다. 그 마을은 한쪽엔 이슬람교도, 다른 한쪽엔 힌두교도가
살았는데 그건 24년 전 상황이라서 지금은 다를 수 있습니다.

그 후 하루 만에 답장이 왔다. 답장을 본 순간 심장이 멎는 듯
했다.

가네쉬 탈라이(Ganesh Talai)

그것은 어렸을 적 어정쩡했던 내 발음과 가장 가까웠다.

나는 흥분해서 즉시 부모님께 이젠 의심의 여지가 없다고
말했다. 그들은 모든 의문이 풀렸다는 것을 인정했다. 나는 버한
퍼와 칸드와에 이어 결정적으로 가네쉬 탈라이를 찾았다. 내가 살
았던 곳이다. 가네쉬 탈라이에는 여전히 가족이 살고 있고 지금
도 내 안부를 걱정할 것만 같았다.

고향을 찾고 나자 곧바로 무얼 해야 할지 몰랐다. 정말 좋았다.
내가 마침내 해낸 게 너무나 좋아서 다른 건 생각할 겨를조차 없

었다. 그러나 한편으론 혹시나 하는 불안감이 있었다. 그래서 당분간 우리 가족과 리사만 이 사실을 알고 있고 남에겐 알리지 않기로 했다.

내가 잘못 짚었으면 어떡하지?

내 실수로 모든 사람을 혼란에 빠뜨리면 어떻게 하지?

바보짓을 했으면 어떡하나?

나는 노트북으로 칸드와 거리를 다시 검색했다. 새로운 것을 더 찾고 더 확신을 갖기 위해 샅샅이 뒤졌다. 최종 결과가 어떻게 나올지를 생각하면 온 몸이 굳는 것 같았다. 나와 맨토시가 어렸을 때 너무도 두려워서 인도 가족여행을 포기했던 상황과 같았다. 나는 여전히 불안하고 긴가민가했다.

고향 위치를 찾고 나서 나는 일부러 기대치를 낮추려 했다. 지금 거기에 내 가족은 절대 남아 있지 않을 거라고 생각했다.

지금 엄마 나이는 몇 살일까?

엄마는 오래 살지 못할 것 같았다. 엄마는 노동을 하면서 힘겹게 살았기 때문이다.

여동생 세킬라는 잘 있을까? 그리고 칼루 형은?

버한퍼에서 그날 구두 형에게 무슨 일이 일어난 걸까?

내 실종에 대해 그는 자책하고 있을까?

우리가 만나면 가족들이 날 알아볼까?

나는 그들을 알아볼 수 있을까?

25년 전에 그들이 살던 곳을 찾는다 해도 인도의 가족 4명을 찾을 수는 있는 걸까?

분명 그건 불가능할 것이다. 이런 새로운 문제들을 생각하면서 내 마음은 희망과 절망 사이를 계속 오갔다.

물론 확실한 방법이 하나 있었다. 직접 가보는 것이다. 가서 확인하지 않으면 여기가 확실히 내 고향이라고 장담할 수 없다. 직접 보면 확인할 수 있다. 고향에서 나는 맨발로 흙의 촉감을 느끼면서 어릴 적 기억을 떠올리기만 해도 행복할 것 같았다. 비록 가족을 만나지는 못하더라도 말이다.

부모님은 내 인도 방문을 걱정하고 있었다. 내가 어렸을 때 부모님은 인도로 가족여행을 계획했다가 취소한 적이 있다. 그 이유는 내 감정이 복잡하고 두려움이 컸기 때문이었다. 그때보다 나는 훨씬 더 성숙해졌다. 그러나 성인이 되어서도 그 복잡한 감정과 두려움이 다 사라진 것은 아니었다.

그곳이 내 고향이 아니면 나는 어떡한단 말인가?

거기에 머물면서 계속 고향을 찾아야 하나?

내가 완전히 절망에 빠지는 건 아닐까?

나는 칸드와에 대한 자료를 찾아보았다. 지구 반 바퀴 떨어진 곳에서 성인이 되어서야 칸드와가 어떤 곳이라는 것을 알았다. 칸드와는 힌두 족이 다수인 마디야 프라데시 주에 있다. 인구가 25만 명이 채 안 되는 작은 도시다. 대규모 수력 발전소와 함께 목화와 밀 그리고 대두 농사로 유명한 곳이다. 모두 처음 알게 된 사실이다. 우리 집은 하도 가난해서 수력 발전이나 농사 어느 것도 해당 사항이 없었다. 인도 대부분의 도시처럼 칸드와도 역사가 깊고 그 역사에 걸맞게 힌두교 성자들을 많이 배출하였다. 또한 많은 인도영화 스타 배우들이 그곳 출신이라는 것도 자랑거리다. 칸드와는 여행 코스는 아니지만 중요한 철도 교차점이다. 뭄바이와 콜카타를 오가는 주요 동서 철도와 델리에서 고아(Goa), 코치(Kochi)로 내려가는 간선이 칸드와에서 만난다. 칸드와와 버한퍼는 도시 크기는 거의 같은데 칸드와 역이 버한퍼 역보다 훨씬 더 큰 이유가 바로 이 때문이다.

나는 유투브로 칸드와 동영상 몇 개를 보았다. 그러나 영상만으로는 많은 걸 알 수 없었다. 어떤 장면을 보니까 기차 역 옆에 철로 밑 길이 있었다. 철로를 가로질러 보행자 육교가 보였다. 육교는 플랫폼 세 개 위로 길게 놓여 있는 것 같았다. 어렸을 때 보았던 모습과 비슷했다.

이렇게 몇 주가 지났다. 용기를 내어 부모님께 인도 방문에 대해 말했다. 이런 경우 부모님이라면 어떻게 할 것인지 조심스럽게 여쭈었다. 그들은 무조건 내가 가야 한다고 했다. 물론 나도 확인하러 당장 가고 싶었다. 리사도 생각이 같았다. 그들은 모두 나와 함께 가고 싶어했다.

나는 마음이 놓였다. 부모님이 고마웠다. 하지만 나는 혼자 가야만 했다. 혼자 가려고 굳게 마음먹었던 건 여러 가지 이유가 있었다. 나는 실수할 가능성이 여전히 있었다. 최악의 상황을 생각해보았다. 우리가 인도의 뒷골목에 갔는데 나는 어디인지 몰라 쩔쩔매고 있고 부모님과 리사는 나만 쳐다보고 있는 상황이 되면 어찌하란 말인가? 나는 야단법석 떨고 싶지도 않았다. 우리가 모두 가네쉬 탈라이로 가면 현지 사람들이 우르르 몰려들 텐데 그때 받는 스트레스도 문제였다.

사실 인도 방문은 나에겐 아주 큰 이슈였다. 나는 가네쉬 탈라이의 지방 경찰서에 내 가족에 대해 문의하거나 병원 전화번호를 찾아내서 내 의료기록을 찾아달라고 요청할 수도 있었다. 나는 내 가족 이름을 알려주고 여러 문의를 해볼 수도 있었다. 지역이 좁아서 다들 서로 알기 때문이었다.

그러나 소문이 아주 빨리 퍼지면서 사기꾼들이 나타나 가짜 권리를 주장할까봐 두려웠다. 사기꾼들은 서양에서 찾아오는 아들이 꽤 잘살고 돈도 잘 쓸 거라고 생각할 것이다. 그래서 '내 엄마들'이 기차역에 우르르 나타나 나를 자기가 잃어버린 아이라고 주장할 수도 있었다. 그러면 사태가 꼬여서 진짜 찾고 싶은 사람을 찾지 못할 수도 있다. 미리 알리지 않고 혼자 조용히 들어가서 상황을 판단하는 편이 나을 것 같았다.

더구나 무슨 일이 일어날지 몰랐다. 아주 예측 불가능한 나라여서 위험한 상황도 생길 수 있었다. 나는 누구에게도 신경 쓰고 싶지 않았고 그들로부터 방해받고 싶지도 않았다. 혼자서 현지 상황을 판단하고 거기에 맞춰 잘 대응하면 된다고 생각했다.

궁극적으로 내 논리는 그보다 훨씬 더 단순했다. 이것은 내 여정이었다. 여태껏 모든 걸 나 혼자 헤쳐 왔다. 기차역에서 집을 잃은 순간부터 인터넷으로 늦은 밤까지 검색하는 것까지 모두 혼자 해왔다. 물론 부모님의 극진한 사랑이 있었지만 인도와 관련된 모든 것은 혼자서 마무리하는 게 옳다고 생각했다.

고맙게도 리사는 내 입장을 이해했다. 그러나 부모님은 쉽게 단념하지 않았다. 아버지는 인도에 가면 방해되지 않도록 하겠고 내가 하고 싶은 대로 하도록 놔두겠다고 약속했다. 현지에서 격려해주고 문제가 생길 때 도와주기만 하겠다는 것이었다. 아버지는 호텔에 머물며 그냥 근처에 있겠다고 했다. "절대 방해하지 않을게."라고 아버지는 말했다. 사려 깊고 호의적인 제안이었으나 나는 결심을 굳혔다.

내가 마침내 비행기에 탄 건 가네쉬 탈라이를 확인하고 나서 11달이 지난 뒤였다. 내가 어렸을 때 비행기를 타고 오스트레일리

Lion

아에 온 것을 제외하면 이번이 가장 큰 여행이 되는 셈이었다. 여행의 통상적인 절차를 밟고 나서도 나는 다른 사람들보다 절차가 더 복잡했다. 시민권 문제까지도 있었다. 인도에서 오스트레일리아로 왔을 때 여권에는 내가 인도 시민으로 돼 있었다. 그러나 여권은 100% 정확하지 않았다. 여권에는 내가 캘커타 태생으로 되어 있었는데 그건 당연히 틀렸기 때문이다. 하지만 인도 정부 당국은 여권에 뭔가를 기입했어야 했을 것이다. 이제 나는 오스트레일리아 시민이었다. 내 인도 시민권은 시효가 끝났지만 공식적으로 그걸 포기한 건 아니었다. 이렇게 자잘한 세부 행정절차를 모두 밟는데 시간이 걸렸다.

하지만 정확히 말하면 사실 나는 인도 방문을 미루고 있었다. 나는 여행을 미루고 있다는 티를 내지 않으려 했다. 하지만 나는 여행을 극도로 걱정하고 있었다. 내가 제대로 집을 찾아갈 수 있을지, 거기에 가면 가족이 남아 있을지 걱정되었다. 인도로 돌아가면 과거의 나쁜 기억들이 떠오를 수밖에 없었다. 내가 잘 해낼 수 있을지 자신이 없었다.

나는 비행기 표를 예약했다. 나는 주위의 도움을 사양하고 혼자 여행준비를 했다. 그러던 중 뜻밖의 격려를 받았다. 반드시 백신접종을 해야 했기 때문에 병원에 갔다. 그랬더니 의사가 여행목적을 물었다. 지금까지는 대체로 가까운 친구들만 내 어릴 적 사연을 알고 있었다. 그러나 고향을 찾았다고 생각하니까 마음이 놓였던 것 같다. 어쨌든 나는 의사에게 내가 인도에 가는 사연을 자세하게 말했다. 의사는 놀라더니 아주 굉장한 이야기를 들려줘서 고맙다고 했다. 추가 백신접종을 위해 다시 병원에 들렀더니 다른 사람들도 내 사연을 알고 있었다. 그들은 내가 잘 되길 바란다며 격려해주었다. 인도 출발을 앞두고 수 주 동안 이들 응원 덕분에 나는 즐거웠고 기분이 좋았다.

드디어 출발 날짜가 되었다. 공항에 어머니, 리사가 배웅하러 나왔다. 우리는 마지막으로 커피를 마셨다. 우리는 내 앞에 닥칠 일들에 대해 다시 한 번 대화를 나눴다. 그들은 나에게 상황을 있는 그대로 받아들이라고 말했다. 또 목적을 꼭 달성하려는 욕심에 사로잡혀 너무 긴장하지 말라고 했다. 나는 그동안 내색하지 않으려 했지만 결국 그들은 내 마음을 꿰뚫어보고 있었던 것이다. 이 때 어머니가 A4 용지를 건네줬다. 어머니가 직접 스캔한 내 어릴 때 사진이었다. 인도를 떠난 지 25년이 되었기에 내 가족들조차도 나를 쉽게 알아보지 못할 가능성이 있었다. 사진은 아주 훌륭한 선물이었다. 모든 걸 세심하게 준비해 왔는데도 내가 그걸 챙기지 못했다는 사실이 믿겨지지 않았다. 하지만 그건 그 당시 내 마음 상태가 어떠했는지를 잘 말해주는 것 같다.

마지막 탑승 순간까지도 나는 인사를 망설였다. 나는 승객 중

맨 마지막으로 탑승했다. 어머니는 걱정스런 눈빛으로 나를 바라보았다. 그러자 다시 나도 불안해졌다.

지금 내 행동이 올바른 걸까?

바로 여기에 나를 너무도 사랑해주는 사람들이 있는데도 과거를 찾아야만 한단 말인가?

그러나 역시 답은 '그렇다'였다.

아무리 걱정된다 해도 가야 했다. 앞으로 어떻게 될지언정 찾을 수만 있다면 내 고향을 찾아야 했다. 최소한 내가 항상 꿈꾸었던 고향을 보고 싶었다.

나는 비행기에 올랐다.

아! 엄마

2012년 2월 11일 마디야 프라데시 주에서 가장 큰 도시인 인도르 (Indore) 시에 비행기가 도착했다. 나는 어릴 적 떠난 이후 처음으로 인도 땅에 발을 내디뎠다. 동트기 전 어둠 속에서 나는 아주 중요한 목적을 안고 인도에 왔다는 생각으로 가슴이 벅찼다. 순간 아드레날린이 솟구쳤다.

그러나 인도는 나를 반갑게 맞아주질 않았다. 나는 도착하자마자 확실하게 외국인 신세가 되고 말았다. 어떻게 보면 인도는 내 '고국'이었다. 그런데도 인도는 나에게 이국적인 나라였다. 짐을 찾는 수하물 컨베이어에서 내 가방이 보이질 않았다. 공항 직원에게 내 가방을 찾을 수 있는 곳을 물었다. 그는 힌디어로 대답했다. 나는 한마디도 알아듣지 못했다. 직원은 곧장 영어를 할 수 있는 사람을 데리러 갔다. 현지 말을 못하는 건 별 문제는 아니다. 그러나 내 마음은 아주 무거웠다. 집을 잃고 오랜 세월 후에 감격적으로 고국을 찾았는데 고국 말을 못했기 때문이다. 공항에서 말한마디 통하지 않자 나는 또 한 번 길을 잃은 것 같았다.

나는 칸드와로 떠나기 전에 호텔에서 하룻밤을 지내야 했다. 공항에서는 택시 기사들이 터무니없는 바가지요금을 부르며 집요하게 달라붙었다. 나는 그들과 수없이 실랑이를 벌이다가 마침내 무료 셔틀버스를 발견하였다. 공항을 빠져 나오니 살 것만 같았다. 나는 숨쉴 틈 없이 혼잡한 21세기 인도를 처음으로 목격했다.

많은 광경이 25년 전 인도 모습 그대로였다. 길 한쪽에 검은 야생 돼지들이 보였다. 쓰레기 더미를 뒤지고 있었다. 길모퉁이에는 어릴 때 본 듯한 나무들이 있었다. 도처에 있는 군중도 낯익었다. 도시의 빈곤도 여전했다. 하지만 나는 곧 깜짝 놀랐다. 모든 게 내 기억보다 훨씬 더 더러웠기 때문이다. 길거리에서 소변을 보는 사람들도 있었다. 사방에는 쓰레기 천지였다. 어릴 때는 이런 걸 본 기억이 없었다. 하지만 내가 호바트의 깨끗하고 활짝 트인 환경에서 살다가 왔기 때문에 인도가 과거보다 더 더럽게 보였는지도 모른다.

호텔에 도착해 차에서 내리자 수많은 차량들이 내는 소음 때문에 귀청이 찢어지는 것 같았다. 배수관과 하수구에서 나오는 강한 유황 냄새가 코를 찔렀다. 세월이 많이 흘렀기 때문에 칸드와도 달라졌을 것이다. 잠을 몇 시간 자는 둥 마는 둥 하고 나는 다음 날 칸드와까지 타고 갈 차와 운전사를 섭외했다.

공항 택시기사들은 호텔까지 불과 몇 킬로미터밖에 되지 않는데도 바가지요금을 요구했었다. 칸드와까지는 두 시간이나 걸리는데도 그 요금의 절반만 지불하면 되었다. 그러나 생명의 안전을 위해 다른 대가를 치러야 했다. 작고 깡마른 운전기사가 미치광이처럼 차를 몰았기 때문이다. 인도는 뭐든지 너그럽게 봐주기로 유명한데 그 기준으로 봐도 그 기사의 운전은 너무 심했다. 몸이 아주 지쳐 있었는데 난폭운전까지 겹치니까 신경이 날카로워졌다. 인도르에서 출발해 언덕과 계곡을 통해 달렸지만 경치는 거의 구경조차 못했다. 운전기사는 차를 마시고 담배를 피우기 위해 이따금 차를 세웠다. 나는 담배를 거의 피우지 않는데 신경이 곤두서 있어 담배가 저절로 당겼다. 칸드와에서 닥칠 일이 점점 더 걱정되었다. 가슴을 졸이다보니 칸드와 가는 길이 너무나 멀게 느껴졌다.

맑은 하늘에서 뜨거운 햇볕이 내리쬐는 가운데 도시 외곽으로 접어들었다. 아무것도 알아볼 수 없었다. 몸이 오싹했다. 뿌연 회색빛의 산업지구 같았다. 그런데 기억이 나질 않았다. 순간 나는 호텔로 가지 않고 곧장 기차역으로 가기로 마음먹었다. 미룰 필요가 없었다. 기차역으로 가는 것만이 여기가 내 고향인지를 확인할 수 있는 가장 빠르고 가장 손쉬운 방법이었다. 우리는 방향을 틀었다.

도로가 좁아서 차량들이 기어가다시피 했다. 일요일인데 사방에 사람들이 돌아다녔다. 내가 어렸을 때는 삼륜택시보다는 말과 우마차가 더 많았다. 지금은 차량과 오토바이로 길이 막혔다.

내 휴대전화는 위치 파악 시스템이 있어서 거리 지도를 볼 수가 있었다. 그런데 배터리가 떨어져 내 기억에 의존할 수밖에 없었다. 나는 기억을 최대한 되살려 운전기사에게 방향을 알려주었다. 아니나 다를까 예상했던 곳에 기차역이 있었다.

기차역은 내 기억과는 약간 다르게 보였다. 그러나 나는 즉시 방향 감각을 찾았다. 거기서부터는 칸드와에 있는 어디라도 갈 수 있었다. 이제 위치를 확실히 파악했다. 내 고향 집도 멀지 않았다. 가슴이 두근거렸다.

그때 나는 기운이 쭉 빠지면서 몸을 가눌 수가 없었다. 마치 줄이 끊긴 꼭두각시 인형 같았다. 나는 인도에 도착한 이후 아니 훨씬 그 이전부터 긴장감으로 버텨왔다. 그런데 막상 목적지를 제대로 찾고 나니까 더 이상 갈 수가 없었다. 나는 운전기사에게 호텔로 데려가 달라고 했다. 다음 날 걸어서 가봐야겠다고 생각했다.

택시가 서서히 지나갈 때 나는 거리 기억을 되살려보았다. 그곳은 사방에 나무가 있어서 푸른빛을 띠었던 기억이 났다. 그때는 산업화가 덜 되고 오염도 덜 돼 분명 거리에 쓰레기가 없었다. 건물들은 내 상상보다 훨씬 더 허름해 보였다. 차가 철로 밑 길을 통해 지나갔다. 길이 낮아서 차 지붕이 철로 밑에 거의 닿을 정도였다. 밀실공포증을 느끼게 했던 바로 그 길의 추억이 물밀 듯 되살아났다. 내가 아이 때 놀던 곳이 분명했다.

그랜드병영호텔(이름에서 알 수 있듯이 호텔은 한때 영국군 병영이었다.)에 도착했다. 나는 자신도 모르게 운전기사에게 실례를 범했다. 팁을 주지 않은 것이다. 오스트레일리아에서 살았기 때문에 나는 서로 약속한 돈 외에 팁을 주는 데 익숙하지 않았다. 호텔에 들어오고 나서야 내가 실수했다는 걸 깨달았다. 서로 문화 차이가 있었다. 나는 호텔 투숙 수속을 밟았다.

장거리 이동에다 기차역을 찾느라 긴장했기 때문인지 기진맥진했다. 나는 호텔방에 여행 가방을 내려놓고 에어컨과 환풍기를 켠 다음 침대에 푹 쓰러졌다. 무척 피곤했다. 마음이 안정되질 않았다. 너무 긴장한 것 같았다.

하지만 나는 다시 생각했다.

'제기랄! 내가 지금 뭐 하고 있는 거지? 나는 장시간 비행기를 탄 뒤 두 시간 넘게 차를 타고 달려왔잖아. 그래, 나가자! 일요일 오후 2시다. 내 집을 찾으러 먼 길을 달려오지 않았던가!'

나는 작은 배낭과 물병을 움켜쥐었다. 기운이 솟구쳤다.

호텔 밖으로 나왔지만 먼저 어디로 가야 할지 몰랐다. 도로와 좁은 길이 사방으로 나 있었기 때문이다. 그래서 차를 타고 왔던 길로 되짚어 갔다. 금세 철로와 나란하게 있는 길이 나왔다. 나는 마을 중심지로 성큼성큼 걸어갔다. 거리는 분명 낯이 익었다. 그러나 내 위치를 잘 알 수 없었다. 너무 많이 달라져서 도무지 확신이 서지 않았다.

하지만 내 발은 자동으로 움직였다. 시차 때문에 피로가 겹치고 꿈같은 일이 벌어지면서 내 영혼은 붕 떠 있었다. 어머니는 나에게 마음을 차분하게 먹고 기대치를 낮추라고 조언하셨다. 그런데 나는 그 말씀을 어기고 있는 셈이었다. 본능, 옛 기억, 의구심, 흥분 이 모든 게 동시에 내 머릿속에서 맴돌았다.

잠시 후 초록빛을 띤 작은 이슬람사원에 도착했다. 이슬람교 성직자가 있던 사원이었다. 나는 이 사원을 까마득히 잊고 있었다. 사원 모습은 내 기억과 비슷했다. 물론 더 낡고 더 작아 보였지만 비슷한 모습을 확인하고 나니까 마음이 놓였다. 내가 제대로 찾아왔다는 생각이 다시 들었다. 하지만 눈에 보이는 것은 모두 다시 한 번 자문해보았다.

저게 원래 저렇게 생겼던가? 저게 맞나? 내가 제대로 보았나?

마침내 왼쪽으로 돌아서 가네쉬 탈라이 중심지로 가기로 했다. 나는 떨렸다. 발걸음은 더디기만 했다. 여기는 옛 모습이 전혀 아니었다. 집이 아주 빼곡했다. 나는 마음을 가라앉혔다. 주거 환경이 바뀌고 인구가 늘어난 것뿐이라고 생각했다. 물론 과거보다 더 북적였다. 아차! 만일 새 건물들을 짓기 위해 옛 건물들을 허물어버렸다면 우리 집도 없어졌을 텐데! 이 생각을 하자 몸이 부르르 떨렸다. 나는 발길을 재촉해 작은 공터까지 왔다. 여기는 내가 어렸을 때 놀았던 곳 같았다.

나는 이 마을이 맞는지 긴가민가했다. 마을은 맞는 것 같은데 무언가 달랐다. 그 순간 달라진 게 무엇인지 알았다. 지금은 전기가 생긴 것이다. 사방에 전봇대와 전선이 있었다. 내가 자랄 때는 집에 촛불을 켜고 장작 난로나 등유로 요리를 했다. 길거리에 온통 전선이 걸쳐 있다 보니 마을이 전체적으로 더 다닥다닥 붙어 있고 더 복잡하게 보였다. 그래서 마을이 다르게 보였던 것이다.

나는 이미 마음을 정리하고 이곳으로 왔다. 내가 찾고자 하는 장소와 건물을 다 찾을 수 있다고 생각하지 않았다. 오히려 그동안 많이 변했을 거라고 생각했다. 나는 엄마와 가족도 일부러 생각하지 않으려 했다. 그러나 이젠 집을 향해 가고 있다. 거기엔 가족들이 남아 있을지도 모른다. 나는 감정을 최대한 억눌러 보았지만 온갖 감정이 솟구쳐 올랐다.

나는 그곳으로 먼저 가지 않았다. 우선 첫 번째 집을 가보기로 했다. 우리 가족이 힌두교 구역에서 살았던 집이다. 길 아래쪽 좁고 구불구불한 골목길에 들어서자 골목 끝에서 한 여자가 빨래를 하고 있었다. 골목길을 내려다보자 거기서 뛰놀던 기억이 새록새록 떠올랐다. 내가 오랫동안 쳐다보자 그녀가 나에게 말을 걸었다. 그녀는 내가 생소해 보였을 것이다. 내가 캐주얼한 서구식 스포츠 옷을 입고 있어서 부유해 보일지는 모르지만 분명 그 장소엔 어울리지 않는 차림이었다. 추측컨대, 그녀는 힌디어로 "뭘 도와드릴까요?"라고 말했을 것이다. 그러나 나는 뭐라 대답할 수 없어서 그냥 "아니에요."라고 말했다. 그리고 돌아서서 나왔다.

이제 가장 중요한 일만 남았다. 더 이상 미룰 수 없었다. 마침내 내 여행의 최종 목표지점에 갈 때가 되었다. 나는 불과 몇 분 만에 길을 가로질렀다. 이 길은 과거 힌두교 지역과 이슬람교 지역의 경계선 역할을 했었다. 허물어져가는 벽돌집 쪽으로 다가가자 가슴이 쿵당쿵당 뛰었다. 나는 순식간에 그 집 앞에 도착했다.

너무 작아 보였지만 우리 집이 틀림없었다. 아무도 살지 않는 게 분명했다. 나는 서서 집 안을 살펴보았다. 바닥은 싸구려 콘크리트를 깔고 회반죽을 발라놓았지만 우둘투둘한 벽돌담은 낯익었다. 구석방 쪽 출입구는 옛날 위치 그대로였으나 문이 부서져 있었다. 문은 오스트레일리아 집에 있는 창문 정도 크기였다. 문의 갈라진 틈으로는 안이 잘 보이지 않았다. 그래서 모퉁이를 돌아 한 개뿐인 창문을 통해 안을 들여다보았다. 창문은 겨우 가로세로 30cm였다. 우리 다섯 식구가 항상 한꺼번에 집에 있었던 건 아니었다. 하지만 엄마와 형들, 그리고 여동생과 내가 이렇게 아주 작고 어두운 공간 안에서 살았다는 게 믿겨지지 않았다. 방은 한 평 남짓했다. 작은 벽난로는 아직도 거기에 있었다. 한참 동안 사용하지 않은 게 분명했다. 진흙 물통은 보이지 않았다. 하나뿐인 선반은 받침대에서 떨어져 나와 있었다. 바깥벽의 벽돌은 군데군데 빠져 있어 햇빛이 들어왔다. 엄마는 쇠똥과 진흙 반죽으로 된 마루를 항상 깨끗이 청소했었다. 그런데 그 마루는 오랫동안 사용하지 않아 먼지가 뿌옇게 쌓여 있었다.

내가 집 안을 들여다보고 있는데 염소 한 마리가 문 옆 바위 위에 남아 있는 건초를 씹고 있었다. 염소는 내 불행 따위엔 전혀 관심이 없는 듯했다. 나는 기대하지 말자고 누차 다짐했었다. 오랜 세월이 지났기 때문에 집을 찾더라도 내 가족이 무사히 잘 지내고 있는 모습을 보리라고 기대해서는 안 된다고 되뇌었던 것이다. 그러나 막상 집이 텅 비어 있는 것을 보니 그 사실을 받아들이기가 힘들었다. 기대감을 최대한 낮추려 했지만 나는 고향을 찾게 되면 가족이 거기서 나를 기다리고 있을 거라고 내심 굳게 믿고 있었다. 나는 실망한 나머지 힘이 완전히 빠졌다. 나는 염소가 건초를 먹고 있는 걸 멍하니 지켜보았다. 다음에 뭘 해야 할지 생각이 떠오르지 않았다. 집을 찾는 일은 이제 다 끝났다.

　나는 아무 생각 없이 거기에 서 있었다. 그때 옆집 문으로 젊은 인도 여자가 아기를 안고 나왔다. 그녀는 나에게 힌디어로 말을 걸었다. "무얼 도와드릴까요?"라고 묻는 것 같았다. 나는 "저는 힌디어는 못하고 영어를 합니다."라고 대답했다. 그러자 그녀가 "나도 영어를 조금 해요."라고 말했다. 순간 나는 생기를 되찾았다. 나는 재빨리 "이 집…"이라고 말하고 나서 내 가족의 이름을 댔다. "캄라, 구두, 칼루, 세킬라, 사루." 여자는 반응이 없었다. 나는 가족의 이름을 되풀이했다. 그러자 그녀는 차마 믿기 힘든 말을 했다. 거기에 더 이상 아무도 살지 않는다는 것이다. 그 순간 나는 사진이 있는 종이를 꺼냈다. 오스트레일리아를 떠나기 전에 어머니가 챙겨주었던 것이다.

　바로 그때 두 남자가 무슨 일인지 알아보려고 내게 다가왔다. 그 중 삼십대 중반쯤 된 두 번째 남자는 영어를 잘했다. 그는 사진을 보더니 기다려보라고 했다. 그리고 골목 아래로 내려갔다. 나는 도대체 무슨 상황인지 생각할 겨를도 없었다. 우리 근처로 사람들이 몰려들기 시작했다. 그들은 무슨 일이 있는지 궁금했던 것 같았다. 또 여행객이라곤 한 명도 없었던 이 거리에 외국인이 나타난 게 신기했던 것 같다. 2분 뒤에 그 남자가 돌아왔다. 그리고 내가 영원히 잊을 수 없는 말을 꺼냈다.

"나랑 갑시다. 당신 어머니께 데려다 드릴게요."

그는 정부 관계자가 성명을 읽듯이 아주 단도직입적으로 말했다. 그의 직설적인 말투에 나는 즉각 따라가겠다고 했다. 그를 따라서 옆 골목길 아래로 갈 때까지는 그의 말을 완전히 믿을 수 없었다. 그 순간 소름이 돋고 머리가 빙빙 돌기 시작했다. 25년 동안 이 순간을 기다려왔는데 불과 잠시 전만 해도 그 희망을 포기하지 않았던가! 과연 정말로 이 낯선 사람이 엄마가 있는 곳을 알고 있을까? 너무 꿈만 같고 너무 급작스러웠다. 그때부터는 눈이 돌 정도로 상황이 빨리 전개되었다.

불과 15미터 정도 걸어간 뒤 남자가 세 여자 앞에 멈춰 섰다. 세 여자는 모두 나를 바라보면서 출입구 밖에 서 있었다.

"이 분이 당신 어머니입니다."

남자가 말했다. 나는 너무 놀라서 누가 엄마냐고 물을 수 없었다. 장난은 아닌지 반신반의했다. 달리 어찌 할 바를 몰라 첫 번째 여자부터 차례차례 살펴보았다. 첫 번째 여자는 분명 엄마가 아니었다. 중간에 서 있는 여자는 낯이 익었다. 세 번째 여자는 생소했다. 그렇다면 엄마는 중간에 있는 분이었다. 그녀는 호리호리하고 아주 왜소해 보였다. 희끗희끗한 머리카락을 뒤로 올려 쪽진 머리를 하고 밝고 노란 꽃무늬 옷을 입고 있었다. 세월이 흘렀는데도 엄마를 보는 순간 얼굴의 예쁜 골격을 알아볼 수 있었다. 그 순간 엄마도 나를 알아보는 것 같았다.

우리는 몇 초 동안 서로를 바라보았다.

그때 슬픔이 가슴을 찔렀다.

엄마와 아들이 서로를 알아보는데 이렇게 시간이 오래 걸린단 말인가!

마침내 서로를 알아보았다. 순식간에 기쁨이 몰려왔다. 엄마는 앞으로 걸어오더니 내 손을 꼭 쥐었다. 엄마는 엄청나게 놀란 표정으로 내 얼굴을 자세히 들여다보았다.

나는 감정이 아무리 요동친다한들 적어도 이 순간을 위해 마음의 준비를 할 기회가 있었다. 그러나 엄마는 달랐다. 그녀로선 아들을 잃고 25년이 지난 뒤 어느 날 갑자기 아들이 불쑥 나타난 것이었다.

서로 말을 꺼내기 전에 엄마는 내 손을 잡고 집으로 안내했다. 무슨 일인지 궁금했던지 사람들이 긴 행렬을 이루며 따라왔다. 그녀의 집은 모퉁이를 돌아서 불과 100미터 떨어진 곳에 있었다. 함께 걸어가는데 엄마는 감정을 이기지 못하는 것 같았다. 그녀는 힌디어로 혼잣말을 했다. 또 기쁨의 눈물을 흘리면서 나를 쳐다보고 또 쳐다보았다. 나 역시 하도 감정이 북받쳐 아무 말도 할 수 없었다.

엄마 집은 지저분한 골목 아래에 있었다. 부슬부슬한 벽돌집인데 과거에 살던 집처럼 다닥다닥 붙어 있었다. 엄마는 나에게 빨리 들어오라고 하더니 큰 방에 있는 침대 위에 나를 앉혔다. 엄마는 잠시 서 있다가 옷 안에서 휴대전화를 꺼냈다. "칼루, 세킬라…"라고 말했다. 형과 여동생에게 전화를 하고 있었다. 그들도 아직 여기에 살고 있나? 엄마는 전화를 걸며 흥분돼 있었다. 큰소리로 말하고 웃었다. 그리고 "세루! 세루!"라고 외쳤다. 엄마가 내 이름을 말하고 있었다. 그렇다면 나는 여태껏 내 이름을 잘못 알고 있었다는 것이 아닌가!

집 밖에 사람들이 급속히 불어나 금세 엄청난 군중이 되었다. 그들은 신이 나서 서로 대화를 나누거나 전화를 걸었다. 사지(死地)에서 돌아온 아들의 기적은 분명 큰 뉴스거리였다. 소문은 빨리 퍼져나갔다. 순식간에 집 안은 사람들로 꽉 찼다. 모두 큰소리로 떠들며 축하해 주었다. 골목에는 사람들이 더 불어났다. 바로 옆 거리는 사람들이 훨씬 더 많았다.

운 좋게도 축하하러 온 사람들 중에 영어를 약간 할 수 있는 사람들이 있었다. 마침내 엄마와 나는 통역으로 대화를 할 수 있었다. 엄마의 첫 질문은 지금까지 어디 있었냐는 것이었다. 자세하게 대답하려면 시간이 한참 걸릴 것 같았다. 그래서 콜카타까지 가서 집을 잃어버렸던 사실과 나중에 오스트레일리아에 입양된 사실을 간략하게 설명해 주었다. 당연히 엄마는 깜짝 놀랐다.

엄마는 나를 만나던 순간을 이렇게 설명했다. 엄마가 옆집에 놀러가 있는데 한 남자가 찾아와 무턱대고 "세루가 돌아왔어요." 라고 말했다고 한다. 그러고 나서 그 남자는 내가 가져왔던 사진을 엄마에게 보여줬다고 한다(나는 그 남자가 사진을 갖고 갔었는지 기억이 안 난다.). 이어서 그 남자는 "이 소년이 성인이 되어 근처에 와 있어요. 캄라, 당신을 찾고 있어요."라고 말했다고 한다.

좀 어색하긴 했지만 엄마는 오래전에 이슬람교로 개종하여 파티마(Fatima)라는 새로운 이름을 갖고 있었다. 하지만 엄마는 나에겐 영원히 캄라로 남아 있을 것이다.

엄마는 자신의 느낌을 나보다 더 잘 표현했다. 그녀는 아들이 돌아온 것을 "천둥칠 때만큼 놀랐다."고 표현했고, 가슴속 행복이 "바다만큼 깊다."고 말했다.

그녀는 내 사진을 보자마자 몸이 떨리기 시작했고 곧바로 집에서 골목으로 뛰쳐나왔다고 한다. 엄마와 함께 있었던 두 여자도 따라나왔다. 그래서 내가 골목 맨 위쪽에 나타났을 때 세 명이 거기에 있었던 것이다. 내가 엄마를 향해 걸어올 때 엄마는 여전히 몸이 떨렸고 오싹했다고 한다. 이때 두 눈에 기쁨의 눈물이 넘쳐흐르고 "머릿속에서는 천둥이 쳤다."고 엄마는 말했다.

나도 머릿속에서 천둥이 쳤다. 장시간 지루한 여행을 한 뒤 가네쉬 탈라이에서 옛집을 찾아갔을 때 이미 내 감정은 심하게 요동쳤었다. 그런데 이젠 도무지 정신을 차릴 수 없는 상황이 되었다. 사방에서 사람들이 소리치고 웃었다. 또 나를 보려고 서로 몸을 밀쳐댔다. 힌디어로 왁자지껄 떠드는데 한 마디도 알아들을 수 없었다. 엄마는 웃다가 엉엉 울기도 했다. 하도 어수선해 뭐가 뭔지 알 수 없었다.

내가 옛집 앞에 도착했을 때 불과 15미터 떨어진 곳에 엄마가 있었다. 말 그대로 모퉁이만 돌면 엄마가 있었다. 그 남자가 다가와 나를 도와주지 않았더라면 나는 그냥 그대로 가버렸을 지도 모른다. 물론 주변에 더 수소문해서 엄마를 극적으로 만날 수도 있었다. 하지만 아주 가까이 있으면서도 서로를 알아보지 못한 채 그냥 돌아갔을 가능성이 훨씬 높다.

엄마와 나는 통역으로 말을 주고받았다. 그래서 정말 드문드문 대화할 수밖에 없었다. 사람들의 질문이 꼬리를 물었다. 그러면 새로 온 사람들을 위해 이야기를 계속 반복했다. 엄마는 그녀의 친구들을 보고 활짝 웃었다. 그러다가 그냥 나를 바라보거나 얼굴에 눈물을 흘리며 나를 껴안았다. 그러고 나서 소식을 알리기 위해 잠깐 전화를 걸곤 했다.

물론 질문이 수없이 쏟아졌다. 대부분 나에 대한 질문이었다. 내가 사라졌던 밤 이후 내게 무슨 일이 있었는지 엄마는 전혀 알지 못했다. 그녀에게 말할 내용이 너무 많아서 이야기는 좀처럼 진도가 나가질 않았다. 그런데 운 좋게도 잠시 후에 전혀 예상하지 못했던 통역이 나타나 도와주었다. 몇 집 떨어진 곳에 사는 여자인데 이름은 셰릴이었다. 그녀의 아버지는 영국인이고 어머니는 인도 사람인데 이유는 잘 모르겠지만 그녀는 가네쉬 탈라이에 살고 있었다. 셰릴이 도와줘 너무나 고마웠다. 그녀 덕분에 나는 엄마에게 내 사연을 차근차근 설명할 수 있었다. 나는 나중에 엄마에게 모든 사실을 말해야 될 것 같았다. 주변이 혼란스러웠기 때문에 첫 만남에서는 기본적인 내용만 말할 수밖에 없었다. 그래서 기차에 갇혀 캘커타에 도착했다가 오스트레일리아로 입양돼 거기서 자랐다고 간략하게 설명했다. 아주 오랜 세월이 흐른 뒤에 내가 돌아왔다는 게 엄마는 놀라울 뿐이었다. 더구나 내가 오스트레일리아처럼 먼 곳에서 왔다는 사실을 엄마는 도저히 믿을 수 없는 듯했다.

그러나 이 첫 만남에서조차도 엄마는 오스트레일리아 부모님에 대한 감사를 빼놓지 않았다. 나를 키워주신 데 대해 감사를 드린다고 했다. 나를 아이 때부터 키워서 오늘날의 성인으로 만들었기 때문에 그들은 나를 아들이라고 부를 권리가 있다고 말했다. 엄마가 나에게 유일하게 바라는 건 내가 행복하게 사는 것이라고 했다. 그녀의 말을 듣고 있자니 정말로 눈물겨웠다. 그녀가 내 과거사를 알 리 없었다. 그러나 엄마의 말을 듣자 어릴 적 나바 지반 고아원 시절이 떠올랐다. 고아원에서 브리얼리 부모님의 입양 제의를 받고 그걸 받아들일지 여부를 결정했던 때가 생각난 것이다. 엄마는 내가 그때 올바른 결정을 했다는 확신을 갖게 해주었다. 엄마는 내가 자랑스럽다고 말했다. 이런 말은 누구나 엄마로부터 가장 듣고 싶어하는 말이다.

엄마가 살고 있는 허름한 집은 옛 우리 집보다 훨씬 더 낡았다. 앞쪽 담에 있는 벽돌은 부슬부슬하고 틈새로 안이 들여다보였다. 가로 2미터, 세로 3미터 정도 되는 방엔 일인용 침대가 있고 엄마는 거기서 잤다. 그 방에는 골함석 두 개가 지붕에서 내려와 한 군데서 만나게 해 놓았다. 바로 옆 작은 욕실에 있는 수세식 변기 위의 물통으로 빗물이 흘러들어가도록 하기 위한 것이 분명했다. 욕실에는 쪼그려 앉는 재래식 변기와 물통이 있었다. 집 구조가 그렇다 보니 빗물이 바람을 타고 안으로 들어올 수밖에 없었다. 나는 가슴이 아팠다.

뒤쪽엔 약간 더 큰 방이 있었는데 부엌으로 쓰고 있었다. 집이 턱없이 좁아서 호기심에 찬 사람들이 안으로 다 들어올 수도 없었다. 하지만 지금 집이 옛집보다는 컸다. 최소한 마루도 진흙을 다진 게 아니라 테라초(모르타르와 대리석 등 쇄석을 넣어 만든 돌) 재질이었다. 생활환경은 충격적이었다. 그러나 가네쉬 탈라이의 전체

사정으로 보면 엄마의 형편이 나아진 거였다. 이 살림을 꾸리기까지 엄마는 열심히 일을 했어야 했을 것이다. 그녀는 아주 쇠약해져서 더 이상 건설현장에서 돌을 이고 나를 수가 없었다. 이젠 가정부로 일하고 있었다. 삶은 고단하지만 엄마는 행복하다고 했다.

두 시간 넘게 사람들이 계속 모여들었다. 막대봉이 쳐진 창문과 출입구 주변에 와글와글 모여서 신나게 수다를 떨어댔다. 엄마는 사람들에게 재미있게 이야기를 들려주었다. 이야기를 하는 동안 엄마는 내 옆에 앉아 내 얼굴을 만지거나 껴안았고 전화를 받기 위해 갑자기 일어나기도 했다.

마침내 특별 손님 두 명이 연달아 도착했다. 내 형 칼루와 여동생 세킬라였다. 세킬라는 그녀의 남편하고 두 아들과 함께 도착했다. 그러자 엄마가 나를 붙잡고 울었다. 내가 세킬라를 껴안으려고 일어서자 세킬라는 울음을 터뜨렸다. 그때 칼루 형이 혼자 오토바이를 타고 도착했다. 칼루 형은 나를 보더니 깜짝 놀랐다. 우리는 즉각 서로를 알아보았다. 형과 여동생은 영어를 배울 기회가 없었다. 그래서 우리는 눈물을 흘리거나 미소를 지었고 말없이 탄성만 질렀다. 그러다가 셰릴이 도와줘 간단한 대화를 나누었다. 가족을 만나 말할 수 없이 좋았지만 한편으론 기본적인 대화조차 안 된다는 게 슬펐다.

그런데 구두 형은 어디 있지?

내가 가장 듣고 싶었던 게 구두 형 소식이었다.

그날 밤 버한퍼에서 대체 무슨 일이 있었던 걸까?

그때 상황을 구두 형도 가끔 생각했었을까?

나는 형을 책망할 생각이 전혀 없었다. 무엇보다도 이런 내 마음을 형이 알아주길 바랐다. 그날 상황은 분명 돌발적이었고 이젠 결국 내가 집을 찾아 돌아온 게 아닌가!

하지만 그때 나는 그날 들었던 소식 중에서 가장 듣고 싶지 않은 소식을 들었다. 사실은 여태껏 살면서 가장 듣고 싶지 않은 소식이었다. 내가 형에 대해 묻자 엄마는 "걔는 더 이상 이 세상에 없어."라며 슬피 대답했다.

그날 밤 내가 실종된 이후 구두 형도 집으로 돌아오지 않았다. 수 주일이 지난 뒤 엄마는 형이 기차사고로 죽었다는 걸 알게 되었다. 그날 한꺼번에 두 아들을 잃어버렸던 것이다. 엄마가 그 고통을 어떻게 견뎌냈는지 상상조차 할 수 없었다.

첫 인도방문 때부터 내 간절한 소망은 단 한 번이라도 구두 형을 보는 것이었다. 나는 형을 무척 좋아했다. 그래서 버한퍼에 데려가 달라고 졸랐던 것이다. 형의 사망 소식은 너무도 충격적이었다.

나중에 그날 밤 상황을 더 자세하게 알게 되었다. 내가 구두 형과 함께 나가버리자 엄마는 처음엔 상당히 화가 났다고 한다.

내가 세킬라를 돌봐야 했기 때문이다. 오스트레일리아에선 아이가 한 시간만 안 보여도 난리가 난다. 하지만 인도는 오스트레일리아와는 달랐다. 엄마는 가끔 여러 날 집을 비웠다. 우리들은 누가 돌봐주지 않아도 집을 들락날락했다. 그래서 엄마도 처음엔 별로 걱정하지 않았다. 그러나 일주일이 지나자 걱정되기 시작했다. 구두 형이 수 주일 동안 집을 비우는 건 종종 있는 일이었다. 그러나 나를 이렇게 오랫동안 집으로 돌려보내지 않는 건 무책임한 짓이었다. 칼루 형 또한 거리를 돌아다니면서 우리를 보지 못했다. 엄마는 최악의 상황을 우려했다. 엄마는 칼루 형에게 칸드와 버한퍼 일대를 돌며 우리를 본 사람이 있는지 수소문해보라고 했다. 그러나 아무런 소식도 듣지 못했다.

우리가 사라지고 나서 한 달 쯤 돼서 경찰관이 집으로 찾아왔다. 내가 가장 어리고 앞가림을 못했기 때문에 엄마는 나를 더 걱정했다. 그래서 경찰관이 내 소재를 파악해 왔을 거라고 생각했다. 그러나 그게 아니라 경찰관은 구두 형 소식을 갖고 왔다. 그는 구두가 철도사고로 죽었다고 말하고 엄마에게 구두 형의 사체사진을 보여주었다. 구두 형은 버한퍼 외곽으로부터 약 1킬로미터 떨어진 철로에서 발견되었다. 경찰관은 엄마에게 아들이 맞는지 공식적으로 신원을 확인하기 위해 온 것이었다. 구두 형이 확실했냐고 내가 묻자 엄마는 천천히 고개를 끄덕였다. 그건 아직도 그녀에게 매우 가슴 아픈 이야기였다. 그래서 나머지 자세한 내용은 칼루 형으로부터 들었다. 그 당시 구두 형은 정확히 열네 살이었다. 왜 그랬는지 모르겠지만 그는 달리는 기차에서 떨어졌다. 그래서 기차바퀴 밑에 깔렸거나 선로 옆에 고정된 무언가에 부딪혔던 것 같다. 그는 한쪽 팔의 절반이 잘려나가고 한쪽 눈을 잃었다. 그 모습을 봐야 했던 엄마로선 상상할 수 없을 정도로 끔찍했을 것이다.

나는 구두 형의 무덤에 가보고 싶었다. 그러나 그건 불가능하다고 했다. 그가 묻힌 묘지 위에 집을 지었기 때문이라고 했다. 집을 짓기 전에 건축업자들이 남아 있는 시체들을 이장조차 하지 않았던 것이다. 토지 소유주들이나 개발업자들은 그 사실을 알고 싶지 않았거나 알고도 개의치 않았던 것 같다. 이 말을 들으니 속이 상했다. 내가 구두 형으로부터 멀어져 갔던 것처럼 구두 형도 나로부터 멀어져갔다. 형은 흔적도 없이 사라져버렸다. 우리는 가족사진을 찍을 만한 여유가 전혀 없었다. 그래서 구두 형 사진이 한 장도 없었다. 우리가 그의 일부였듯이 그도 우리의 일부였다. 이제 구두 형에 대해 남은 건 우리 기억이 전부였다.

형의 무덤이 없다는 말을 듣고 내가 왜 몹시 속상해하는지를 가족들은 완전히 이해하지 못하는 것 같았다. 그들에게 형의 죽음은 아주 오래전 일이었다. 그러나 나에겐 그날 발생한 일이었다. 나는 오스트레일리아로 돌아온 뒤에도 형을 제대로 애도하지 못했던 게 정말 아쉬웠다. 버한퍼 플랫폼 위에서 그의 마지막 말은 돌아오겠다는 것이었다. 그는 돌아오지 않았는지도 모른다. 아니면 돌아와서 내가 없어진 걸 알았는지도 모른다. 어쨌든 나는 형을 다시 만나길 학수고대했었다. 이젠 그날 밤 무슨 일이 일어났는지 알 길이 없다. 우리의 미스터리는 영원히 풀리지 않을 것이다.

가족들은 내가 형처럼 철로사고로 죽었거나 더 나쁜 일을 당하지는 않았을까 걱정했다. 그들은 나의 생사를 확인조차 할 수 없었다. 나는 특히 칼루 형이 안쓰러웠다. 그는 두 형제를 잃고 갑자기 장남이 되었다. 그러면 인도 사회에서는 장남으로서의 책임을 짊어져야 했다. 그는 엄마와 함께 가족의 생계를 책임져야 할 의무가 생겼다. 어린아이의 어깨로는 엄청나게 무거운 짐이었다. 아버지는 보팔(Bhopal)이라는 도시에 살고 있었고 가족들은 지금도 아버지를 증오했다.

그날 온통 떠들썩한 축하 분위기 속에서 몇몇 사람들은 엄마에게 내가 아들인 걸 어떻게 확신했냐고 물었다. 내가 사기꾼일 수도 있었다. 또 아주 간절하다보니 그냥 분위기에 휩쓸려 둘 다 실수를 했을 수도 있었다. 엄마는 어디서라도 자식은 알아볼 수 있다고 대답했다. 그녀는 나를 처음 본 순간부터 내가 아들 세루라는 걸 확신했다고 했다. 그리고 100% 확인할 수 있는 방법이 하나 있었다. 그녀는 손으로 내 머리를 잡더니 뒤로 젖히고 눈 위 상처를 찾기 시작했다. 내가 어렸을 때 개를 피해 도망가다가 넘어지면서 입었던 상처였다. 상처는 눈썹 바로 위 오른쪽에 그대로 있었다. 엄마는 그걸 가리키며 웃었다. 나는 그녀의 아들이었다.

엄마 집은 늦은 저녁까지 축하 손님들로 꽉 찼다. 호텔로 돌아갈 때가 되었다. 나는 완전히 지쳐서 머리와 가슴이 터질 것만 같았다. 인사말은 별로 주고받지 않았는 데도 모든 사람과 작별인사를 하다 보니 시간이 한참 걸렸다. 긴 눈인사와 포옹이 계속 이어졌다. 모든 사람들이 내가 지금 가면 다시 돌아올 것인지를 궁금해 하는 것 같았다. 나는 다음 날 오겠다고 약속했다. 내 가족은 마침내 나를 놔주었다. 그들이 지켜보는 가운데 나는 칼루 형 오토바이 뒤에 타고 호텔로 향했다. 형과 나는 대화를 할 수 없었다. 하지만 그랜드병영호텔에 내려서 나는 형에게 고마움을 표시했다. 그는 오토바이로 한 시간 걸리는 버한퍼로 떠났다. 아이러니컬하게도 지금 그는 버한퍼에 살고 있었다. 내가 그토록 오랫동안 찾으려 했던 바로 그 도시였다.

호텔 방으로 돌아와 하루아침에 내 인생이 어떻게 완전히 바뀌었는지 생각했다. 나는 내 가족을 찾았다. 이제 고아가 아니었

Lion

다. 아주 오랫동안 내 삶에 중요한 의미를 지녔던 '가족 찾기'는 이제 끝났다. 나는 이제부터 무엇을 해야 할지 생각했다.

나는 구두 형에 대해 곰곰이 생각했다. 그가 무슨 일을 당했는지는 알 수 없었다. 구두 형은 아주 오랫동안 기차를 탔기 때문에 기차에 올라타고 뛰어내리는 건 자신감이 넘쳤다. 그래서 그가 기차에서 떨어졌다는 게 믿겨지지 않았다. 다른 사정이 있었던 걸까? 그는 돌아와서 내가 없어진 걸 보고 나를 찾으러 갔었는지도 모른다. 그 역엔 내 형들이 이따금 충돌했던 아이들이 있었다. 그래서 구두 형은 혹시나 그 아이들이 나에게 해코지를 했다고 생각하고 싸움을 했던 걸까? 최악의 경우는 그가 나를 찾으러 다니다가 기차에서 떨어졌을 가능성이었다. 나를 홀로 남겨둔 데 대해 죄책감을 느끼고 나를 찾으려고 패닉 상태에서 위험을 무릅쓰거나 너무 골똘히 생각하다가 사고를 당했을 수도 있었다.

형은 내가 집으로 돌아갔을 거라고 추측했을 수도 있다. 그러나 그 사실을 확인하기 위해 집에 가보지는 않았다. 따라서 내가 그날 밤 캘커타 행 기차에 타지만 않았더라면 형은 나를 데리고 계획대로 집으로 돌아왔을 것이다. 그러면 그는 아직 살아있을 것이다. 냉철하게 판단하면 그의 운명이 내 책임이라고 볼 수는 없다. 하지만 나도 책임이 있다는 우울한 생각을 쉽게 떨쳐버릴 수 없었다. 나는 평소에 모든 일엔 해결방안이 있고 문제를 해결할 때까지 열심히 노력할 필요가 있다고 생각했다. 그러나 이번만큼 은 달랐다. 형에게 어떤 일이 일어났는지 그 진실을 절대 알 수 없 다는 걸 받아들여야 했다.

잠자기 전에 나는 호바트에 있는 부모님께 편지를 썼다.

제가 풀고 싶었던 문제가 풀렸습니다. 완전히 다 풀렸습니다.

오스트레일리아의 우리처럼 제 가족은 진실되고 순수합니다.

엄마는 저를 키워주신 데 대해 부모님께 감사드렸어요.

엄마와 형, 여동생은 부모님과 제가 한가족이라는 걸 인정합니다.

그들은 우리 가정의 행복에 전혀 지장이 없기를 바라고 있어요.

그들은 내가 살아있다는 걸 아는 것만으로도 행복하고

그게 그들이 바라는 전부입니다.

부모님은 저에게 가장 우선이라는 걸 알아주셨으면 합니다.

이건 영원히 변치 않을 겁니다. 사랑합니다.

잠이 쉽게 올 리 없었다.

또 한 번의 만남

다음 날 아침 일찍 칼루 형이 나를 데리러 왔다. 나는 그의 오토바이를 타고 엄마 집에 도착했다. 엄마는 그 전날처럼 아주 따뜻하게 맞이해주었다. 그녀는 내가 돌아온 게 정말로 믿기지 않는 것 같았다.

칼루 형은 나한테 오기 전에 이미 부인과 아들, 딸을 엄마 집으로 데려다 놓았다. 놀랍게도 버한퍼에서 네 식구가 오토바이 한 대에 타고 왔던 것이다. 형은 그들을 나에게 소개시켜 주었다. 그 전날 나는 세킬라가 낳은 두 아들의 삼촌이라는 걸 알고 기뻤다. 이번엔 여자 조카와 세 번째 남자 조카를 만나게 돼 기분이 좋았다.

서로 마주보고 미소를 지으며 차를 마실 땐 잠시 조용했다. 그러나 곧바로 그 전날과 같은 상황이 다시 시작되었다. 셰릴과 다른 통역들의 도움을 받아 이야기를 나누고 끊임없이 찾아오는 손님들을 맞이했다. 이런 일이 앞으로 나흘 동안 계속될 것 같았다. 곧바로 세킬라가 남편, 아이들과 함께 도착했다. 그들은 북동쪽으로 100킬로미터 떨어진 하르다(Harda)에서 두 시간을 달려왔다.

가족들은 당연히 내게 부인과 아이들이 있는지 물었다. 아직 없다고 하자 그들은 놀랐다. 인도에서 자랐다면 이 나이엔 나도 가족이 있었을 것이다. 그래도 여자 친구는 있다고 말하자 그들은 기뻐했다. 여자 친구가 있는데도 아직 결혼은 안 하고 있는 상황을 엄마가 이해했는지는 알 수 없었다.

그 둘째 날, 현지 뉴스 매체가 내 이야기를 들었다. 실종됐던 아이가 성인이 돼 가네쉬 탈라이 거리에 갑자기 다시 나타났다는 소식이었다. 곧바로 국영 매체도 왔다. 텔레비전 카메라들이 꽉 찼다. 대체로 통역으로 인터뷰를 했다. 질문이 끊이질 않았다. 나는 내 사연을 여러 번 반복해 말했다. 그러자 내가 대단한 인물이 된 것 같았다.

언론의 관심은 정말 놀라웠다. 내가 고향으로 돌아와서 이렇게 큰 소동이 벌어질 거라고는 전혀 생각하지 못했다. 전혀 대비도 하지 않았다. 언론 인터뷰를 하다보니까 감정조절이 쉽지 않았다. 그게 아주 부담스러웠지만 인터뷰는 긍정적인 효과가 더 컸다. 인도는 인구가 10억 명이 넘는다. 거리엔 전혀 보살핌을 받지 못하는 아이들이 떠돌고 있다. 인도는 혼란스럽고 심지어 냉혹한 곳이라고 생각할 수도 있다. 그러나 여기 가네쉬 탈라이 사람들뿐 아니라 지역 전체 사람들이 몹시 흥분하고 기뻐했다. 수많은 실종 아이 가운데 유일한 아이가 정말 오랜만에 가족과 재회한 사실이 언론을 통해 알려졌기 때문이다.

나를 보러온 사람들이 엄청나게 모이면서 자연스럽게 대중 축하 행사가 벌어졌다. 군중들은 음악과 함께 거리에서 춤을 추었다. 내가 돌아와서 주민들에게 흥과 활기를 불어넣은 것 같았다. 마치 타고난 불운도 극복할 수 있다는 걸 내가 입증이라도 한 듯 했다. 가끔 기적은 일어나는 법이다.

우리 가족은 쌓인 감정을 꾹 참았다가 한꺼번에 울컥 쏟아내는 특성이 있다. 우리끼리 있을 때 모두가 실컷 울었다. 다시 만나 좋기도 하고 그동안 잃어버린 시간 때문에 슬프기도 했기 때문이었다. 나는 이제 30살이고 칼루 형은 33살, 세킬라는 27살이 되었다.

나는 옛 생각이 나서 난로에서 숯 조각을 집어 들고 세킬라에게 보여주었다. 그녀는 소리 내 웃었다.

세킬라가 불과 한두 살 때였다. 세킬라는 배가 고팠는지 숯을 먹었다. 나는 그 모습을 종종 보았다. 얼굴은 까맣게 숯칠이 돼 있었다. 세킬라는 숯에 중독되었다. 이 때문에 세킬라는 소화계통에 심각한 문제가 생겼다. 우리는 숯 중독 치료에 관한 전문지식이 있는 여자에게 세킬라를 데려갔다. 다행히도 숯 중독으로 세킬라의 건강이 더 나빠지지는 않았던 것 같다. 우리가 웃으면서 그 얘기를 할 수 있는 건 그만큼 세월이 많이 흘렀다는 증거다.

칼루 형과 세킬라는 운이 좋아서 학교에 다닐 수 있었다. 구두 형과 내가 없자 엄마는 그들을 학교에 보낼 여유가 생겼다. 세킬라는 힌디어와 파키스탄 공용어인 우르두어를 말하고 쓸 수 있어 (영어는 못하지만) 학교 선생님이 되었다. 그녀는 그 전날 엄마한테 전화받았을 때 내가 돌아온 사실을 믿지 않았다고 한다. 그녀는 누군가 사기를 치거나 못된 장난을 하고 있다고 생각했다. 그러나 엄마가 확신에 차 있고 특히 어릴 적 내 사진 모습을 자세히 설명하자 엄마를 믿게 됐다는 것이다. 그때 그녀는 기적을 가져다준 신에게 감사드리고 나를 만나려고 곧바로 기차를 탔다고 한다. 나를 보자마자 그녀는 25년 세월을 건너뛰어 내 보살핌을 받았던 아기 시절로 돌아갔다. 나를 즉시 알아봤던 것이다.

칼루 형도 자립해서 잘 살고 있었다. 형은 지금 공장 지배인인데 스쿨버스 운전기사로도 일하며 부수입을 올리고 있었다. 엄마는 돌 나르는 노동자였다. 그런데 한 세대가 지나면서 우리 가족의 직업은 선생님과 공장 지배인으로 바뀌었다. 큰형과 내가 없어지고 난 뒤에 결과적으로 칼루 형과 세킬라는 가난에서 겨우 벗어나게 되었다. 참 씁쓸한 현실이었다. 그러나 칼루 형에게 삶은 호락호락하지만은 않았다. 구두 형과 내가 사라진 뒤 그의 삶이 힘들었을 것이다. 그 예측이 맞았다. 나는 가슴이 아팠다. 그는 집에 유일한 남자라는 부담이 클 수밖에 없었다. 내가 실종된 이후 그는 학교에 다닐 수 있었다. 하지만 운전을 배우기 위해 학교를 그만두었다. 그리고 엄마와 세킬라를 부양할 수 있는 좋은 일거리를 구했다. 그는 형과 동생을 잃은 고통에서 좀처럼 헤어나질 못했다. 마침내 그는 가네쉬 탈라이뿐 아니라 칸드와까지 저버리고 버한퍼로 갔다. 그는 종종 힌두교 신앙마저 의심했었다고 한다. 그러나 신은 언젠가는 은혜를 베푼다는 걸 깨달았다. 내가 돌아온 건 힌두교 신이 도운 거라고 생각했다. 내가 돌아오자 그는 무척 감동했다. 아주 오랫동안 가슴속에 품고 있었던 상처도 치유되기 시작하고 마음의 부담도 덜게 된 것 같았다.

우리는 내가 실종된 이후 힘들었던 시절에 대해 이야기를 더 나누었다. 세킬라는 아이들을 학교에 보내는 게 겁이 났다고 털어놓았다. 어느 날 아이들이 학교에 가서 돌아오지 않을까봐 걱정됐던 것이다. 우리는 많이 웃기도 했다. 그러다가 이야기 도중에 우연히 내 이름의 유래를 알게 됐다. 내 이름 세루(Sheru)는 힌디어로 '사자(Lion)'라는 뜻이었다. 나는 집을 잃은 이후 여태껏 이름을 잘못 알고 있었다. 그래도 나는 영원히 사루(Saroo)로 남게 될 것이다.

가네쉬 탈라이에 머물면서 가족들과 대화하다보니 어린 시절 기억이 정말 많이 떠올랐다. 당시엔 내가 너무 어려서 이해하지 못했던 일도 많았다. 사흘 동안 가족들의 이야기를 듣고 나니까 어린 시절 기억 가운데 생각나지 않았던 공백이 채워졌다. 지금도 인도의 시골마을에선 수백만 명이 내 어린 시절처럼 살아가고 있다. 서로 대화를 나누는 동안 엄마의 인생역정도 알게 되었다. 혹독한 시련에 맞서 용기를 잃지 않는 엄마의 힘은 정말로 존경스러웠다.

엄마 가문은 라지푸트족(북인도 종족)의 군인계급이었다. 그녀의 아버지는 경찰관이었다. 엄마 이름은 힌두교 '창조의 여신' 이름을 따 캄라(Kamla)라고 지었다고 한다. 내 기억에 엄마는 아름다웠다. 긴 세월동안 몹시 힘들고 이따금 억장이 무너지는 일들을 겪었는데도 그녀는 여전히 그 아름다움을 간직하고 있었다.

아버지는 엄마보다 키가 작았다. 넓은 가슴에 얼굴은 사각형이었다. 그는 젊은 나이에도 불구하고 머리카락이 희끗희끗했다. 그는 이슬람 관습에 따라 항상 아주 흰옷만 입었다. 그는 건축 도급업자로 일했다. 결혼 당시 아버지는 24살, 엄마는 18살이었다.

내가 아버지 얼굴을 거의 볼 수 없었던 이유도 이제야 알았다. 내가 세 살쯤 되었고 구두 형이 아홉 살, 칼루 형이 여섯 살, 그리고 엄마가 세킬라를 임신했을 때 아버지는 다른 부인을 얻었다고 선언했다(이슬람교도는 그런 행위가 허용되었다.). 아버지는 두 번째 부인과 함께 떠났다. 그가 재혼을 선언했을 때 엄마는 그 재혼계획을 전혀 눈치채지 못하고 있었다. 느닷없는 충격이었다. 아버지는 새 부인을 건축현장에서 만났다. 그녀는 공사판에서 벽돌과 돌을 통에 담아 머리에 이고 날랐던 노동자였다. 아버지가 마을 외곽에 살았을 때 엄마는 그래도 종종 아버지를 만날 수 있었다. 두 번째 부인은 엄마를 무지 질투하면서 내쫓으려 했다. 아버지가 우리를 만나지 못하도록 한 것도 바로 그녀라고 엄마는 확신했다. 아버지가 집으로 우리를 보러 온 기억은 확실히 없다.

남편이 떠나버렸기 때문에 엄마는 이슬람법에 따라 이혼을 청구할 수 있었다. 그런데도 이혼청구를 하지 않았다. 아버지가 엄마와 함께 살지 않고 부양도 안 했지만 엄마는 아버지와의 혼인신분을 그대로 유지했다. 엄마는 몹시 괴로웠다. 끔찍했던 그 당시를 엄마는 허리케인이 삶을 할퀴고 지나가는 것 같았다고 표현한다. 그녀는 가끔 심한 정신착란 증세에 빠져 하늘이 어디서 끝나고 땅이 어디서 시작되는지조차 헷갈렸다고 한다. 그녀는 우리 모두가 독약을 먹거나 근처 철로에 누워 새벽 기차에 깔려 죽을 생각까지 했었다.

그때 엄마는 가네쉬 탈라이의 이슬람교 지역으로 이사 가기로 결심하고 지금은 텅 비어 있는 그 집으로 옮겼다. 엄마가 보기엔 힌두교 사회는 엄마를 도와주지 않을 것 같았다. 하지만 이슬람교 사회는 엄마의 사정을 알고도 도움을 줄 것만 같았다. 또 아이들이 더 부유한 환경에서 자라면 좋을 거라고 엄마는 생각했다. 힌두교 지역과 이슬람교 지역의 격리 상태는 내 어릴 적 이후 계속 완화돼 지금은 두 종교를 명확하게 갈라놓은 지역은 없어졌다.

이슬람교 지역으로 와서도 엄마는 이슬람교로 개종을 하지 않다가 내가 실종된 이후 개종했다. 집으로 찾아온 엄마 친구들 중에는 얼굴을 천으로 가린 사람들도 있었지만 엄마는 가리지 않았다. 나는 이슬람교 성직자가 있는 마을 신전에는 가끔 간 적이 있다. 하지만 어떤 종교적 가르침도 받아본 적이 없다. 어느 날 힌두교 친구들과는 더 이상 놀지 말라는 말을 들었던 기억이 있다. 나는 이슬람교 친구들을 새로 사귀어야 했다.

나는 이슬람 관습 때문에 가장 큰 충격을 받았다. 결코 유쾌하지 않은 관습이었다. 할례였다. 우리는 아직 이슬람교로 개종을 하지 않았는데도 내가 왜 할례를 감내해야 했는지 잘 모르겠다. 엄마는 이웃과 잘 지내기 위해선 현지 관습을 따르는 게 현명하다고 생각했던 것 같다. 아니면 거기서 살려면 할례는 필수라는 말을 들었던 것 같다. 이유야 어찌됐든 마취제 없이 할례를 했다. 그래서 그런지 할례는 어릴 적 가장 뚜렷한 기억 중 하나다.

어느 날 나는 밖에서 아이들과 놀고 있었다. 그런데 한 아이가 오더니 집에서 나를 찾는다고 했다. 집에 갔더니 이슬람교 성직자를 포함해 많은 사람들이 모여 있었다. 그 성직자는 나에게 중요한 일이 있을 거라고 말했다. 엄마는 모든 게 잘될 거니까 걱정하지 말라고 했다. 그때 낯익은 동네 어른 예닐곱 명이 우리 집 위층 넓은 방으로 나를 데려갔다. 방 가운데에는 진흙으로 만든 커다란 용기가 있었다. 그들은 나에게 바지를 벗고 그 용기 위에 앉으라고 했다. 두 명이 내 팔을 붙잡았다. 다른 한 명은 손으로 내 머리를 떠받치기 위해 뒤에 서 있었다. 나머지 두 명은 진흙 용기 위에 앉아 있는 나를 꼼짝 못하게 했다. 나는 도대체 무슨 일인지 영문을 몰랐지만 마음을 진정시키려 했다. 이때 한 남자가 손에 면도날을 들고 나타났다. 나는 소리를 질렀다. 하지만 사람들이 나를 단단히 붙잡았고 그는 잽싸게 베어냈다. 무지 아팠지만 순식간에 끝났다. 그는 상처를 붕대로 감았다. 엄마는 침대에 누워있는 나를 간호했다. 몇 분 뒤에 칼루 형도 위층 방에서 똑같은 일을 당했다. 그러나 구두 형은 그런 일이 없었다. 그는 이미 할례를 했었나 보다.

그날 밤 주민들은 파티를 열어 즐겁게 먹고 노래를 불렀다. 그러나 칼루 형과 나는 오직 지붕 꼭대기에 앉아 노랫소리를 들었다. 회복 기간 며칠 동안 우리는 외출이 금지되었다. 이때 우리는 단식을 해야 했다. 또 바지는 못 입고 셔츠만 입고 있었다.

아버지가 경제적으로 도와주지 않았기 때문에 세킬라가 태어난 직후부터 엄마는 건설현장에 일하러 갔다. 다행히도 그녀는 힘이 좋아서 힘든 일도 할 수 있었다. 임금은 형편없었다(그 당시 인도 시골에서 받는 평균임금 수준이었다.). 아침부터 해질 무렵까지 찌는 더위 속에 무거운 바위와 돌덩어리를 머리에 이어 나르고 쥐꼬리만큼 돈을 받았다. 일주일에 엿새를 일하고 1달러 30센트 정도를 벌었다. 구두 형도 일하러 다녔다. 그는 처음에 레스토랑에서 오랜 시간 접시를 닦고도 1루피(우리 돈 18원)의 절반도 벌지 못했다.

이슬람교 지역에서 구걸하다 보니 전보다 더 다양한 음식을 얻을 수 있었다. 우리는 가끔 염소나 닭 같은 고기도 먹을 수 있었다. 결혼식이나 다른 경사가 있어서 축제나 파티가 열리는 기간엔 우리는 특별음식을 먹었던 기억도 난다. 축제와 파티가 꽤 자주 열렸던 것 같다. 이따금 기간이 꽤 긴 축제가 있었는데 그땐 우리모두가 재미있게 즐기고 공짜음식을 많이 먹었다.

옷은 이웃사람들로부터 물려받아 입었다. 다행히 기후가 따뜻해 우리는 많은 옷이 필요 없었다. 간편한 무명옷이면 충분했다. 교육은 불가능했다. 행운을 타고 난 학생들이 오가는 것을 지켜보면서 나는 학교 주변을 맴돌았다. 그 학교는 성 요셉 수녀원 학교였다. 칸드와 아이들은 지금도 그 학교에 다닌다.

4남매 중 가장 위였던 구두 형은 생계에 책임감을 느꼈다. 그래서 그는 더 많은 돈을 벌어오기 위해 항상 가외 일을 찾고 있었다. 그는 기차역 플랫폼에서 행상을 하면 돈을 벌 수 있다는 말을 듣고 승객들에게 칫솔과 치약 세트를 팔기 시작했다. 이 때문에 그는 아동 노동법 위반으로 감옥에 갔다. 그는 현지 경찰에게 서투른 좀도둑 정도로 알려져 있었다. 칼루 형과 나, 그리고 우리 동네에 사는 많은 꼬마들도 마찬가지였다. 우리는 먹을거리를 찾다가 화물기차에 싣기 위해 역에 쌓아놓은 쌀가마니나 병아리콩 가마니에 구멍을 뚫었다. 대개 우리는 도망치거나 붙잡혔는데 사회의 큰 위협 요소로 생각되지는 않았다. 구두 형은 그 당시에 형 같은 아동을 보호하기 위해 만든 법에 따라 체포되었다. 그러나 어찌된 일인지 경찰은 형을 감옥에 가두고 말았다.

며칠이 지나서야 현지 경찰이 엄마에게 형의 소재를 알려주었다. 엄마는 우리 모두를 소년원으로 데려갔다. 소년원은 위압적인 건물이었다. 엄마는 구두 형이 풀려날 때까지 관리들에게 애원했다. 그녀가 무슨 말을 했는지는 모르겠다. 중요한 것은 엄마가 반드시 아들과 함께 집으로 돌아왔다는 것이다.

엄마는 홀로 우리를 키웠다. 아버지는 우리를 완전히 버렸다. 우리와 함께 살 때 아버지는 우리에게 욕설을 퍼붓고 폭력을 휘둘렀다고 한다. 물론 의지할 곳 없는 엄마와 네 꼬마들은 화를 내는 아버지에게 속수무책이었다. 아버지는 우리를 쫓아내려고 했다. 심지어 우리 모두 칸드와를 떠나라고 강요했다. 그의 새 부인이 집요하게 요구했기 때문이다. 그러나 엄마는 이사할 돈이 없었고 살 집이나 생계수단도 없었다. 그녀의 생계활동 범위는 좁아서 가네쉬 탈라이를 벗어나지 못했다. 결국 아버지와 새 부인이 스스로 우리 동네를 떠나 칸드와 외곽 마을로 이사를 갔다. 그러자 우리는 살기가 좀 나아졌다.

나는 아주 어렸기 때문에 부모가 따로 산다고 생각하지 않았다. 아버지가 그냥 집에 안 들어온다고 생각했다. 나는 몇 차례 고무 슬리퍼를 받았다. 아버지가 우리에게 새 신발을 사서 보내준 거라고 했다.

아버지의 얼굴을 보았던 유일한 기억은 내가 네 살 때였다. 아버지의 새 부인이 낳은 아기를 보기 위해 우리 모두가 그의 집으로 가야 했다. 아주 먼 여행이었다. 엄마는 우리를 깨우고 옷을 입혔다. 우리는 지독한 더위 속에서 버스를 타기 위해 칸드와 중심지까지 걸어갔다. 나는 특히 세킬라를 계속 돌보았다. 그녀는 뜨거운 열기 속에서 걷느라 녹초가 돼 있었다. 버스를 타는 시간은 2시간에 불과했다. 그러나 걷고 기다리는 시간까지 합치니까 하루 종일 걸렸다. 마지막에 또 한 시간을 걸었고 마을에 도착하니까 밤이었다. 엄마의 지인이 살고 있는 집으로 찾아갔지만 집 주인은 우리를 재워줄 방이 없었다. 그래서 집 입구에서 우리는 함께 몸을 웅크리고 그날 밤을 보냈다. 그래도 밤공기가 후끈후끈해 불편하지는 않았다. 적어도 우리는 길거리 신세는 면했다. 다음 날 아침 우리는 약간의 빵과 우유를 나눠 먹었다. 그제야 나는 엄마가 우리와 함께 아버지 집으로 갈 수 없다는 걸 알았다. 엄마는 오지 못하게 한 것이었다. 우리를 안내하기 위해 사람이 왔다. 아버지가 보낸 사람인데 엄마도 안면이 있는 사이였다. 우리는 그 사람의 안내를 받아 아버지 집으로 향했다.

그때는 상황을 잘 몰랐기 때문이었겠지만 어쨌든 아버지가 대문 앞에서 우리를 반갑게 맞이해주자 무척 기뻤다. 우리는 안으로 들어가 아버지의 새 부인과 아기를 보았다. 새 부인은 우리에게 친절하게 대해 주었다. 그녀는 우리에게 맛있는 저녁 밥을 해주었다. 우리는 거기서 그날 밤을 보냈다. 그런데 한밤중에 구두 형이 나를 흔들어 깨웠다. 두 형들은 몰래 빠져 나가려고 하는데 나보고 함께 갈 생각이 있냐고 물었다. 하지만 나는 잠을 더 자고 싶었다. 아침에 깨어나 보니 누군가 대문을 크게 두드렸다. 아버지가 응답하는 소리가 들렸다. 한 남자가 들어오더니 내 형들이 마을에서 개활지 너머로 달려가는 걸 봤다는 것이다. 형들이 사나운 호랑이들에게 공격당할 수도 있다고 그 남자는 걱정했다.

나는 형들이 그날 밤 도망치려 했다는 걸 나중에야 알았다. 형들은 당시 돌아가는 상황이 역겨워 아버지와 새 부인에게서 달아나려 했던 것이다. 다행히도 아침이 조금 지나서 형들은 별탈 없이 무사한 채 발견되었다.

그러나 또 다른 문제가 생겼다. 그날 아침, 길거리에 서 있는데 아버지가 다가오는 게 보였다. 아버지가 다른 두 사람과 함께 엄마를 쫓아오고 있었다. 그런데 엄마가 내 옆에서 갑자기 발걸음을 멈추더니 아버지에 맞서기 위해 휙 돌아섰다. 엄마와 아버지는 말다툼을 하고 화를 내며 소리를 질렀다. 금세 양쪽에 사람들이 가세했다. 엄마와 아버지의 말다툼이 당시의 힌두교도와 이슬람교도의 갈등으로 번져 곧바로 양측 간 싸움이 시작됐다. 엄마 편에선 힌두교도들이 아버지 편을 드는 이슬람교도들과 맞선 것이었다. 사람들은 몹시 화를 내며 상대방에게 모욕적인 말을 퍼부었다. 우리 형제들은 엄마 곁에 서 있었다. 이렇게 고래고래 소리를 지르고 서로 밀치다가 결국 무슨 일이 터지지 않을까 걱정되었다.

그때 충격적인 일이 벌어졌다. 아버지가 작은 돌을 던졌고 그 돌이 엄마 머리에 맞았다. 엄마가 머리에 피를 흘리며 풀썩 무릎을 꿇었다. 나는 엄마 바로 옆에 있었다. 다행히도 이 난폭한 행동을 보고 군중들도 깜짝 놀랐다. 결과적으로 사람들은 더 흥분하기보다는 진정하기 시작했다. 우리가 엄마를 간호하자 양측 사람들은 뿔뿔이 흩어졌다.

힌두교 가족은 엄마가 며칠 동안 쉴 수 있는 장소를 내주었다. 그들은 경찰관이 아버지를 잡아가서 하루 이틀 정도 동네 파출소 유치장에 가두었다고 알려주었다.

이 이야기는 두 가지 면을 보여준다. 첫째는 엄마의 용맹스러움이었다. 그녀는 뒤에서 쫓아오는 사람들을 굴복시키기 위해 과감하게 돌아섰다. 두 번째는 당시 인도의 상황이었다. 약자들은 언제든지 희생양이 될 수 있었다. 군중들이 물러난 게 정말 다행이었다. 엄마는 물론 우리 4남매까지 어쩌면 살해당했을 수도 있었다.

이렇게 과거에 끔찍한 일이 있었는데도 나는 아버지를 다시 만나도 괜찮다고 생각했다. 아버지에 대한 기억이 거의 없고 좋은 기억은 전혀 없는데도 내가 아버지에 대해 관대하게 생각하는 이유를 알 수 없었다. 그러나 아버지가 있었기에 오늘날 내가 존재하는 것이다. 가족이라면 때로는 과거의 잘못을 용서해야 한다. 하지만 이번엔 아버지를 만나지 않기로 했다. 그는 멀리 떨어져 사는데다 나를 만나고 싶어하는지도 몰랐기 때문이었다. 그 당시 나는 누구에게도 이 이야기를 하지 않았다. 아버지를 만나려면 가족들이 흔쾌히 동의해야만 했다. 그래서 내가 가족들과 더 허심탄회하게 속내를 말할 수 있게 될 때 그 이야기를 조심스럽게 꺼내기로 했다.

내가 태어난 곳에서 가족과 함께 있으니 모든 사람이 말하는 '고향'이란 단어가 실감났다. 고향이란 결국 내가 지금 있는 곳일까?

그건 잘 알 수 없었다. 나는 길을 잃었는데 운이 좋아 행복한 가정에 입양되었다. 그래서 나는 인도와는 전혀 다른 환경에서 살 수 있었다. 또한 그 덕분에 오늘날의 내가 될 수 있었다. 인도에서 계속 살았더라면 불가능한 일이었다. 나는 단지 오스트레일리아에 거주만 하고 있는 게 아니었다. 나 스스로를 오스트레일리아인이라고 생각하고 있다. 나는 브리얼리 부모님과 함께 사는 고향집이 있다. 또 호바트엔 여자 친구 리사와 가정을 꾸렸다. 나는 부모님, 리사와 한가족이고 사랑도 넘쳐난다.

그러나 칸드와에 와서 옛 가족을 찾고 나니까 역시 고향에 온 느낌이 들었다. 고향이 있다는 건 정말로 좋았다. 옛 가족도 내 가족이고 그들의 사랑도 넘쳐났다. 여기는 내가 태어나 어린 시절을 보낸 곳이다. 또 내 혈육이 있는 곳이다.

시간이 너무 빨리 지나갔다. 호바트로 돌아갈 때가 되자 가슴이 몹시 아팠다. 나는 엄마와 형, 여동생, 그리고 조카들에게 조만간 다시 오겠다고 약속했다. 내 두 고향은 수천 킬로미터 떨어져 있다. 하지만 두 곳 모두 각각 감동적인 사연이 있다. 내 정체성을 알기 위해 여행을 시작했지만 이 여행은 끝나지 않았다. 나는 상당히 많은 의문을 풀었다. 그러나 알고 싶은 게 훨씬 더 많아졌다. 정확하게 파악하지 못한 내용도 있다. 남은 숙제들은 계속 풀어가야 했다. 분명해진 게 하나 있다. 인도와 오스트레일리아, 두 고향을 오가는 여행을 이젠 자주 할 수밖에 없게 됐다는 것이다.

깊은 대화

인도에 머물러 있는 동안 친구 아스라가 매우 기뻐하며 축하 문자 메시지를 보내왔다. 그녀는 내 부모님을 통해 내가 인도의 가족을 찾은 소식을 들었다. 우리가 멜버른에 도착한 이후 두 가족은 친하게 지내왔다. 호바트로 돌아와서 나는 아스라에게 전화를 했다. 가족을 찾은 기쁨을 함께 나누기 위해서였다. 아스라는 인도에서 부모가 죽는 바람에 고아가 되었다. 그래서 안타깝게도 나처럼 가족을 찾으러 인도에 갈 수 없었다. 그녀의 이런 심정을 헤아리며 나는 그녀와 전화통화를 했다. 그녀는 매우 기뻐하며 옛 가족을 만났으니 앞으로 어떻게 할 거냐고 물었다. 나는 무슨 말을 어떻게 해야 할지 몰랐다. 칸드와에서 뜻밖의 일이 계속 벌어지고 정신없이 격정의 시간을 보냈기 때문이다.

나는 집과 엄마를 찾아야겠다는 생각밖에 없었다. 그러면 모든 게 끝날 걸로 생각했었다. 하지만 그게 아니었다. 진정한 시작은 이제부터였다. 나는 이제 두 가족이 생겼다. 서로 다른 세계와 문화를 뛰어넘어 두 가족 모두에게 맞춰 사는 방법을 익혀야 했다.

내가 돌아오자 부모님과 리사는 안도했다. 내가 인도에 있는 동안 우리는 매일 통화했다. 그들은 나를 무척 걱정했다. 그들은 내가 또다시 실종될 수도 있다고 생각했다. 특히 리사는 시종일관 내 안전을 걱정했다. 내가 낯선 나라에 들어가 가장 빈곤층이 사는 지역으로 갔는데 무슨 일이 생길지 아무도 모를 일이었다. 나의 안전 때문에 그들이 얼마나 마음을 졸였는지를 나는 호바트에 돌아와서야 알았다.

하지만 그 걱정은 금방 사라졌다. 모두 내 가족 이야기를 듣고 싶어했기 때문이다. 그들은 자세한 내용을 전부 듣고 싶어했다. 우리끼리 무슨 말을 주고받았는지, 내가 기억하지 못하는 어린 시절을 가족들은 어떻게 기억하고 있는지, 그리고 내가 다시 인도로 돌아가고 싶은지 등이었다.

그들은 내 생각이 궁금한 것 같았다. 내가 여기에 남아 계속 살길 원하는지, 아니면 인도로 돌아갈 생각인지 알고 싶어했다. 나는 최선을 다해 그들을 안심시켰다. 나에게 중대한 변화가 생긴 건 사실이지만 나는 여전히 변함없는 사루라고 강조했다. 실제로 나는 금세 사루로 돌아와 호바트가 정겹게 느껴졌다. 나는 가엾은 인도 사람이 아니었다.

갑자기 내가 화젯거리가 되었다. 많은 사람들이 내 이야기를 듣고 싶어했다. 내가 돌아온 직후에 호바트의 신문 〈더 머큐리〉에서 연락이 왔다. 기자가 소문을 들었던 것이다. 나는 인터뷰에 응하기로 했다. 그 기사가 봇물을 튼 격이 되었다. 멜버른의 〈더 에이지〉와 〈시드니 모닝 헤럴드〉에 이어서 국제적인 매체들이 나를 취재하러 왔다.

내가 갑자기 유명해지리라고는 아무도 생각하지 못했다. 우리 가족도 전혀 준비가 돼 있지 않았다. 그건 누구나 마찬가지일 것이다. 전 세계 기자들이 연락을 해왔다. 종종 한밤중에 전화벨 소리가 울리기도 했다. 언론의 폭발적인 관심을 처리하기 위해 매니저를 두었다. 곧 출판사에서 책 출간을 제안해왔고 영화 제작사에선 영화를 만들자는 제안을 해왔다. 모든 게 정말 꿈만 같았다.

나는 산업용 파이프, 호스, 그리고 기계부품을 파는 세일즈맨일 뿐 세상에서 주목받고 싶은 사람이 아니다. 나는 오직 내 고향과 가족을 찾았을 뿐이었다. 나는 사람들에게 내 사연을 말하길 즐겼다. 하지만 내가 매니저까지 두고 언론과의 약속을 잡을 정도로 유명해질 거라고는 전혀 생각하지 못했다. 다행히도 부모님과 리사가 아주 많이 도와주었다. 인터뷰할 수 있도록 충분한 시간을 배려해주었다. 언론과의 인터뷰에서 내 이야기를 계속 반복하는 건 무척 피곤했다. 하지만 그게 내 의무라고 생각했다. 인터뷰 기사가 나가면 사람들에게 도움이 될 것이라고 생각했기 때문이다. 내 경험은 절대 흔한 게 아니었다. 또한 기회가 주어지면 아무리 힘들더라도 절대 그 기회를 포기하지 않았던 특별한 사례이기도 했다. 그동안 가족 찾기를 포기했던 사람들도 내 인터뷰를 보고 나면 희망과 용기를 얻을 수 있다고 생각했다.

이런 생활을 하면서도 나는 인도에 있는 가족과 계속 컴퓨터 영상통화를 했다. 우리는 아주 서툴게 서로 말을 주고받았다. 또 통역을 통해 대화를 나누기도 했다. 나는 엄마에게 힘이 되어 드려야겠다고 마음먹었다. 그래야만 지구 건너편에서 계속 서로 연락하고 얼굴도 볼 수 있기 때문이었다. 우리가 다시 만난 이상 나는 가족에게 내 역할을 제대로 하고 싶었다. 우리 관계를 돈독하게 하고 엄마와 조카들을 돕고 싶었다.

나는 두 번째 인도로 건너갔다. 나는 여전히 궁금한 게 많았고 그게 더욱 명확하게 밝혀지길 기대했다. 인도에 도착했는데 겨울이었다. 그런데도 아직 따뜻했고 숨 막히는 스모그가 껴 있었다. 하늘은 오렌지 빛 회색이었다. 밤이 돼가도 하늘 색깔은 별로 변하지 않았다.

칸드와로 향했다. 마침 힌두교 '빛의 축제'인 디왈리(Diwali) 축제가 끝나가고 있었다. 나는 인도 문화를 많이 잊어버렸다. 디왈리 축제도 거의 다 잊어버렸다. 인도 사람들은 다채로운 행사가 펼쳐지는 축제기간을 좋아한다. 디왈리는 모든 선한 존재를 찬미하고 악을 내쫓는 축제다. 행운의 여신 '락슈미'를 주문으로 불러내 찬미한다. 각 가정에서는 신전을 차리고 여신 그림을 걸어 놓는다. 그리고 그림 앞에 재산을 진열해 놓고 감사를 드린다. 이 기간엔 잔치가 벌어지고 선물을 준다. 전통적으로 모든 집에는 작은 기름 등불을 켜놓는다. 또 오스트레일리아 성탄절처럼 형형색색의 조명으로 건물을 장식한다. 수많은 폭죽도 터트린다. 나는 온종일 폭죽이 뻥뻥 터지는 소리를 들었다. 악귀를 쫓는다는 폭죽이었다. 밤하늘은 불꽃놀이로 환했다.

저녁이 깊어질 무렵 옛 시가지 좁은 거리에 도착했다. 축제가 한창이었다. 엄마는 나에게 언제라도 엄마 집에 와서 지내도 좋다고 말했었다. 하지만 나는 서구식 생활을 해왔다. 따라서 엄마의 작은 집은 나에겐 비좁고 편의시설도 부족했다. 엄마도 그걸 알고 있었다. 나는 엄마의 배려는 고맙지만 가까운 호텔에 묵으면서 매일 엄마 집을 들르는 게 더 좋겠다고 말했다. 나는 그랜드병영 호텔에 짐을 풀었다. 택시 운전사에게 가네쉬 탈라이에 있는 엄마 집으로 가자고 했다.

우리는 철로 밑 길을 통과한 뒤 쇼핑객들로 붐비는 거리를 지났다. 운전사는 가네쉬 탈라이에 나를 내려주었다. 힌두교 사원과 이슬람교 사원 근처 광장이었다. 두 사원은 가까웠다. 이교도에 관대한 듯했다. 나는 아주 느긋하게 어릴 적 놀던 골목 아래로 걸어갔다. 나는 인도로 다시 오기 전에 힌디어를 배워서 꽤 진전이 있었다. 그러나 일단 대화를 시도해보자 도대체 뭐가 뭔지 알 수 없었다(유튜브를 보니까 힌디어를 사흘 만에 가르쳐줄 수 있다고 장담하는 사람이 있었다. 그래서 어느 날 나는 그 사람에게 한번 배워보았다. 역시 언어 습득엔 지름길이 없었다.).

엄마는 나를 따뜻하고 기쁘게 맞아주었다. 엄마는 크리켓 말고는 오스트레일리아에 대해 아는 게 전혀 없었다. 이 사실을 감안한다면 엄마는 내 오스트레일리아 생활을 어느 정도 잘 이해하고 있는 편이었다. 내가 처음 인도에 왔을 때 오스트레일리아, 인도, 스리랑카 3개국 간의 크리켓 국제대회가 열렸었다. 그러고 나서 내가 오스트레일리아로 돌아간 뒤 엄마는 텔레비전을 통해 오스트레일리아에서 열리는 크리켓 경기를 지켜봤다. 그때마다 엄마는 화면 가까이 가서 손가락으로 관중을 만지며 그 가운데 내가 있기를 바랐다고 했다. 칼루 형과 세킬라도 이미 엄마 집에 와 있었다. 그들은 다시 가족의 품으로 돌아온 나를 흔쾌히 맞아주었다.

엄마는 우리 삼남매는 손님이니까 플라스틱 의자에 앉으라고 했다. 자신은 내 발 밑 마룻바닥에 앉겠다고 고집했다. 우리는 별로 말을 하지 않고도 서로 만나 기쁘다는 의사표현을 할 수 있었다. 게다가 셰릴이 또다시 통역을 해주기 위해 집에 도착하자 상황이 아주 나아졌다.

그런데도 이야기는 진행 속도가 느렸다. 내가 한 문장으로 짧게 질문을 하면 내 가족은 자기들끼리 힌디어로 5분 정도 얘기하는 것 같았다. 그리고 나선 나는 답변을 들었다. 보통 기껏 한 문장 정도의 답변이었다. 셰릴이 답변을 간단하게 정리했던 것 같다. 셰릴은 매우 친절하고 인내심이 있고 유머 감각이 뛰어난 여자였다. 이런 셰릴를 만난 게 다행이었다. 왜냐하면 엄마와 세킬라 그리고 칼루 형은 모두 농담하는 걸 좋아했기 때문이다. 농담을 좋아하는 게 우리 가족의 공통점인 것 같았다.

나는 스와르니마(Swarnima)라는 여자를 만났다. 그녀는 영어를 완벽하게 구사했다. 그녀는 내 사연이 아주 흥미로워서 우리를 위해 잠시 통역을 해주겠다고 했다. 나는 통역 시간만큼 그녀에게 돈을 주겠다고 말했다. 그러나 그녀는 돈을 돌려주었다. 실제로 나는 그녀의 부모로부터 그녀가 몹시 당황해했다는 말을 들었다. 그녀는 우정의 표시로 통역을 해주었다고 한다. 그런데 나는 그녀를 통역하는 사람 정도로만 생각했던 것이다. 나는 그녀의 친절한 마음씨에 몹시 감동을 받았다. 우리는 좋은 친구 사이가 되었다.

며칠 동안 우리는 엄마 집에 모여 오후를 보냈다. 우리는 대화를 나누며 다과를 즐겼다. 대체로 친척과 친구들도 함께 있었다. 스와르니마는 통역을 하면서 목소리를 높여야 했다. 지붕의 낡은 대나무 서까래에서 녹이 슨 작은 환풍기가 시끄럽게 돌아가고 있었기 때문이었다. 나는 26년 동안 오스트레일리아에 살면서 거기 식습관이 몸에 완전히 배어 있었다. 그런데도 엄마는 내가 아직도 영양결핍 상태라고 걱정하는 듯했다. 그녀는 나에게 계속 음식을 먹이려 했다.

엄마의 염소 카레요리 맛은 잊을 수가 없다. 그 맛은 가네쉬 탈라이에서의 어린 시절부터 지금까지 가장 잊을 수 없는 맛이다. 나는 여태껏 거리 카페에서부터 고급 레스토랑까지 수많은 식당에서 염소 카레요리를 먹어보았다. 그러나 엄마 요리보다 더 맛있는 것을 먹어본 적이 없다. 우리가 어렸을 때 엄마는 뒷방에서 작은 난로불로 염소 카레요리를 해주었다. 염소 고기는 아주 조금만 요리를 잘못해도 질겨서 섬유질이 치아에 달라붙는다. 양념을 잘 배합하고 고기의 연한 맛을 유지하는 게 비결인데 그녀의 솜씨는 완벽했다. 허풍쟁이 아들이 엄마를 치켜세우는 것처럼 들릴 수도 있다. 하지만 내 말은 사실이다. 인도에 처음 왔을 때 나는 엄마한테 그 요리법을 배웠다. 태즈메이니아 집으로 돌아와 엄마에게 배운 대로 수없이 요리를 해보았지만 엄마의 요리 맛은 절대 낼 수 없었다.

나의 생사여부에 대한 많은 이야기가 오갔다. 우리 가족은 내가 돌아올 것이라는 희망을 절대 버리지 않았다. 구두 형의 경우 시체를 봤기 때문에 형의 죽음은 받아들였다. 그러나 엄마는 내가 사망한 사실은 확인하지 못했기 때문에 나를 애도하지 않았다고 한다. 그들은 내가 살아 돌아올 것이라는 믿음에 별난 확신을 갖고 있었다. 엄마는 내가 살아 돌아오길 바라는 기도를 멈추지 않았다. 그녀는 지역에 있는 많은 성직자와 종교 지도자들을 찾아가 도움과 가르침을 간청했다. 그들은 항상 엄마에게 내가 건강하고 좋은 환경에서 행복하게 지내고 있다고 말했다고 한다. 그래서 엄마가 내 소재를 물었더니 그들은 놀랍게도 손가락으로 남쪽을 가리키며 "그는 저 방향에 있다."고 했다는 것이다.

우리 가족은 나를 찾기 위해 할 수 있는 건 다했다. 물론 나를 찾는 것은 불가능했다. 그들은 내가 도대체 어디로 갔는지 알 수 없었다. 그러나 엄마는 조금이라도 여윳돈이 있으면 모두 나를 찾는데 썼다. 사람들에게 나를 찾아달라고 돈을 주기도 하고 심지어 가끔은 엄마가 직접 이 마을 저 마을을 돌아다니면서 수소문을 했다. 칼루 형은 버한퍼와 칸드와에 있는 경찰서로 찾아가 수많은 상담을 하였다. 형은 나를 찾는데 필요한 돈을 더 벌기 위해 닥치는 대로 일을 했다. 하지만 그들은 아무것도 알아내지 못했다. 그들은 '미아 찾기' 포스터를 만들 수도 없었다. 포스터를 만들 돈이 있다 해도 내 사진이 없었기 때문이다. 기도만이 그들이 할 수 있는 전부였다.

엄마를 찾겠다고 마음먹으면서 내 삶의 방향이 바뀌었다. 마찬가지로 엄마도 내가 살아있다고 믿으면서 삶의 방향이 바뀌었다. 엄마는 나를 찾을 수 없었다. 그러나 그녀는 차선책을 택했다. 이사 가지 않고 그 동네에 남아 있었던 것이다. 그녀는 버한퍼로 가서 칼루 형 부부와 함께 살 수도 있었다. 그런데도 가네쉬 탈라이에 머물고 있었다. 나는 엄마에게 그 이유를 물었다. 대답은 간단했다. 내가 살아 돌아오면 엄마를 찾을 수 있도록 하기 위해서였다고 한다. 엄마의 깊은 뜻에 나는 정말 놀랐고 감동했다. 만약 엄마가 이사를 가버렸다면 나는 가족을 찾지 못했을 것이다. 엄마는 내가 죽지 않았을 거라고 굳게 믿고 있었다. 나의 이야기 전체를 통틀어 가장 놀라운 것은 바로 그녀의 이런 믿음이다.

나는 우연한 사건과 이상한 해프닝들을 아주 많이 겪었다. 그래서 나는 그런 사건들을 자연스럽게 받아들여 왔고 심지어 그런 일들이 고맙기조차 했다. 칼루 형과 세킬라는 어릴 적 기억을 항상 소중하게 간직해왔다고 했다. 아주 어렸을 때 우리가 함께 놀고 장난 치고 목욕도 같이 했던 기억을 잊지 않고 있었다. 나도 호바트에 도착한 뒤에도 인도에 있는 그들을 잊지 않았다. 잠들기 전에 매일 밤 그들을 떠올리곤 했다. 또 엄마에게는 메시지를 보냈다. 무사히 잘 있다는 메시지였다. 이렇게 가족 생각을 하면서 나는 그들 모두 여전히 잘 지내고 있길 빌었다. 서로 애틋한 감정을 품고 있으면 마음도 통하게 되는 걸까? 이 말이 억지스럽게 들릴지 모르지만 나는 이심전심이라는 말을 전적으로 무시할 수는 없다고 생각한다. 나부터가 논리적으로 말이 안 되는 일들을 너무 많이 겪었기 때문이다. 우리는 왠지 서로 마음이 통했던 것 같다. 이런 일도 있었다. 어느 날 엄마가 알라신에게 가족의 축복을 빌고 있는데 내 모습이 떠올랐다고 한다. 그런데 바로 그 다음 날 내가 가네쉬 탈라이에 돌아와서 엄마 앞에 나타났다고 한다.

우리는 내가 돌아온 이후 우리들의 삶이 얼마나 달라졌는지 이야기를 나눴다. 뉴스 보도를 통해 널리 알려지면서 나를 사위 삼고 싶다는 사람이 많아졌다고 엄마가 말했다. 그러나 결혼은 전적으로 본인이 결정할 일이라고 했다. 나는 다시 한 번 리사 얘기를 꺼냈다. 우리 둘은 아주 행복하지만 곧바로 결혼할 계획은 없다고 했다. 엄마는 약간 이해할 수 없다는 반응이었다. 엄마가 죽기 전(그녀는 '신(神)의 길을 보기 전'이라고 표현했다.)에 유일하게 바라는 건 내가 결혼해서 자식을 갖는 것이라고 했다. 그녀는 당신이 눈감기 전에 내가 결혼해서 나중에 나를 돌봐줄 자식을 갖기를 바랐다.

칼루 형과 세킬라는 언젠가는 오스트레일리아에 가보고 싶다고 했다. 물론 엄마는 너무 쇠약해 오스트레일리아까지 여행할 수 없었다. 세킬라는 캥거루나 시드니 오페라 하우스를 볼 필요는 없지만 내가 자란 집은 꼭 보고 싶다고 말했다. 형과 세킬라는 오스트레일리아에 있는 내 가족을 보고 싶다며 그들을 위해 매일 이슬람교 사원에서 기도를 올린다고 했다.

엄마가 나를 가장 감동시켰던 말이 있다. 만약 내가 인도로 돌아와 살고 싶다면 내 행복을 위해 집을 지어주고 대신 엄마는 밖에 나가 열심히 일하겠다는 것이다. 물론 내 생각은 그 반대였다. 나는 엄마에게 집을 마련해주고 엄마의 행복을 위해서라면 할 수 있는 모든 걸 하고 싶었다.

돈 문제는 가족들끼리라도 신중하게 처신할 필요가 있다. 하지만 나는 내 재산을 가족과 나눠 쓰고 싶었다. 내 재산은 꽤 되었다. 인도의 가족이 보면 나는 부자였다. 내 연봉은 그들의 상상을 넘어설 정도였다. 하지만 돈 문제는 조심스럽게 접근해야 했다. 왜냐하면 돈 문제로 인해 우리의 새로운 관계가 손상되거나 악화되게 하고 싶지 않았기 때문이다.

우리 넷은 앞으로 어떤 계획을 세워야 엄마에게 가장 큰 도움이 될지 의논했다. 엄마는 가정부로 다시 일하면서 한 달에 약

1,200루피(한국 돈 2만 2천 원 정도)를 벌었다. 그 정도면 내 어릴 적 엄마 수입보다는 훨씬 많았다. 하지만 인도의 시골이라는 점을 감안하더라도 여전히 적은 수입이었다. 엄마의 수입을 보태줄 방법을 궁리하다가 나는 엄마에게 집을 사주고 싶다고 말했다. 엄마에게 가네쉬 탈라이를 떠나 칼루 형이나 세킬라와 가까이서 살고 싶은 의향이 있는지 물었다. 그러나 엄마는 지금 있는 곳이 행복하고 평생 살아왔던 동네에서 계속 살고 싶다고 말했다. 그래서 그 집에서 계속 살더라도 집수리를 포함해 엄마를 위해 무엇이 필요한지 찾아보기로 했다.

어쩔 수 없이 아버지 이야기가 나왔다. 형과 여동생 둘 다 그를 절대로 용서할 수 없다고 했다. 그들은 아버지도 내가 살아 돌아왔다는 소식을 들었을 것이라고 확신했다. 그러나 그들은 단호했다. 아버지가 아무리 깊이 뉘우친다 해도 그가 나타난다면 즉시 돌려보낼 거라고 했다. 우리가 어렸을 때 아버지는 우리를 외면했기 때문에 이제 그 업보를 안고 살아가야 한다고 생각했다. 형과 여동생은 구두 형이 죽은 것도 아버지 때문이라고 했다. 아버지가 우리를 버리지 않았더라면 구두 형이 목숨 걸고 철길에서 돈벌이하지 않았을 것이라는 거였다. 그들이 보기엔 모든 게 운명의 연속이었다. 구두 형의 죽음과 내 실종 사건을 거슬러 올라가면 아버지가 새 부인을 집으로 데려와 임신 중이던 엄마에게 보여주던 날로 연결될 수밖에 없다는 것이었다.

　가족들은 어떤 일이 있어도 아버지와 다시는 상종하지 않겠다고 맹세했다. 그러나 내 생각은 달랐다. 만약 그가 과거의 행동을 뉘우친다면 나는 용서할 수 있었다. 나도 한때는 걷잡을 수 없는 욕망에 따라 결정을 내린 적이 있다. 아버지도 잘못 결정할 수 있다. 그의 실수를 증오할 수는 없었다. 나는 그를 잘 알지 못한다. 그래도 그는 여전히 내 아버지였다. 아버지가 없었다면 내 과거도 존재할 수 없다.

　아버지는 나를 만나고 싶어했을 것이다. 나는 항상 그렇게 확신했다. 내가 고향에 머물던 막바지 시간이었다. 지인으로부터 아버지 소식을 들었다. 아버지는 실제로 내가 돌아왔다는 소문을 듣고 있었다. 그런데 가족 아무도 그에게 연락해 주지 않아 화가 났다고 한다. 그는 최근에 건강이 악화됐고 나를 만나고 싶어한다고 했다. 그 말을 듣자 나는 진퇴양난에 빠졌다. 가족들은 매정했지만 나는 병든 아버지에 대해 모질게 대하고 싶지는 않았다. 그러나 가족들에게 아버지를 용서하자고 양해를 구할 수 없었다. 더군다나 아버지가 있는 보팔까지 갈 시간도 없었다. 당분간 그 이야기는 묻어둘 수밖에 없었다.

　내가 오랫동안 만나보고 싶은 사람이 있었다. 바로 로차크

(Rochak)였다. 페이스북에서 '칸드와:내 고향' 그룹의 관리자다. 나이가 20대인 그는 변호사였다. 그는 호텔로 나를 찾아왔다. 이름만 알고 있다가 그를 만나게 되니 반가웠다. 내가 고향을 제대로 찾았다는 확신을 갖게 된 건 그의 페이스북이 아주 결정적이었다. 로차크는 호바트 집에서 칸드와까지 오는 가장 좋은 방법도 알려주었다. 그의 페이스북은 내가 가족품으로 돌아오는 데 구글어스만큼이나 큰 도움이 되었다.

나는 로차크에게 직접 고맙다는 말을 할 수 있게 되어 기분이 좋았다. 그는 자신과 페이스북 친구들이 나를 도울 수 있었던 것을 진심으로 기뻐했다. 그들은 분수대 위치와 칸드와 역 근처의 극장 등 세세한 사실을 확인시켜 주었다(로차크는 내가 말한 극장이 문을 닫았다는 걸 일찌감치 알고 있었다.). 만약 그때 내 사연을 자세히 말했더라면 더 많이 도와줄 수 있었을 거라고 그는 말했다. 사실나는 소심한 편이었고 남들에게 내 이야기를 잘 털어놓는 성격이아니었다.

내가 고향에 돌아왔다는 소식이 처음 알려졌을 때 로차크는 그 지역에 없었다. 그러나 칸드와로 돌아와 페이스북을 열어보고 상황을 금세 알아차렸다. 페이스북 그룹 회원이 갑자기 150명 늘어나 있었던 것이다. 그 중 절반은 칸드와 주민이 아니었고 심지어 인도 사람도 아니었다.

그는 인터넷의 역할을 높이 평가했다. 인터넷이 칸드와처럼 멀리 떨어진 지방 사람들을 다른 세상 사람들과 만날 수 있게 해주었다는 것이다. 그래서 인간관계 범위가 넓어지고 과거엔 상상도 못했던 관계도 맺게 됐다는 것이다. 어떤 사람들은 페이스북에서 만난 관계를 과소평가하고 실제로 만나야만 진정한 친구가 될 수 있다고 말한다. 하지만 로차크는 온라인을 통해 나에게 가장 깊이 있고 진심 어린 도움을 주었다. 온라인은 우정을 맺는데 가장 좋은 수단 중 하나인 건 분명하다.

로차크는 떠나기 전에 나에게 힌디 격언 하나를 알려주었다.

'모든 일은 이미 다 적혀 있다(Everything is written.).'

운명은 이미 정해진 불가피한 길을 간다는 것이다. 내가 집과 가족을 찾은 것은 운명이고 그가 나를 돕게 된 것도 운명이라고 했다.

로차크는 한 가지 더 도와주었다. 내가 버한퍼까지 한 시간 반 동안 타고 갈 차와 운전기사를 섭외해 주었다. 나는 버한퍼에서 하룻밤을 잔 뒤 가슴 아픈 기억을 안고 여행을 시작해야 했다.

나는 그때처럼 기차를 타야 했다.

과거로의 여행

과거의 망령을 지우기 위해 꼭 해야만 할 일이 있었다. 성인이 되어 콜카타에 가는 것이다. 버한퍼에서 기차를 타고 모든 기억을 되살리고 싶었다. 나는 다섯 살 때 공포에 질려 기차 안에 갇혀 있었다.

인도에서는 기차여행을 할 때 단순히 철도예약만 하면 안 된다. 좌석이 워낙 한정되어 있기 때문에 예약할 때 반드시 확인해야 할 사항이 있다. 기차의 내 좌석에 이미 앉아서 타고 오는 사람은 없는지, 또 여행 내내 내가 앉아서 갈 수 있는 좌석인지 확인해야 한다. 행선지를 정확하게 모를 땐 예약은 한층 더 힘들어진다. 나는 인도횡단 기차를 제대로 타기 위해 누군가의 도움이 필요했다.

나는 칸드와 기차역에서 먼저 스와르니마를 만났다. 나는 발

매창구 앞에 줄을 서는 건 이미 포기했다. 힌디어를 못했기 때문이다. 스와르니마의 도움이 절실했다. 버한퍼에서 출발하는 기차는 북동쪽이나 남서쪽으로 간다. 두 방향 모두 콜카타로 갈 수 있었다. 남서쪽 기차를 타면 아주 커다란 철도 중심지인 부사왈(Bhusawal)에 도착해 거기서 대략 동쪽 방향으로 대륙을 가로질러 가게 돼 있었다. 북동쪽 기차는 먼저 북동쪽으로 가다가 결국 남동쪽 곡선을 따라 서벵골 주 주도(州都)인 콜카타로 가게 돼 있다. 북동쪽 방향이 기차를 갈아타지 않고 콜카타까지 갈 수 있는 노선이었다.

내가 기차를 탔던 25년 전에도 이 두 노선밖에 없었다. 그렇다면 내 어릴 적 기억이 불확실했다는 걸 인정해야 했다. 중요한 사실 하나를 나는 분명히 잘못 알고 있었다. 나는 거의 12~15시간 이동한 뒤 콜카타에 도착한 것으로 항상 생각하고 있었다. 나는 모든 사람들에게도 늘 그렇게 말해 왔었다. 실제로 그 시간을 토대로 구글 검색에 몰두했었다. 북쪽 노선으로 가면 1,680킬로미터였다. 이 코스는 남서쪽 부사왈을 통해 동쪽으로 가는 것보다 겨우 100킬로미터 짧았다. 운행 시간은 29시간이 걸렸다. 나는 버한퍼에서 분명히 한밤중에 기차를 탔다. 따라서 29시간이나 걸렸다면 기차에서 하룻밤을 더 보냈던 게 틀림없었다. 아마 두 번째 밤은 기차에서 내내 잠들어 있었던 것 같다. 아니면 공포에 질린 다섯 살 꼬마가 패닉 상태에 빠져 엉엉 울다가 자다 깨다를 반복했던 것 같다. 그러다가 얼마 동안 기차를 탔는지 시간개념을 완전히 잃어버렸을 것이다. 어쨌든 내 기억보다 기차를 훨씬 더 오래 탔던 건 분명했다.

이런 이유 때문에 구글 어스를 그렇게 오랫동안 꼼꼼하게 검색했어도 아무런 성과가 없었던 것이다.

내가 기차의 이동시간을 제대로 알았더라면 버한퍼를 더 빨리 찾을 수 있었을까?

그럴 수도 있고 그렇지 않을 수도 있었다. 나는 버한퍼를 찾는 유일한 방법은 콜카타에서 외곽으로 가는 선로를 따라가는 것이라고 믿었다. 따라서 그 선로들을 검색하는 데 여전히 오랜 시간을 소비했을 것이고 선로들을 계속 추적했을 것이다. 검색범위를 샅샅이 다 뒤지고도 못 찾으면 그 범위를 넓혀가며 계속 살펴봤을 것이다. 결국 나는 버한퍼를 찾아냈을 것이다.

나는 두 노선 가운데 어떤 좌석을 예약해야 할지 고민했다. 이때 오래전부터 간직해왔던 생각이 떠올랐다. 내가 기차를 탔던 플랫폼 위치였다. 구두 형과 기차에서 내린 뒤 나는 벤치에서 잠이 들었다. 그 후 깨어나 내 앞에 있는 기차를 발견하고 바로 그 기차에 올라탔던 걸로 항상 확신해왔다. 형과 내가 내렸던 플랫폼에서 다시 기차를 탔던 것으로 알고 있었던 것이다. 그런데 형과 나는 칸드와에서 버한퍼까지 남행열차를 타고 왔다. 따라서 플랫폼을 옮기지 않고 같은 방향의 기차를 탔다면 그 기차는 분명 남쪽으로 갔을 것이다. 그런데 남쪽으로 가면 기차를 갈아타지 않고서는 콜카타에 갈 수 없다. 여기서 나는 두 가지를 인정할 수밖에 없었다. 첫째는 처음 내렸던 플랫폼에서 내가 이동하지 않았다는 기억이 착각일 수 있었다. 착각이었다면 나는 건너편 플랫폼으로 가서 북쪽으로 가는 기차를 탔을 것이다. 그래서 곧바로 콜카타로 실려 갔을 것이다. 둘째는 내가 남행열차를 타고 어딘가에서 기차를 갈아탔을 가능성이다.

기차를 갈아탔을 가능성까지 감안한다면 두 노선 중에 내가 어떤 노선을 탔는지 알 수 있는 방법은 없었다. 부사왈에서 기차를 갈아타고 구불구불한 동쪽 노선을 따라 콜카타까지 갔을 수도 있다. 하지만 반대일 수도 있다. 부사왈에서 북쪽 버한퍼로 다시 돌아가는 기차로 성공적으로 갈아타고 나서 잠든 상태에서 버한퍼를 지나치고 계속 콜카타까지 실려 갔을 가능성이 있다. 또 다른 가능성도 있었다. 처음에 탄 남행열차가 내가 잠든 사이 일정 지점에 도착한 뒤 다시 거꾸로 북쪽을 향해 돌아갔을 수도 있다. 나는 그 진실을 가리기가 힘들다는 걸 인정해야 했다. 그건 미스터리로 남을 수밖에 없었다.

기차를 탔던 코스가 확실하지 않다면 그 당시 어떤 노선을 탔는지는 정말로 중요하지 않다는 생각이 들었다. 핵심은 장거리 기차여행을 하면서 그 여정이 얼마나 어마어마했는지를 실감하는 것이었다. 또 파묻혀 있던 기억들을 되살리고 미심쩍은 내용을 해소하는 게 핵심이었다. 기차 안에 내내 갇혀 있던 기억을 떠올리는 게 핵심이라는 생각이 들자 곧장 북동쪽 노선을 선택하고 싶었다. 솔직하게 말하면 그 노선이 일정 잡기에 가장 쉽고 가장 편했다. 버한퍼에서는 새벽에 떠나는 북동쪽 기차 편이 있었다. 곧장 콜카타까지 가는 기차였다. 반면에 남쪽 노선은 기차를 타고 부사왈에 밤늦게 도착한 뒤 거기서 다시 동쪽으로 가는 기차로 갈아타야 했다. 그러려면 아주 이른 새벽까지 기다려야 했다.

내가 타기로 한 기차는 '콜카타 메일 호' 열차였다. 그 열차는 1980년대에도 같은 노선을 운행했었다. 그때는 '캘커타 메일 호'였다. 기차는 인도 서부 해안에 있는 뭄바이에서 출발해 새벽 5시 20분에 버한퍼에 도착했다(그래서 나는 버한퍼에서 하룻밤을 보내야 했다.). 버한퍼에 도착한 기차는 잠시 정차한 뒤 동쪽 중심도시 콜카타를 향해 출발하게 돼 있었다.

나는 어렸을 때 결과적으로 북동쪽 열차를 탔었다. 그러나 이 특별기차 편은 내가 탔던 기차는 분명 아니었다. 열차는 버한퍼 역에서 정확히 2분 동안 정차했다. 그 시간에 승무원이 새로 타는 승객들의 이름을 확인하게 돼 있었다. 그 2분 안에 내가 열차에 올라타 잠이 들었단 얘기인데 그게 가능했을까? 그리고 그때엔 주위에 승무원이 없었다. 내가 고통을 겪는 내내 승무원을 한 명도 볼 수 없었던 것도 정말 미스터리다. 주(州) 사이를 오가는 기차에는 보통 승무원이 있기 마련이다. 이 때문에 나는 콜카타에서 고향으로 돌아가려고 안간힘을 쓰면서도 콜카타에서 멀리 벗어나지 못했다. 나는 거의 본능적으로 승무원들을 기피했기 때문에 자신도 모르게 그 지방만 돌아다니는 기차를 탔을 것이다(이것은 행운이었다. 내가 콜카타를 벗어나는 데 성공했다면 마디야 프라데시 주(州)로 돌아가기는커녕 다른 엉뚱한 곳에 도착해 문제가 더 커졌을 가능성이 높았다. 그랬더라면 두 배, 세 배로 집을 잃은 꼴이 되었을 것이다. 콜카타에 머무르지 않았더라면 입양협회가 나를 발견하지도 못했을 것이다.).

나는 과거에 탔던 기차 코스에 너무 집착하다가 상황을 복잡하게 만들고 싶지 않았다. 로차크와 스와르니마의 도움으로 '콜카타 메일 호'를 타기로 결정하고 나니까 모든 게 순조롭게 정리되었다. 버한퍼로 가는 승용차가 도착했다. 나는 마지막으로 엄마를 보러 갔다. 이때 스와르니마는 자신의 거주지인 푸네(Pune)로 일하러 돌아갔다. 하지만 다행히도 셰릴이 있었다. 그녀는 우리가 차를 마시며 작별인사를 나누는 마지막 몇 분 동안 통역을 해주었다. 우리는 가족사진을 찍기 위해 함께 포즈를 취했다. 그 사진을 보면 내가 엄마와 형, 여동생을 꼭 빼닮은 게 놀랍기만 하다.

엄마와 셰릴은 밖에 대기하고 있는 차까지 나를 배웅했다. 호기심에 찬 주민들이 많이 모여 있었다. 그들은 집을 잃었던 아이가 가족들과 다시 작별인사를 나누는 모습을 보러 왔다. 막상 떠나려하니까 가슴이 미어졌다. 집을 잃어버렸던 날을 재현하는 것 같았기 때문이다. 어렸을 때 나는 마지막 순간에 작별인사를 하지 못했었다. 25년이 지난 지금 엄마는 계속 미소를 지었다. 그녀는 나를 꼭 껴안아주었다. 이때 엄마는 틀림없이 나만큼 감정이 흔들렸을 것이다. 하지만 이번엔 내가 돌아오지 않을 거란 걱정은 하지 않을 것이다. 이제 우리는 언제든지 만날 수 있었다.

나는 버한퍼 호텔 뜰 안 레스토랑에서 저녁 시간을 보냈다. 디왈리 축제의 막바지 폭죽들이 하늘을 환하게 밝혀주었다. '콜카타 메일 호'를 타더라도 내 첫 여정의 모든 미스터리가 풀릴 수는 없었다. 사실 나는 이번 여행을 내심 걱정해왔다. 이 여행을 하다가 오늘날 내 존재의 근거가 되어 왔던 기억들이 제대로 떠오를지 말이다.

여유 있게 기차를 타려면 버한퍼 역에 한 시간 빨리 도착하는 게 좋을 거라고 했다. 잠자리에 들면서 새벽 3시 10분에 자명종을 맞춰 놓았다. 하지만 그럴 필요가 없었다. 방문을 두드리는 소리에 나는 깨어났다. 문을 열어보니 군복 재킷을 입은 젊은 사람이

서 있었다. 두건으로 얼굴을 거의 다 가린 그는 자신을 호텔 프런트에서 예약한 삼륜자동차 운전사라고 소개했다. 호텔은 온수가 나오질 않았다. 찬물로 세수를 하면서 잠을 깨웠다. 정각 4시에 체크아웃을 한 뒤 어두컴컴한 밖으로 나왔다. 삼륜차에 내 짐을 싣고 우리는 정적이 흐르는 거리로 쏜살같이 달렸다. 새로운 아파트단지가 보였다. 완공된 것도 있고 절반 정도 지은 것도 있었다. 수많은 화려한 광고판은 곧 입주 예정임을 알렸다. 인도 도처에서 이런 광고판들을 보았다. 모두가 체육관, 수영장, 온갖 최신 설비를 갖춘 새 건물이라고 자랑했다. 인도의 경제성장을 반영하는 모습이었다.

해 뜨기 전이라 쌀쌀했다. 나는 여행의 기대감에 부풀어 잠을 거의 잘 수 없었다. 고맙게도 차가운 공기가 정신 차리게 하는데 도움이 되었다. 주변엔 동물들의 검은 윤곽이 보였다. 소떼들은 천막 아래에서 자고 있었고 돼지들은 우글우글 모여 잠들어 있었다.

기차역 입구에 차를 세웠다. 사람들이 삼삼오오 빙 둘러앉아 있었다. 땅바닥에서 자고 있는 사람들도 있었다. 그들은 담요를 머리 위까지 뒤집어쓰고 있었다. 마치 시체운반용 가방에 들어있는 것처럼 보여 심란하였다. 역 안으로 들어가 밝게 켜진 붉은 표지판을 보니까 기차가 한 시간 연착한다고 돼 있었다. 꼼꼼하게 시간계획을 세웠는데 이렇게 허망하게 될 줄은 몰랐다.

역을 둘러볼 시간이 충분했다. 여기에서 콜카타로 가는 내 첫 여정이 시작되었다. 역은 내 기억과 거의 같았지만 바뀐 것도 있었다. 내 기억으로는 과거 플랫폼 벤치들은 재질이 나무 널빤지였다. 그날 밤 내가 잤던 벤치도 마찬가지였다. 그런데 지금 의자들은 나무 틀 안에 반질반질한 화강암이 들어가 있었다. 달라진 게 또 있었다. 과거엔 더럽고 쓰레기 천지였으나 지금은 아주 깨끗했다. 가네쉬 탈라이와는 정반대였다. 가네쉬 탈라이는 내 어릴 때보다 지금이 훨씬 더 더러웠다. 버한퍼 역 벽에는 포스터가 붙어 있었다. 플랫폼에 침 뱉는 사람을 경찰관이 붙잡고 있는 포스터였다.

건너편 플랫폼을 보자 문득 기억이 떠올랐다. 내가 구두 형을 찾아 헤매다가 기차를 탔던 플랫폼이 확실했다. 처음에 남행열차를 탄 게 틀림없었다. 남행열차를 타고 가다가 어찌됐든 중간에 다시 돌아오는 기차를 타고 버한퍼를 통해 북쪽으로 갔던 것 같다. 온갖 변수들이 머릿속에서 맴돌았다.

건너편 플랫폼에 차를 열심히 팔고 있는 사람이 보였다. 그는 나를 바라보고 있었다. 딱히 할 일도 없어서 나는 손을 흔들어 차 한 잔 달라는 신호를 보냈다. 그는 나에게 거기에 그대로 있으라고 몸짓을 했다. 그러더니 플랫폼에서 뛰어내려 철로를 건넜다. 그는 금속쟁반 위 컵이 넘어지지 않게 균형을 잘 잡았다. 그는 나에게 차를 건네주고 다시 돌아갔다. 그가 원래 플랫폼으로 올라가려던 순간이었다. 화물열차가 천둥소리를 내며 기차역을 질주해 지나갔다. 무시무시하고 놀라운 광경이었다.

오스트레일리아에서 기차들은 역을 지날 땐 속도를 줄인다. 그러나 여기는 육중한 기차들이 일정한 간격으로 플랫폼을 뒤흔들며 돌진했다. 이곳에서 차를 파는 사람은 이런 기차들과 함께 살다시피 했기 때문에 타이밍을 노련하게 판단할 수 있다. 그러나 자칫 실수라도 하면 끔찍한 일이 벌어질 것이다. 슬픔에 잠기거나 죄책감에 빠진 나머지 정신이 산만해지면 순간적인 판단을 내리기가 쉽지 않을 것이다. 구두 형도 그렇게 해서 죽었던 건 아닐까?

어떤 플랫폼에서 기차를 탔는지, 또 한 기차에만 계속 타고 있었는지는 헷갈렸지만 기차에 타고 있던 것 자체는 아직도 스냅사진처럼 생생하게 남아 있다. 나는 기차에 기어올라가 구두 형을 찾아다녔다. 그러고 나서 의자 위에 몸을 웅크리고 있다가 깜박 잠이 들었다. 눈부신 햇빛에 깨어보니 텅 빈 객차가 질주하고 있었다. 기차는 가는 도중에 최소한 한 군데에서 정차했다. 그러나 주위엔 아무도 없었다. 정차할 때마다 객차 문을 열려고 했지만 어떤 문도 열 수 없었다. 나는 당황했고 무서웠다. 이런 정황을 감안하면 내가 기차의 이동시간을 제대로 알지 못했던 건 당연한 것 같다. 그 또래의 아이에겐 그 시간이 틀림없이 영원한 시간처럼 느껴졌을 것이다.

조금씩 해가 나고 있었다. 아직도 사람들이 플랫폼에 찔끔찔끔 도착하고 있었다. 기차 연착은 늘 있는 일처럼 보였다.

기온이 영하로 내려가자 옷을 단단히 챙겨 입은 사람들이 보였다. 더운 지방에 사는 사람은 동틀 무렵의 냉기가 고통스러울 수 있다. 사람들은 온갖 종류의 여행가방과 포대, 보따리를 들고 있었다. 또 국산 전기 제품을 넣고 테이프로 꽁꽁 묶은 마분지 상자들을 들고 있었다. 날이 밝자 역 뒤에 커다란 급수탑이 보였다. 이 급수탑 덕분에 구글 검색을 할 때 버한퍼를 알아볼 수 있었다. 이 탑을 허물거나 옮기지 않은 게 정말 다행이었다. 만일 그랬다면 버한퍼를 알아볼 수 없었을 것이다.

동틀 무렵 '콜카타 메일 호'가 미끄러지듯 역에 들어왔다. 기차는 아라비안 해 뭄바이에서 북동쪽으로 8시간 동안 이미 500킬로미터를 달려왔다. 나는 내 지정좌석이 있는 객차가 멈추는 지점에 서 있었다. 승무원이 명단을 확인한 후 나를 객차로 안내하더니 곧 배정된 좌석을 찾아주었다. 나는 일등칸을 예약했다. 다섯 살 때 처음 캘커타 행 기차를 탔을 때처럼 아주 힘겨운 여행을 하고 싶지는 않았다.

일등칸은 아가사 크리시티의 추리소설에 나오는 오리엔트 특급열차 정도는 될 거라고 기대했다. 하지만 이 기차에는 특급객실이 없었다. 또 승무원이 금색 단추에 각이 잡힌 흰 제복을 입고 은 쟁반 위에 진토닉을 갖다 주는 일도 없었다. 객차 내부는 내가 어 렸을 때 탔던 3등 열차와 아주 흡사했다. 창가에 의자 두 개가 한 세트로 서로 마주보고 있었다. 복도 건너편엔 커튼을 통해 드나드 는 객실이 있었다. 그 안에는 잠을 잘 수 있는 벤치 의자가 마주 놓 여 있었다. 물론 이 일등칸은 다른 칸보다 내부 시설은 더 좋았다. 하지만 낡은 적갈색 가죽의자는 여전히 아주 딱딱했다. 다행히도 나는 여행 내내 불편한 의자에 앉아 있을 필요는 없었다. 내 기차 표는 복도 건너편에 있는 벤치 침대를 이용할 수 있었다. 최소한 나 혼자 편히 쉴 수 있는 공간이 있었다.

다섯 살 때 탔던 캘커타 행 기차의 객실은 처음 잠에서 깨어났 을 때부터 캘커타에 도착할 때까지 내내 비어 있었다. 그게 미스 터리였다. 인도에서 빈 객차로 다니는 기차가 있다는 걸 들어본 적이 없는데 그때는 분명히 비어 있었다. 객차에 사람이 타고 있 었다면 나는 분명히 도움을 요청했을 것이다. 나는 빈 객차에서 누군가 문을 열어주길 애타게 기다리며 계속 앉아 있었다.

내가 탔던 그 객차는 문을 잠그고 수리를 하기 위해 끌고 가던 중이었을까? 내가 정기 운송 편을 탄 게 아니라 선로 보수반이 타 는 객차를 탔던 것일까? 그렇다면 그 기차는 왜 캘커타까지 줄곧 달려갔던 걸까?

기차가 플랫폼을 막 떠나기 시작했다. 바로 이 순간이 내가 속 수무책으로 집을 잃게 된 과정의 시작이었다. 몸이 부르르 떨렸 다. 하지만 지금은 그때와는 달랐다. 이젠 과거를 제대로 알아보 러 떠나고 있었다. 어른이 되어 과거의 공포와 긴 여정을 다시 체 험하러 가는 길이었다. 나는 콜카타로 가서 내가 거리생활을 하면 서 버텨왔던 곳들을 다시 돌아볼 것이다. 또 내 운명이 극적으로 바뀌었던 나바 지반 고아원의 사람들과 수드 여사를 만날 것이다. 기차가 속도를 내면서 버한퍼 플랫폼을 빠져 나갔다.

어렸을 때 인도에서는 가장 저명한 사람들만 비행기를 탈 수 있었다. 정치인, 사업을 하는 거물과 그 가족들, 그리고 스타급 영 화배우들 정도였다. 철도는 물건과 사람, 돈을 실어 나르며 국가 의 혈관 역할을 했다. 우리처럼 낙후된 시골에서 사는 사람들은 기차를 타면 더 풍족하게 사는 도시를 구경할 수 있었다. 우리가 기차역 주변을 배회하면서 많은 시간을 보냈던 건 놀라운 일이 아 니었다. 거기서 우리는 사람들이 오가는 걸 지켜보면서 승객들에 게 닥치는 대로 물건을 팔아 돈을 벌기도 하고(구두 형이 칫솔과 치 약 세트를 팔다가 감옥에 갔듯이) 승객들에게 구걸하기도 했다. 철도 는 우리를 인도의 다른 지역과 연결시켜주는 유일한 수단이었다. 철도는 지금도 대부분 사람들에게 그런 역할을 하고 있다.

기차는 아주 빠르지는 않았다. 스와르니마와 내가 '콜카타 메일 호'를 예약할 때 기차의 평균속도가 시속 50~60킬로미터라는 걸 알았다. 인도에서 온 내 대학 친구들은 기차의 평균속도를 너무 빠르게 산정했다. 그런데 그게 다행이었다. 친구들이 말한 기차의 속도를 기준으로 검색했기 때문에 검색 범위가 더 넓어졌던 것이다. 만약 친구들이 기차의 정확한 속도를 알고 있었다면 검색 범위가 그만큼 넓지 못했을 것이다. 거의 30시간이 걸리는 여행을 앞두고 나는 의자에 등을 기댔다.

대부분의 승객들은 객실 침대에서 부족한 잠을 보충했다. 시간이 좀 지나자 사람들이 돌아다니며 중얼거리는 소리가 들렸다. 커튼이 젖혀졌다. 여행객들에게 날이 밝았으니 일어나라는 신호였다. 기차가 출발한 지 한 시간 쯤 됐을 때 정말 가슴 아픈 순간을 맞이했다. 기차가 내 고향 마을인 칸드와를 지나가고 있었다. 내가 어렸을 때 이 북동쪽 열차를 탔다면 고향을 그냥 지나쳤다는 얘기다. 다섯 살 때 나는 기차에서 무엇을 하고 있었던 것일까? 그때 잠에서 깨어 있었다면 당연히 기차에서 내려 바로 집으로 갔을 것이다. 그러면 그 다음에 일어났던 일들 즉 콜카타의 거리생활에서부터 입양까지의 모든 일이 없었을 것이다. 또한 나는 오스트레일리아 인도 아닐 것이고 이 책도 출판되지 않았을 것이다. 기차가 칸드와에 정차했던 2분 내내 나는 잠들어 있었던 것 같다. 바로 근처에선 엄마와 여동생이 자고 있었을 것이다. 결국 나는 완전히 다른 삶을 살아야 하는 운명으로 치닫게 되었다.

이런 생각들이 꼬리를 물고 있을 때 날이 밝았다. 기차 안 사람들은 목소리를 높였다. 기차의 덜컹거리는 소리보다 말이 더 잘 들리게 하기 위해서였다. 모두 휴대전화를 갖고 있었다. 전화 벨 소리가 요란했다. 힌디 영화에 나오는 대중가요였다. 사람들은 끊임없이 휴대전화 통화를 했다. 기차 배경 음악으로 재즈와 힌디 요들송 등 다양한 힌디 현대 음악 모음집 CD를 틀어주는 것 같았다. 상인들이 객차를 규칙적으로 왔다 갔다 하면서 음식을 팔기 시작했다. 그들은 "차 있어요, 차. 아침 식사 있어요, 아침 식사. 오믈렛, 오믈렛."하며 외쳐댔다.

다리 운동도 할 겸 잠깐 걸어가니 식당 칸이 있었다. 거기에서 웃통을 벗은 요리사들이 끓는 기름에 엄청난 양의 병아리콩과 렌즈콩 스낵을 튀기고 있었다. 또 커다란 용기 안에 얇게 썬 고구마를 산더미만큼 넣어 끓이고 있었다. 벽돌 위에 있는 대형 용기와 솥을 어마어마한 가스불로 가열시켰다. 요리사들은 긴 나무 주걱으로 대형 용기와 솥을 다뤘다. 덜컹거리는 기차에서 이 모든 걸 하다니 놀랍기만 했다.

'콜카타 메일 호'에는 내가 어릴 때 탔던 종류의 객차는 없었다. 즉 막대봉이 쳐진 창문이나 딱딱한 나무 벤치가 줄줄이 놓여 있는 객차는 없었다. 그 당시엔 객차 사이를 왔다 갔다 할 수도 없었다. 오직 플랫폼 쪽으로만 문이 있었고 객차 사이를 오가는 문은 없었다. 그 당시 내가 탔던 열차는 승객들이 이용하지 않는 열차였을 가능성이 더욱 높아진 셈이다. 인도 기차는 반드시 활기가 넘치고 시끄럽다. 승객들이 이용하는 객차가 비어 있었을 가능성은 0%였다.

북동쪽으로 가자 스쳐 지나가는 풍경이 내 기억속의 모습과 똑같았다. 희뿌옇고 끝이 없는 평지는 과거 그대로였다. 광활한 대지에는 목화와 밀, 관개 작물이 펼쳐져 있었다. 고추나무엔 고추가 주렁주렁 열려 밭 전체가 붉게 물들어 있었다. 흔히 볼 수 있는 소, 염소, 당나귀, 말, 돼지, 개들도 보였다. 콤바인으로 수확하는 사람들은 황소가 끄는 수레와 나란히 작업을 했다. 농부들은 손으로 수확하면서 건초더미를 쌓아올리고 있었다. 마을엔 작은 벽돌을 쌓고 회반죽을 바른 집들이 있었다. 집들은 연한 핑크색, 옥색, 연한 하늘색 같은 파스텔 톤으로 칠해져 있었다. 낡은 지붕엔 언제라도 떨어져나갈 것 같은 적갈색 타일들이 붙어 있었다. 작은 기차역들도 통과했다. 기차역은 인도 철도공사의 상징 색깔인 붉은 벽돌색과 노란색, 그리고 흰색 페인트 칠이 되어 있었다. 과거에도 기차를 타고 지나가면서 틀림없이 이런 기차역들을 목격했다. 그리고 한 번만이라도 기차가 정차해주길 빌었다. 그 당시 나는 밭에 있는 누군가가 기차를 올려다보고 공포감에 휩싸여 창밖을 내다보고 있는 꼬마의 얼굴을 발견해 주길 기대했다.

콜카타를 생각했다. 걱정보다는 기대가 앞섰다. 콜카타는 과거 기억들이 가득 남아 있는 곳이다. 그렇지만 처음 가보는 것 같았다. 나는 캘커타에서 길을 잃었지만 콜카타로 돌아가고 있었다. 그 도시도 변했고 나도 변했다. 나는 그 도시가 얼마나 변했는지 보고 싶었다.

이런 생각을 하고 있는 동안 어둠이 내리기 시작했다. 의자를 접은 다음 침대의 종이 덮개를 벗기고 인도 철도공사 로고가 있는 시트와 베갯잇을 꺼냈다. 밖이 어두워졌다. 나는 침대에 누웠다. 기차의 창 밖으로 불 켜진 사원, 자전거 불빛, 집 안에서 나오는 불빛이 스쳐 지나갔다.

기차가 덜컹덜컹 흔들렸다. 뜻밖의 행복감이 밀려왔다. 나는 기차의 침대에 편하게 누워서 사람들의 잡담 소리를 들었다. 그들의 말은 한번쯤 들어본 것 같았지만 알아들을 수는 없었다. 낮에 나는 바로 옆 객실에서 놀러 온 호기심 많은 소년과 잡담을 주고받았다. 소년은 열 살 정도로 보였다. 그는 학교에서 배운 영어를 몹시 테스트해보고 싶어했다. 그는 "이름이 뭐예요?" "어느 나라에서 왔어요?"라고 물었다. 오스트레일리아 인이라고 말하자 그는 오스트레일리아 크리켓 선수인 쉐인 원의 이름을 댔다. 크리켓에 대해 잠시 대화를 나눈 뒤 소년은 내게 결혼했냐고 물었다. 아직 미혼이라고 대답하자 그는 예상 밖이라고 했다. 그는 이어서 가족이 누구냐고 물었다. 나는 머뭇거리다가 마침내 "내 가족은 태즈메이니아에 살고 있지만 여기 마디야 프라데시 주의 칸드와에도 가족이 있다."고 말했다. 이 말에 그는 만족하는 것처럼 보였고 나 역시 그 대답을 하고 나니까 만족스럽다는 느낌이 들었다.

다음 날 늦은 아침 기차는 콜카타에 다가가기 시작했다. 우리 기차의 선로가 다른 많은 선로들과 합류하는 게 보였다. 수많은 레일들이 평행을 이루며 하우라 역으로 들어가고 있었다. 선로들이 수없이 많았다. 기차를 타면 어느 방향으로든 갈 수 있을 정도였다. 내가 어렸을 때 집을 찾을 가능성이 전혀 없었던 이유를 그제야 알게 되었다.

평평한 건널목을 지날 땐 기차는 더 빨리 지나치는 듯했다. 건널목엔 트럭과 승용차, 그리고 삼륜차들이 경적을 울리며 기다리고 있었다. 금세 우리가 탄 기차는 인구 1,500만~1,600만 명 정도로 세계에서 가장 큰 도시 가운데 하나인 콜카타로 들어왔다. 낮 12시 20분이었다. 버한퍼에서 출발하여 정확히 30시간이 걸렸다. 기차가 엔진을 끈 상태에서 붉은 벽돌로 된 거대한 하우라 역으로 진입했다. 그리고 플랫폼에 멈춰 섰다. 하우라 역을 알아볼 수 있었다. 나는 이곳에 다시 돌아왔다.

기차에서 내려서 1~2분 정도 걸어가니까 북적이는 역 광장 중앙이 나왔다. 과거처럼 수많은 군중이 내 옆을 지나갔다. 길을 가로막는 사람이 있으면 누구라도 거세게 밀쳐낼 기세로 사람들이 내 주변에 밀려들었다. 과거에 나는 여기에서 도움을 간절히 바라면서 서 있었다. 그러나 아무도 내게 시선조차 주지 않았다. 그 모든 사람 중에 길 잃은 아이에게 기꺼이 시간을 낼 만한 사람이 한 명도 없었던 것이다. 오히려 사람들의 반응을 기대한다는 게 더 이상했을 것이다. 이렇게 사람이 많으면 모든 사람이 구별이 안 되고 보이지 않는 존재가 된다. 역 광장이 온통 북새통인데 당황한 꼬마 한 명이 특별히 관심을 끌 이유라도 있었을까? 설령 누군가 멈춰 섰다 하더라도 꼬마가 전혀 들어보지 못한 장소를 힌디어로 중얼거리는데 그걸 참고 다 들어줄 인내심이 있었을까?

기차역 건물 그 자체는 낯이 익었다. 여전히 뇌리에 남아 있었다. 나는 저 안에서 구걸하고 잠자고 배회했다. 또 저기를 빠져나가려고 몇 주 동안 기차를 타고 돌아다녔지만 허사였다. 가장 불행했던 시기에 저곳은 내 집이었다. 그러나 지금 하우라 역은 여태껏 내가 본 것 중 가장 크고 붐비는 기차역일 뿐이었다. 이젠 거기서 배회해도 얻을 만한 것도 별로 없었다.

역사 안에서는 집 없는 아이들을 전혀 찾아볼 수 없었다. 모두

이주시킨 것 같았다. 그러나 지독하게 내리쬐는 햇볕 속으로 걸어가자 작은 두 무리의 아이들이 보였다. 그들은 한눈에 봐도 알 수 있는 그들만의 모습이 있었다. 거리 생활을 해서 꾀죄죄했다. 그들은 빈둥거리다가도 먹잇감이 될 만한 것들은 금방 알아채고 달려들었다. 가까운 행인들에게 달려들어 구걸을 하거나 물건을 훔치는 것이 몸에 배어 있었다. 나도 저 아이들과 같은 거지가 될 수도 있었을까? 나는 실제 버텼던 기간보다 더 오래 버틸 수는 없었을 것이다. 나도 저 아이들처럼 거지 신세가 됐거나 아니면 죽었을 것이다.

나는 택시를 잡아타고 여행사가 예약해 놓은 호텔로 곧바로 향했다. 호텔은 아주 고급이었다. 서양식과 인도 음식이 나오고 술 파는 바, 체육관, 수영장이 있었다. 나는 수영하러 갔다. 수영장에서는 테라스 위 의자에 비스듬히 기대어 앉아 있을 수 있었다. 저 멀리 끝까지 헤엄쳐가서 콜카타 전경을 내려다볼 수도 있었다. 아래쪽으로는 많은 길들이 끝이 안 보일 정도로 뻗어 있었다. 스모그와 교통 혼잡 그리고 가난한 삶이 한데 엉켜 있었다.

콜카타에 온 주요 이유 중 하나가 내 인생을 바꿔놓은 사람을 만나기 위해서였다. 바로 사로즈 수드 여사였다. 그녀는 아직 생존해 있고 여전히 '인도입양협회'에서 일하고 있었다. 나는 그녀의 사무실로 가기로 사전 약속을 잡았다. 이번엔 벵골인 통역을 만나 택시를 탔다. 정신없는 교통 혼잡과 먼지 그리고 정화처리가 안 된 하수구의 악취를 뚫고 달렸다.

'인도입양협회' 사무실은 콜카타 공원 구역에 있었다. 허름한 빅토리아 시대 풍 건물이었다. 그 지역엔 레스토랑과 술집이 많았다. 유명한 오이 샌드위치와 케이크를 파는 플러리스 다방도 있었다. 이렇게 아주 풍요롭고 세련된 지역의 한가운데에 구원 센터가 있었다.

우리는 바깥 쪽 사무실을 통해 지나갔다. 직원이 책상 위에 종이를 산더미처럼 쌓아놓고 일하고 있었다. 수드 여사는 안쪽의 비좁은 사무실에서 공문서 같은 서류에 둘러싸여서 컴퓨터 화면을 보고 있었다. 그녀 머리 위 벽에는 낡은 에어컨이 위험하게 걸려 있었다. 사무실은 25년 전 그대로였다.

나는 걸어들어가 신분을 밝혔다. 수드 여사의 눈이 휘둥그레졌다. 우리는 악수를 나누고 포옹했다. 그녀는 이제 나이가 80대였다. 그녀는 내가 어릴 때부터 나를 잘 기억하고 있다고 말했다. 그동안 수많은 아이들이 그녀의 손을 거쳐 갔는데도 나를 기억하고 있었다. 그녀는 활짝 웃으며 아주 유창한 영어로 "나는 당신의 개구쟁이 같은 미소를 기억하고 있지요. 얼굴이 하나도 안 변했어요."라고 말했다. 내가 입양되고 몇 년이 지난 뒤 수드 여사는 또 다른 입양아를 데리고 호바트에 온 적이 있었다. 그때 만나고 이제야 만나는 것이었다.

수드 여사는 내 두 엄마의 안부를 물었다. 그녀는 사무실에 있는 사회복지사 사우메타 메드호라 여사에게 내 입양서류를 찾아보라고 했다. 그들이 서류가 어디에 있는지 얘기를 나누는 동안 나는 벽에 고정돼 있는 판을 보았다. 거기엔 웃고 있는 아이들의 사진이 가득 붙어 있었다. 수드 여사는 이 사무실에서 37년 동안 어려움에 처한 아이들을 돕는 일을 해왔다. 그동안 국내와 해외 입양을 포함해 인도 아이 약 2천 명의 입양을 주선했다. 수드 여사는 자신이 낳은 딸이 있었다. 사업가로서 성공한 그녀의 딸은 입양 봉사를 위해 "자신의 어머니를 기부했다."고 공공연히 말했다.

수드 여사는 1975년에 '인도입양협회'를 정식으로 등록했다. 7년 뒤에 그 협회는 내가 머물렀던 고아원 나바 지반(Nava Jeevan)을 설립했다. 나바 지반은 '새로운 생명'이란 뜻이다.

수드 여사는 나의 입양은 수월하게 진행되었다고 말했다. 특히 오늘날 일반적인 국제 입양에 견주어보면 아주 쉽게 이뤄졌다고 했다. 지금 국제 입양은 '인도입양협회' 같은 단체를 통해서 직접 이루어지는 게 아니라 중앙 관계부처가 관할한다고 했다. 입양 절차를 간소화하기 위해 만든 조치들이 오히려 절차를 훨씬 더 복잡하게 하고 시간도 오래 걸리게 하고 있다고 했다. 이젠 모든 서류 작업과 준비 그리고 수속 절차까지 다 마치려면 보통 1년이 걸리고 간혹 5년까지 걸리는 경우도 있었다. 나는 그녀의 불만을 이해할 수 있었다. 어머니도 수드 여사와 똑같이 생각했다. 어머니는 국제 입양을 더 쉽게 할 수 있도록 해야 한다고 강력히 주장해 왔다. 어머니는 맨토시의 입양이 지연되면서 그가 나쁜 환경 속에서 얼마나 많은 상처를 받았는지를 알기 때문이다.

부모님은 1987년에 이미 입양 허가를 받아놓았다. 부모님은 오스트레일리아를 방문한 '인도입양협회' 직원을 통해 나에 관한 서류를 보았다. 그리고 즉석에서 나를 입양하겠다고 했다. 2주일 뒤에 수드 여사가 오스트레일리아에 왔다. 나바 지반 고아원의 내 친구인 압둘과 무사를 입양시키기 위해 왔던 것이다. 이때 부모님은 수드 여사를 직접 만나 나를 위해 준비한 사진첩을 건네줬다.

나는 수드 여사에게 외국 사람이 인도 아이를 첫 입양한 뒤 인도 아이를 두 번째로 입양하는 게 드문 일인지 물었다. 그녀는 그건 아주 흔하다고 했다. 첫아이가 외롭거나 문화적으로 고립될 수 있기 때문이기도 하고 또는 부모들이 첫아이 입양 후 매우 만족하여 같은 국적의 아이를 입양한다고 했다.

우리가 차를 마시고 있는 동안 메드호라 여사가 내 서류를 가져왔다. 실제 내 입양 서류였다. 종이는 약간 색이 바랬고 손으로 만지면 금방이라도 떨어져 나갈 것처럼 너덜너덜했다. 서류에는 오스트레일리아에서 찍은 내 사진이 붙어 있었다. 내가 오스트레일리아에 도착한 후 부모님이 수드 여사에게 보내준 사진이었다. 사진을 보니까 내가 씩 웃으며 골프채를 잡고 옛날식 골프 카트 앞에 서 있었다. 내 여권 복사본도 있었다. 거기엔 여섯 살이던 내가 카메라를 응시하는 사진이 있었다. 내 공식 서류와 여권은 모두 내 이름이 '사루'(Saru)로 적혀 있었다. '사루'(Saru)는 내가 경찰서에 도착한 이후부터 기록으로 남아 있던 이름이다. 그런데 부모님이 '사루'(Saroo)가 더 영어식 철자에 맞고 더 영어식으로 들린다며 '사루'(Saroo)로 고쳤다.

서류를 보니까 나는 1987년 4월 21일 울타단가 경찰서에서 보호를 받은 후 캘커타의 관계부처로 넘겨졌다. 관계부처는 내 신원을 따져보고 릴루아 소년원으로 보냈다. 소년원에서 나는 보호가 필요한 아이로 분류되었다. 릴루아 소년원 아이들은 나 같은 부류 말고도 두 부류가 더 있었다. 한 부류는 부모가 경찰서에 갇혀 있거나 재판을 받고 있는 아이들이고, 또 한 부류는 직접 범죄를 저지른 아이들이다. 그런데 모두 함께 수용되어 있었다.

당시 상황이 좀 더 명확해졌다. 소년원에서 한 달 동안 지낸 뒤 5월 22일 청소년 법원의 심리에 따라 나는 '인도입양협회'의 관리 대상이 되었다. 수드 여사는 정기적으로 소년원을 방문해 새로 들어온 아이 중 보호 대상자가 있는지 물어보았다. 그녀는 조건이 맞는 아이들은 입양협회가 일시적으로 맡을 수 있도록 해달라고 법원에 요청했다. 입양협회에는 두 달의 시간이 주어졌다. 이 기간 안에 가족을 찾아주든가 아니면 새로운 가정에 입양될 수 있는 '자유로운 신분'이라고 선언을 해줘야 했다. 둘 다 실패하면 그 아이는 다시 릴루아 소년원으로 가야 했다. 물론 소년원으로 돌아가더라도 입양협회는 아이들의 사정을 계속 지켜보면서 관여했다. 맨토시가 이런 경우였다. 입양협회가 맨토시 가족 내부의 복잡한 문제를 해결하고 그가 입양 가능한 자유 신분이 될 수 있도록 해주는 데 2년이 걸렸다.

내 경우엔 입양협회 직원이 내 사진을 찍었다. 태어나서 처음 찍은 이 사진은 6월 11일 벵골어 매일 신문에 '실종된 아이'라는 공고문과 함께 실렸다. 6월 19일에는 오리사 주 주민들이 많이 읽는 신문, 〈오리야 데일리〉에 사진이 실렸다. 〈오리야 데일리〉에 공고를 낸 건 내가 브라마퍼라는 해변 도시에서 기차를 탔을지 모른다고 협회에서 추측했기 때문이었다. 물론 아무런 반응이 없었다. 이 지역들은 내가 실제로 살았던 곳에서 너무나 멀리 떨어져 있었다. 그 결과 6월 26일 내 동의 아래 나는 공식적으로 '버려진 아이'라는 판정과 함께 입양을 위한 '자유로운 신분'이 되었다.

내 입양을 위한 브리얼리 부모님의 법원 심리는 8월 24일에 열렸다. 법원은 입양을 승인했다. 나는 나바 지반 고아원에 두 달 머무른 셈이었다. 9월 14일에 내 여권이 나왔고 9월 24일에 인도를 떠나 그 다음 날인 1987년 9월 25일에 멜버른에 도착했다. 손수레를 끌던 십대 소년이 나를 경찰서로 데려다 줄 때부터 멜버른 공항에 내릴 때까지 모든 과정이 다섯 달밖에 걸리지 않았다. 수드 여사는 내가 만약 지금 입양절차를 밟게 된다면 몇 년은 걸릴 거라고 말했다.

릴루아 소년원에서 선택을 받아 풀려날 수 있었던 건 내가 건강했기 때문이라고 나는 줄곧 생각해왔다. 그런데 메드호라 여사가 그 오해를 바로잡아 주었다. 진짜 이유는 내가 집을 잃었기 때문이라고 했다. 입양협회의 최우선 목적은 내 가족을 찾아주는 것이었다. 아이들은 가족과 만날 가능성이 있으면 모두 소년원에서 풀려났다. 내가 오스트레일리아로 입양된 직후에 협회 측은 릴루아 소년원에 있던 두 아이를 신문광고를 통해 가족 품으로 돌려주는 데 성공했다. 그러나 나의 경우, 나에 대한 정보가 워낙 적어서 협회 측은 가족을 찾을래야 찾을 수가 없었다.

사실상 협회 측은 내가 몇 주 동안 콜카타 거리 생활을 한 사실도 몰랐다. 나는 당황하고 두렵기도 해서 그들이 물어보는 것만 대답했다. 설령 그들이 콜카타 거리 생활에 대해 물어봤다고 하더라도 나는 아마 많은 걸 대답할 수는 없었을 것이다. 나는 가난해서 교육을 받지 못했다. 아는 단어가 얼마 되지 않아 내 얘기를 충분히 전달할 수 없었다. 협회 측은 내가 거리생활을 했다는 사실을 몇 년 뒤에야 알았다. 나한테 그 이야기를 들은 어머니가 협회 측에 알려줬던 것이다. 수드 여사는 내가 거리 생활했다는 이야기를 듣고 모두 놀랐다고 했다. 작은 시골에서 온 다섯 살짜리 꼬마가 콜카타 거리에서 혼자 몇 주 동안을 버티며 살아남았다는 건 상상조차 할 수 없었던 것이다. 나는 정말로 운이 좋았다.

수드 여사와 나는 다정하게 작별인사를 나눴다. 나는 그녀가 베풀어 준 모든 것에 대해 다시 한 번 감사한다고 인사를 했다. 수드 여사와 헤어진 뒤 나는 메드호라 여사, 통역과 함께 택시를 타고 더욱 혼잡한 길로 접어들었다. 새로 건설 중인 지하철 선로를 지났다. 이윽고 북쪽 교외에 있는 조용한 아파트 단지의 거리에 도착했다. 나바 지반 고아원을 찾아보았다. 고아원은 이사를 했다. 옛 고아원 건물은 이젠 무료 탁아소로 사용되고 있었다. 가정 형편이 어려운 엄마들이 일하러 나가면서 아이들을 맡기는 곳이었다.

나는 우리가 엉뚱한 곳에 왔다고 생각했다. 메드호라 여사가 다시 한 번 이곳이 맞다고 했다. 그러나 나는 내 기억이 확실하고 메드호라 여사가 옛 건물과 이사 간 건물을 헷갈리고 있다고 생각했다. 결국 내가 건물 2층을 알아보지 못한 것으로 드러났다. 왜냐하면 나는 2층에 가본 적이 없기 때문이다. 두 살에서 여섯 살 정도의 아이들은 아래층에, 2층에는 아기들이 있었던 것이다.

건물 아래층으로 들어가자 나바 지반 고아원의 옛 모습을 볼 수 있었다. 내 기억 그대로였다. 열 명 남짓 어린 아이들이 방바닥 매트 위에 몸을 뻗고 누워서 낮잠을 자고 있었다. 이 아이들은 저녁이 되면 엄마들이 와서 집으로 데려간다.

갈 곳이 두 군데 더 있었다. 먼저 우리는 청소년 법원으로 갔다. 내가 고아로 판정을 받았던 곳이다. 그 법원은 콜카타 중심지에서 차로 30분 정도 걸리는 교외 위성도시에 있었다. 위성도시는 '솔트 레이크 시티'라는 다소 생소한 이름이었다. 법원 건물은 거무칙칙하고 별 특징이 없었다. 나는 거기에 오래 머무르지 않았다. 두 번째로 갈 곳은 릴루아 소년원이었다. 거기는 불행하게 지낸 곳이라서 억지로 부닥치는 심정으로 가봐야 했다. 이 때문에 소년원 방문을 마지막까지 미뤄뒀던 것이다. 나는 거기를 다시 보고 싶지 않았다. 하지만 콜카타까지 와서 소년원을 가보지 않으면 뭔가 빠진 것 같은 느낌이 들 것 같았다.

친절하게도 입양협회 측이 또 승용차와 운전사를 제공해주었다. 우리는 콜카타의 상징인 하우라 다리를 건너 하우라 역을 지났다. 이어서 좁은 골목길을 요리조리 빠져나가 마침내 위압적인 건물에 도착했다. 마치 요새 같았다. 차가 건물 밖에 멈췄다. 25년 동안 잊지 못했던 문이 보였다. 붉게 녹슨 거대한 문이었다. 내 어릴 적 기억으론 그 문은 어마어마하게 컸었다. 지금도 여전히 위압적이었다. 문 한 쪽에 작은 쪽문이 있었다. 마치 감옥 같았다. 높은 벽돌담 맨 위엔 쇠못과 뾰족한 유리가 박혀 있었다.

작은 쪽문 위에 있는 파란 표지판을 보니까 그 건물은 이제 소녀들을 포함한 여성 수용소가 되어 있었다. 소년들은 다른 곳에 수용되어 있었다. 과거와 모습이 똑같고 밖에는 여전히 경비원이 있었다. 그러나 왠지 과거에 비해서 덜 혹독하게 느껴졌다. 이번엔 방문객으로 왔기 때문일까?

우리가 안으로 들어갈 수 있도록 메드호라 여사가 미리 섭외를 해놓았다. 우리는 곧장 작은 출입구를 통해 들어갔다. 안에서 우연히 큰 연못과 마주쳤다. 그제야 거기에 연못이 있었던 기억이 떠올랐다. 건물은 더 작아 보였다. 또 과거보다 훨씬 덜 위협적으로 보였다. 그렇지만 당장이라도 나가고 싶었다.

우리는 내부를 둘러보았다. 넓은 방에 이층 침대가 줄지어 있었다. 어릴 때 봤던 그대로였다. 나는 거기서 자면서 소년원에서 풀려나길 꿈꾸었다. 여기를 떠날 때엔 언젠가 다시 기꺼이 돌아오리라고는 전혀 생각하지 못했다. 하지만 지금 다시 돌아와서 과거 두려움에 떨던 내 모습을 떠올리며 그 현장을 둘러보고 있다. 그러나 릴루아 소년원은 과거의 고통을 치유해 주었다. 지금까지 둘러보았던 어떤 장소보다도 아픔을 더 씻어주었다.

이런 생각이 들었다. 길을 잃거나 부모가 버린 아이들을 관리하려면 관계 당국으로선 선택의 여지가 없었을 것이다. 관계 당국은 당분간 아이들을 수용하고 이들이 안착할 수 있는 곳을 찾으면서 숙식을 제공했던 것이다. 이런 수용소들은 아이들을 비참하게 하거나 괴롭히는 게 목적이 아니었다. 그러나 아주 많은 아이들을 함께 수용하면 문제가 생길 수밖에 없었다. 대개 수용소에는 나이가 훨씬 많거나 폭력적인 아이들이 있어서 남을 괴롭히는 일이 꼭 벌어지기 마련이었다. 심지어 성폭행까지도 발생할 수 있었다. 거기서 살아남아 무사히 빠져 나왔다는 것이 고맙게 느껴졌다.

마지막으로 가봐야 할 곳이 있었다. 그곳은 특정 건물이 아니라 지역이었다. 콜카타에 머무는 마지막 날, 하우라 역 근처의 거리로 돌아왔다. 후글리 강둑 위에는 여전히 싸구려 카페와 상점들이 있었다. 강둑 위는 지금도 쥐꼬리만큼 돈을 벌며 살아가는 가난한 노동자들과 집 없는 사람들의 보금자리였다. 이곳은 아직도 공중위생 시설이 없었다. 많은 사람들이 임시 천막집이나 작은 칸막이 방에서 살아가고 있었다. 나는 매점 근처를 거닐면서 지난 과거를 회상했다. 그때 나는 튀김과 군침 도는 과일냄새를 킁킁 맡고 다녔다. 디젤, 석유 배기가스와 요리용 난롯불의 연기, 쓰레기 악취까지 겹쳤는데도 음식 냄새를 기가 막히게 잘 맡았다는 게 놀라웠다.

나는 강변으로 내려갔다. 상점과 강 사이 지역은 이미 개인 주택용지로 구획정리를 해놓았다. 길을 계속 걸어가고 있는데 흡윤개선(기생충으로 인한 피부병)에 걸린 것 같은 개 몇 마리가 작은 골목길로 따라오더니 킁킁거리며 내 다리 옆을 지나갔다. 나는 광견병 예방주사를 맞고 싶지는 않았다. 그래서 좁은 길에서 나와서 하우라 다리의 우람한 강철 기둥 사이로 갔다. 나는 보행자 도로의 인파 속에 파묻혔다. 이 도로는 하우라의 번잡 지역과 콜카타 중심지를 연결해준다. 처음 여기를 건넜을 때는 철길 옆 판잣집에서 도망쳐 나와 철도 노동자들에게 쫓기며 공포에 떨고 있었다. 지금 이 다리는 콜카타의 주요 상징이자 도시에서 가장 유명한 곳이다. 하우라 다리는 인도가 1947년 독립하기 전에 영국의 마지막 주요 사업들 가운데 하나였다.

다리를 건너는 군중과 온갖 종류의 차량 행렬은 정말 어마어마했다. 내 뒤에서 사람들이 발걸음을 재촉하며 밀려왔다. 집을 오가는 개미들처럼 짐꾼들이 기차역을 왔다 갔다 했다. 머리 위엔 엄청나게 큰 짐을 얹고 완벽하게 균형을 잡고 있었다. 거지들은 보도 난간을 따라 길게 늘어선 채 철통과 구부린 팔을 들어올리며 한푼 달라고 크게 외쳐댔다.

사람 수와 활동 규모로 볼 때 다리 자체가 하나의 생활단지나

다름없었다. 군중들을 보니 내 스스로 하찮은 존재라는 생각이 들었다. 마치 내가 존재하지 않는 것 같았다.

지금도 이런 심정인데 어릴 때 다리를 건너던 나는 스스로 얼마나 미미하다고 생각했을까?

교통 소음이 무지막지했고 파란 연기가 피어올라 금세 시야를 가렸다. 시드니와 멜버른 같은 도시에 살아도 공기오염 때문에 생명이 단축될 수 있다고 하는데 여기서 매일 이렇게 오염된 공기를 들이마시며 살아가면 과연 수명이 얼마나 단축될지 걱정되었다.

다리를 3분의 1 정도 건넜을 때 나는 난간에 멈춰 서서 강둑을 바라보았다. 강둑은 내가 아등바등 살아남았던 곳이다. 내가 걸었던 곳엔 이제 연락선 부두가 있었다. 다리 밑 둑은 콘크리트로 포장해 놓았다. 고행하는 사람들이 아직도 거기서 잠을 자는지는 알 수 없었다. 두 번째 인도에 와 있는 동안 나는 고행자를 별로 보지 못했다. 어릴 적 내가 그들의 신전에서 자거나 그들 옆에서 잘 때 그들은 나에게 수호천사나 다름없었다.

나는 돌계단을 내려다보았다. 강으로 이어지는 계단은 후글리 강의 거센 물살 속까지 들어가 있었다. 그곳에서 나는 두 번이나 물에 빠져 죽을 뻔했다. 나를 두 번 다 물에서 꺼내준 노인이 생각났다. 지금쯤 그는 세상을 떠났을 것이다. 나를 경찰서로 데려다준 십대 소년과 마찬가지로 그는 나에게 삶의 기회를 또 한 번 주었다. 그가 힌두교의 인과응보를 믿는다면 상관없겠지만… 그렇지 않다면 그는 자신의 선행에 대한 보상을 받지 못했을 것이다. 그때 그에게 감사 표시를 제대로 하지 못했다. 그가 두 번째로 나를 구해 주었을 때 사람들의 시선 때문에 너무나 당황스럽고 무서웠다. 나는 다리 난간에 서서 그 일을 떠올리면서 그 사람에게 감사하고 또 감사하다는 마음을 전했다. 해가 지기 시작했다. 희뿌연 회분홍 연무 속에서 콜카타에서의 마지막 날이 저물고 있었다.

이제 집으로 돌아갈 시간이다.

에필로그

부모님은 인도 소년 둘을 입양했다. 그런데도 아직까지 한 번도 인도에 가본 적이 없었다. 그런데 이 책을 쓰는 동안 부모님은 인도 방문 일정을 잡았다. 텔레비전 프로그램에서 어머니가 내 엄마인 캄라와 처음 만나는 모습을 촬영하기 위해서다.

두 가족은 앞으로 더 친밀해질 것이다. 두 가족 중 어느 가족이 상대방 세계를 더 이질적이라고 생각할지 궁금하기만 하다. 또 부모님이 입양을 결심했을 때 그들이 바랐던 것이 서로 다른 문화를 가진 사람들과의 화합이었는지도 모르겠다.

내가 칸드와에 다시 나타나면서 두 가족의 삶은 확실히 달라졌다. 나는 엄마의 삶이 극적으로 달라지는 것을 원치 않는다. 단지 막내아들이 무사히 잘 지내고 있기에 엄마가 마음의 평화를 얻고 편안하게 살기를 바랄 뿐이다. 엄마가 그렇게 지낼 수 있도록 나는 최선을 다할 것이다. 먼저 엄마의 집세 부담을 덜어주는 게 최우선 과제다. 나는 엄마가 편하게 생활하는 모습을 보고 싶다.

내가 뭘 하고 싶은지는 아직 분명하지 않다. 나는 고향과 가족을 찾는데 모든 노력을 기울였다. 하지만 그게 잃어버렸던 삶으로 돌아가기 위한 목적은 아니었다. 잘못을 바로잡겠다는 뜻도 아니고 원래 있던 곳으로 돌아가기 위한 것도 아니었다. 나는 인도 사람이 아니다. 나는 삶의 대부분을 오스트레일리아에서 보냈다. 여기에 끈끈한 내 가족이 있다. 정당성을 의심받거나 절대 깨질 수 없는 가족이다. 나는 단지 내가 어디서 왔는지 알고 싶었다. 지도를 보고 내가 태어난 곳을 손으로 가리킬 수 있고 싶었다. 또 내가 자란 환경도 알고 싶었다. 그러나 무엇보다도 가족을 찾고 싶었던 것은 내가 어떻게 살아왔는지 그들에게 알리고 싶었기 때문이다. 그동안 나의 희망사항을 겉으로 드러내지 않고 자제했던 이유는 혹시 가족을 못 찾으면 너무 실망할까봐 그랬던 것이다. 인도 가족과의 끈끈한 관계도 너무나 소중하다. 지금 우리 관계가 너무나 고마울 뿐이다. 그러나 나는 내가 누구이고 어디를 고향이라고 부를 것인지 고민하지 않는다. 이제 나에겐 두 가족이 있다. 하지만 내 신분은 하나다. 나는 사루 브리얼리다.

두 번째 인도 방문 때는 엄마와 형, 여동생이 살아가는 모습에서 인간성뿐만 아니라 문화적으로도 풍요로워지는 걸 느꼈다. 나는 형과 여동생을 각별히 여긴다. 나는 그들이 전통에 따라 가족 관계를 중시하는 걸 높이 평가한다. 말로 표현하기는 어렵지만 서양 사람들은 무미건조하고 개인주의적인 생활을 하다보니 뭔가 잃어버리고 살아가는 것 같다. 나는 종교가 없고 또 앞으로도 종교를 가질 생각도 없다. 하지만 인도 가족의 관습과 믿음에 대해 더 많이 배우고 싶다. 또 그 관습과 믿음이 나에게 교훈이 되는지 알고 싶다. 나는 조카들을 만나게 되어 무척 기뻤다. 그들 삶의 일부가 되어주고 능력 닿는 데까지 그들에게 좋은 기회를 만들어주고 싶다.

내가 집을 잃어버리지 않았더라면, 그날 밤 구두 형과 집을 나가지 않았거나 곧바로 집을 찾았더라면 당연히 내 인생은 엄청나게 달라졌을 것이다. 그렇게 많은 고통을 받지 않아도 되었을 것이다. 가족들 또한 큰아들의 비극적인 죽음뿐 아니라 막내아들의 실종으로 인한 심적 고통을 당하지 않았을 것이다. 나도 이별의 아픔을 겪지 않았을 것이다. 또 기차나 콜카타 거리의 싸늘한 공포도 겪지 않았을 것이다. 그러나 내 경험이 오늘날의 나를 만들었다는 건 의심의 여지가 없다. 그 경험 덕분에 가족이 얼마나 소중한 지를 확실히 깨닫게 되었다. 인간의 선량함에 대한 믿음도 갖게 되었다. 어떤 기회가 왔을 때 그 기회를 잘 포착하는 것이 얼마나 중요한 것인지도 알게 되었다. 나는 지금 그 어느 것도 잊고 싶지 않다. 내가 집을 잃어버리지 않았더라면 인도의 우리 가족도 지금의 행운을 얻지 못했을 것이다.' 이 모든 사건을 겪으면서 나의 두 가족과 나는 고정 핀으로 한데 묶여 있는 운명이란 느낌을 강하게 받았다.

부모님은 나와 맨토시가 없었더라면 그들의 삶이 더 윤택해졌으리라고 생각하지 않을 것이다. 그들이 나에게 베풀어준 사랑과 삶은 아무리 고마워해도 지나치지 않다. 또 불행한 사람들을 돕는 그들의 헌신을 존경할 뿐이다. 인도의 가족을 찾게 됨으로써 오스트레일리아의 가족이 서로에 대해 거리감을 느끼기보다는 더 친밀해질 거라고 확신한다.

내가 맨토시에게 가족을 찾았다고 말하자 그는 매우 기뻐했다. 그는 가족과 애석하게 헤어졌다. 그의 가족 소식은 입양협회를 통해 들려왔다. 맨토시는 내가 가족을 만난 걸 보고 용기를 얻었다. 그는 어릴 적 고통스런 기억을 떨쳐버리려고 노력하고 있다. 그는 이젠 엄마를 다시 만나고 싶어한다. 실제로 만날 수 있는지는 잘 알 수 없다. 그러나 무엇보다도 내 동생이 나처럼 마음의 평온을 찾는 걸 보고 싶다.

나는 아스라와 함께 내 행운을 축복할 수 있어서 기뻤다. 그녀는 나바 지반 고아원에서 같이 지냈고 입양 당시 오스트레일리아까지 황홀한 여행을 함께 했던 친구다. 입양 초기에 우리 두 가족은 우정을 나누며 아주 빈번하게 연락을 주고받았다. 이따금 주(州) 사이를 서로 오갔다. 우리는 점차 나이를 먹어가며 접촉이 많이 줄어들었다. 그래도 여전히 직장 일이나 인간관계 그리고 평소 생활에 대해 종종 소식을 주고받는다. 아스라와 나만이 공유하고 있는 경험이 있고 내게 그런 친구가 있는 게 참 행운이다.

무엇보다도 나는 형의 비극적인 죽음이 가장 안타깝다. 그 일 외에는 그동안 내게 일어났던 어떤 일에 대해서도 나는 후회하지 않는다. 내 이야기에서 기적적인 상황 반전은 놀랍기만 하다. 어머니는 아이 환영을 보고 해외 입양을 결심하게 되었고 인도 엄마는 우리가 만나기 전날 기도를 하다가 내 모습을 보았다. 내가 '하우라'라는 지역에 있는 학교에 다닌 것도 놀라운 우연의 일치다. 세상에는 나의 사고능력을 뛰어넘는 어떤 힘이 작용하고 있다는 걸 느낀다. 이런 생각을 종교적 믿음으로까지 연결하고 싶지는 않다. 그렇지만 집을 잃은 꼬마가 성인이 되어 두 가족을 갖게 된 것을 생각하면 모든 일은 이미 운명이 정해져 있다는 확신이 든다. 이 생각을 하면 나는 몹시 겸허해진다.

번역 후기

이 책에는 정말 아름다운 사람들이 많이 등장한다. 사루, 사루 엄마, 양부모, 사로즈 수드 여사, 사루 친구들, 집 없는 노인, 십대 소년 등등. 이들 모두가 주인공이다. 이들의 순수하고 따뜻한 마음과 함께 인간에 대한 믿음을 전할 수 있게 돼 뿌듯할 따름이다. 갈수록 비정하고 비열해지는 현실이라지만 그래도 이 세상엔 아직 선한 사람들이 더 많다는 믿음을 확인하게 된 것도 큰 기쁨이다.

이 책에선 운명이란 말이 유난히도 눈에 띈다. 책 매듭도 그렇게 돼 있다. 여기서 운명은 무책임한 운명이 아니다. 사루의 말처럼 '반드시 건초더미에서 바늘을 찾고야 말겠다.'는 의지를 전제로 한 운명이다. 등장인물 대부분은 가난과 시련을 대물림 받았다. 그러나 그들은 절망 속에서 희망을 보았고 혹독함 속에서 용기를 잃지 않았다. 스스로의 운명을 변화시키려는 강한 의지가 자신의 운명을 바꿀 수 있음을 입증했다.

사랑을 실천하는 방법은 수없이 많다. 그 중에서도 입양은 가장 용기 있는 실천이라는 걸 절감했다. 가장 헌신적이고 가장 겸손한 실천이다. 이 순간에도 이 위대한 사랑을 실천하고 있을 사람을 생각하면 저절로 고개가 숙여진다.

지금도 세상엔 가족과 생이별의 고통을 겪으며 살아가는 사람들이 많다. 이들에게 구글 어스는 어둠 속 빛줄기일 것이다. 또 각종 SNS도 절망을 희망으로 바꿔줄 수 있다. 이런 환경의 도움을 받아 사랑하는 가족과 재회의 기쁨을 누리는 사람들이 많아지기를 기대해본다. 마지막으로 이 책을 번역할 수 있게 된 건 나에게 큰 행운이었다. 여러 번 매만졌는데도 불구하고 아름답고 소중한 이야기를 고스란히 전하기에는 역부족이었음을 고백한다.

정형일

옮긴이 **정형일**

서울대학교 영문학과 졸업(학사, 석사), MBC 보도국 기자로 입사(1987년)
정치부, 사회부, 〈시사매거진 2580〉을 거쳐
MBC 베이징 특파원, 사회부장, 국제부장, 문화과학부장 역임,
현재 MBC 신사업개발센터 부장으로 재직 중이다.

Lion

라 이 언

초 판 1쇄 발행 _ 2017년 1월 20일

지은이 | 사루 브리얼리
옮긴이 | 정형일
펴낸이 | 김용준
펴낸곳 | 인빅투스
등록 | 2014년 2월 28일(제2014-123호)
주소 | 서울시 강남구 언주로 165길 7-10(신사동 624-19) 우)135-895
내용문의 | 02-3446-6206
구입문의 | 02-3446-6208
팩스 | 02-3446-6209

ISBN 979-11-86682-14-2